JN077149

消費の帝国アメリカ再考

大谷伴子
*Tomoko Ohtani*

A SHOP GIRL AND
THEATRE CULTURE
IN ENGLAND

# ショップ・ガールと
# 英国の劇場文化

THE AMERICAN EMPIRE OF
CONSUMPTION RECONSIDERED

小鳥遊書房

# はじめに　英国の劇場文化と 20 世紀消費文化の グローバルな見直し
### ──英国劇場文化におけるナショナル・シアターの 存在とは、はたして、なんだったのか？

1　ネオリベラリズム時代のナショナル・シアター？　　　　7

2　消費の帝国アメリカと英国の劇場文化、あるいは、 ショップ・ガールというフィギュア　　　　14

# 第 1 章　『セルフリッジ百貨店』とウェスト・エンドの 劇場文化

1　『セルフリッジ百貨店』と英国ウェスト・エンドの演劇　　27

2　『セルフリッジ百貨店』とゲイェティ・ガール　　　31

3　TV ドラマ『セルフリッジ百貨店』とモームの芝居 『おえら方（Our Betters）』　　　34

4　ウェスト・エンドにおける二つの文化現象、あるいは、 コスモポリタニズムのロンドン　　　38

5　トランス・メディア空間としてのウェスト・エンドを めぐるネットワーク　　　45

# 第2章　ショップ・ガールの欲望と消費文化
### ——大英帝国のナショナルなポピュラー・カルチャー
### としての *Our Miss Gibbs* ？

1　ショップ・ガールの欲望と消費文化　　　　　　　　　59
2　大英帝国のナショナルなポピュラー・カルチャー
　としての *Our Miss Gibbs* ？　　　　　　　　　　　62
3　*Our Miss Gibbs* の劇場文化ともうひとつ別の歴史的編制・
　転回　　　　　　　　　　　　　　　　　　　　　　69

# 第3章　*The Shop Girl* と消費の帝国アメリカ
### ——英国ミュージカル・コメディの「誕生」再考

1　英国の劇場文化の空間とミュージカル・コメディ　　91
2　*The Shop Girl* とモダニティの表象　　　　　　　98
3　英国ミュージカル・コメディの「誕生」再考　　　104
4　*The Shop Girl* と消費の帝国アメリカ　　　　　113

# 第4章　変容するロンドンの劇場空間と英国劇作家
### 　　サマセット・モームのさまざまな価値（その1）
### ——モームの演劇との決別？ あるいは「劇場＝小説」
### 『劇場』

1　戦間期に再編された（変容する）ロンドンの劇場空間　133
2　「劇場＝小説」としての『劇場』？　　　　　　　138
3　英国劇作家サマセット・モームのさまざまな価値　146

# 第5章 変容するロンドンの劇場空間と英国劇作家
## サマセット・モームのさまざまな価値（その2）
### ——『コンスタント・ワイフ』と働くレイディ

1 英国劇作家モームのキャリア全体の見直しのために
——英国演劇をあらためて歴史化してみる 159
2 『コンスタント・ワイフ』の歴史的意味と特異性 163
3 働くレイディの表象とグローバルな消費文化 172
4 劇場空間の変容とモームのさまざまな価値 181

# 第6章 戦間期英国演劇と「郊外家庭劇」
## ——ドゥディ・スミスとはだれだったのか？

1 劇場を読む——戦間期英国の劇場文化の歴史 185
2 フレイザーの英国演劇の歴史やその歴史の全体性を支える
区分・区別
——「郊外家庭劇（suburban domestic drama）」とは？ 193
3 客間劇からプロフェッショナル劇への移行の歴史化
あるいは地政学的な規定の解釈 199
4 『サーヴィス』の地政学的な解釈のために 208

# おわりに 21世紀の「ショップ・ガール」？ 225

Works Cited 235
索引 245

英国の劇場文化と 20 世紀消費文化のグローバルな見直し
──英国劇場文化におけるナショナル・シアターの存在とは、
はたして、なんだったのか？

Elizabeth: I don't want luxury. You don't know how sick I am of all this beautiful furniture. These over-decorated houses are like a prison in which I can't breathe. When I drive about in a Callot frock and a Rolls-Royce I envy the shop-girl in a coat and skirt whom I see jumping on the tailboard of a bus. Somerset Maugham *The Circle*.

"THE FLOWER GIRL. I want to be a lady in a flower shop stead of selling at the corner of Tottenham Court Road." Bernard Shaw *Pygmalion*.

## 1 ネオリベラリズム時代のナショナル・シアター？

　2015 年 11 月、俳優兼演出家ケネス・ブラナーが率いるカンパニーによるシェイクスピアのロマンス劇『冬物語（*The Winter's Tale*）』とテレンス・ラティガンの幻の笑劇『ハーレクィネィド（*Harlequinade*）』とのマジカルな協奏曲ともいえるウェスト・エンドでの再演に魅せられた翌日、ナショナル・シアター、ドーフマン劇場における D・H・ロレンスの『夫たちと息子たち（*Husbands and Sons*）』の当日券を求めて朝一番に劇場の入り口にならんだのだが、われわれとともに最前列を占めていた男性の「ぼくは『浪費（*Waste*）』にならんでいるんだ、

競争相手じゃなくてよかったよ」とほほ笑んだ表情が思い出される（『浪費』はリトルトン劇場での上演だった）。『浪費』という再演されることが稀ないわくつきの芝居が、実は、英国演劇史における近代劇やナショナル・シアター創設のプレイヤーにかかわるものだった——付け加えるならば、彼のいでたちや風貌は、劇場を社交の場とみなし着飾って訪れる観客たちとは一線を画するものであった——、このことが思い起こされる不思議なめぐりあわせのエピソードから、本書の議論を紐解いたのは、このエピソードの空間であるサウス・バンクにおけるドーフマン劇場誕生の背景が、21世紀現在における英国劇場文化の再考にとって意義あることだからだ。まずはじめに、このエピソードの記憶を呼び起こしたある書評記事を取り上げてみたい、こんなふうに問いながら——英国劇場文化におけるナショナル・シアターの存在とは、はたして、なんだったのか、と。

　2017年5月6日号『エコノミスト』誌に掲載された、演出家ニコラス・ハイトナーの回顧録（メモワール）*Balancing Acts: Behind the Scenes at London's National Theatre*（2015）書評記事「この世はすべて舞台（All the World's a Stage）」は、21世紀初頭に5代目芸術監督（artistic director）に就任しナショナル・シアターに新たな命を吹きこみ、改装（refashion）あるいはリ・デザインを実践したハイトナーの仕事を、大規模な組織運営における「チャレンジと妥協」と評価し、その著書は啓発的であるとして紹介している。今では人びとがすっかり慣れっこになってしまっているとはいえ、ハイトナーによる革命的なチケット・システムの導入、国内外の映画館におけるライヴ上演が代表する彼の画期的な仕事は、その「クリエイティヴな（創造性あふれる）指導力（creative leadership）」の賜物なのだ。言い換えれば、1990年代末から21世紀初めの英国政府の文化政策であるクリエイティヴ産業——70年代・80年代のサッチャリズムの文化であったヘリテージ産業に取って代わった——において先鞭的役割を果たし、公的資金のみに頼ることなくナショナル・シアターをサヴァイヴさせることに成功

ロンドン、サウスバンク　ナショナル・シアター　ドーフマン劇場
Ｄ・Ｈ・ロレンス『夫たちと息子たち』再演
著者撮影

はじめに　英国の劇場文化と20世紀消費文化のグローバルな見直し

したハイトナーの仕事が、『エコノミスト』誌上で高く評価されていることになる、といえるだろうか。

　このナショナル・シアターのサヴァイヴァル、あるいは、「劇場経営の帳尻を合わせる行為（Balancing Acts）」において重要な鍵となった画期的チケット・システムを、可能にしたのはなんだったのか。ハイトナーによれば、1980年代および90年代初頭政府からの補助金の大幅なカットによりナショナル・シアターの演劇チケット代金は高騰し、かつてこの劇場設立の青写真を作成したグランヴィル＝バーカーらの設立目的に応答するような人びとも含めた多くの観客たちにとっては、ロンドンのサウス・バンクにそびえる劇場で観劇する行為は、手の届かない文化的テクストとなってしまっていた（Hytner 41）。こうした状況をリ・デザインすべくハイトナーが編み出したのが10ポンドチケット・システムだった。だが、ナショナル・シアターのメインバンクと思しき銀行に、ハイトナーたちの構築したこの10ポンドチケット・システムを実行しようとしたとたん援助を打ち切られ、彼らは途方に暮れていたという。そこで手を差し伸べてきたのが、民間外為企業トラベレックスの創始者ロイド・ドーフマンだった（Hytner 273）。興味深いことだが、『エコノミスト』誌が高く評価している21世紀におけるナショナル・シアターのサヴァイヴァルの重要なプロジェクトの背後にいたのは、トラベレックス、というグローバルな民間の金融企業であったということだ。21世紀ポスト冷戦／グローバリゼーションの今現在、「ナショナル」な組織が再評価されている意味はなにか。別の言い方をすれば、リーマン・ショック後2010年、デイヴィッド・キャメロン政権の文化政策において政府の補助金削減が問題となった。その渦中にあってナショナル・シアターの芸術監督となったニコラス・ハイトナーのメモワールが『エコノミスト』誌の書評に取り上げられたのであれば、その意味をきちんと問うてみる必要があるのではないか、ということだ。商業主義と差別化するためにその設立が企図された劇場文化の空間が、21世紀現在にいたるネオ

ウェスト・エンド、ギャリック劇場での
ケネス・ブラナー・カンパニーによる
『ハーレクィネイド』再演！　＋　『冬物語』！！！

興奮さめやらぬ？……終演後のギャリック劇場
著者撮影

リベラリズムに、フレキシブルかつまたレジリエントに対応し変容しているのか、という問いも含めて。

　ところで、『エコノミスト』誌において、取り上げられているハイトナーの「革命的なチケット・システム」は、かつて2010年『ガーディアン』紙において別のかたちで話題になったことが思い起こされる。サウス・バンクの文化空間には三つの劇場——もともとはオリヴィエ、リトルトン、コテスロー——が存在しているのだが、2010年にそのなかでも最小規模のコテスロー劇場がドーフマンと改称され改装・再開されることが批判的に取り上げられていたこと（Billington; Brown）の意味を、ここで再考してもいいかもしれない。『ガーディアン』紙上で声高に問題にされていたのは、劇場名に冠されるドーフマンが、実のところ、演劇人ではない、ということだ。

　たとえば、大御所劇評家マイケル・ビリントンは、この改称について21世紀のウェスト・エンドにおける劇場の改称と比較し、皮肉を込めて指摘している。ビリントンによれば、英国の劇場文化における商業主義に抵抗することがその創立の始まりであったはずのナショナル・シアターにおいて、オリヴィエ劇場以外は、その名称は劇作家にも俳優にも由来していない一方で、近年、ウェスト・エンドにおいては、グローブがギールグッド劇場（名優ジョン・ギールグッドにちなむ）に、ストランドがノヴェロ（歌手・俳優アイヴァー・ノヴェロ）劇場に、オーベリーがノエル・カワード（演劇人ノエル・カワード）劇場に改称されたという。ビリントンは後者の動きについて、肯定的に取り上げているようだ。ビリントンが指摘する21世紀現在のロンドンの劇場の改称における倒錯した関係性——すなわち、商業主義に抵抗しているはずの国立の劇場内の最新劇場名がトラベレックスのロイド・ドーフマンという資本主義・ネオリベラリズムを具現するような存在に負うていることと、商業劇場の集合体であるウェスト・エンドの劇場は、20世紀を代表する演劇人の名に由来しているという倒錯した関係性——に、英国演劇のどのような意味を読み取ることが

できるだろうか。

　そもそも、ビリントンが指摘するように、ナショナル・シアターの歴史をより「ロマンティック」に振り返るような「命名」（Billington）がなされなかったのはなぜか、別の言い方をすれば、たとえば、グランヴィル＝バーカーの名を冠した劇場が存在しないのはなぜなのか。グランヴィル＝バーカーとは何者か、あるいは、ナショナル・シアターの歴史におけるグランヴィル＝バーカーの存在意義はなんだったのか、簡単に確認しておこう。

　ハーリー・グランヴィル＝バーカーは、英国の近代劇推進運動の草分け的存在としてイプセンを積極的に紹介したウィリアム・アーチャー、『イプセン劇の真髄（*The Quintessence of Ibsenism*）』（1891）を著したジョージ・バーナード・ショウ、1891年に独立劇場を設立しイプセンの『幽霊（*Ghosts*）』（1881）をはじめとして大陸の新しい演劇を上演したJ・T・グレインらとともに活動したひとりだ。また、1898年に設立された舞台協会において[1]、商業性から離れてよりよく、芸術性のある新作を上演すべく活動したグランヴィル＝バーカーは、協会において実験的な演出を試み、スローン・スクェアにある小劇場ロイヤル・コート劇場でJ・E・ヴェドレンとともに、いわゆるバーカー＝ヴェドレン・シーズンを主宰したが、このシーズンは英国の近代劇運動でも重要なものとされてきている、というのは英国演劇史上周知のことだ[2]。

　前述したグランヴィル＝バーカーを含む近代劇推進運動の担い手が、イングリッシュネスの文化の空間において、実は、マージナルな存在であることに気がつくだろうか。そもそもナショナル・シアター設立を含む近代劇推進運動が提示・上演しようとした演劇文化は、17世紀の風習喜劇の伝統や系譜に特徴づけられたウェスト・エンドの劇場（ソサエティ・ドラマや客間劇も含む）やそのイングリッシュネスの文化とは似て非なるものだったのではないか。20世紀初頭の英国演劇の空間にグランヴィル＝バーカーとアーチャーが提示した『ナ

ショナル・シアター設立の計画書（*Scheme and Estimates for a National Theatre*)』(1904)、すなわち、新しい演劇を上演する新たな劇場の建設用地・建物・保証基金を示した設立の見取り図は、風習喜劇が表象するイングリッシュネスの文化、あるいは商業演劇を主流とするいう英国演劇との対立という姿で、立ち現れたのではないだろうか。言い換えれば、英国におけるナショナル・シアターとは、近代劇の問題を提起するものであった、もしくは、近代劇と英国の伝統的な演劇・劇場文化との対立を、極めて興味深いと同時にとらえがたい、「兆候的」といってもいいやり方で提示する存在であったのではないか。<sup>(3)</sup>

## 2　消費の帝国アメリカと英国の劇場文化、あるいは、ショップ・ガールというフィギュア

パーソナルな劇場体験からはじめて以上のように概観してみた英国の劇場文化の倒錯性、あるいは「ナマコ」のようにとらえどころのない英国演劇の存在様態を読み直し、リ・デザインしようというのが本書の目論見である。その際、ネオリベラリズム時代という現在だけでなく、ナショナル・シアターの青写真が産出された19世紀末から20世紀初頭、そして1930年代にいたる英国演劇史において「不毛の時代（barren years)」また「保守的な観客に向けた時代遅れのエンターテインメント形式という歴史的ヒンターランド（an historical hinterland of obsolete forms of entertainment for conservative audiences)」(Gale *A Social History of British Performance Cultures 1900-1939* 1) とよばれる時期に、どのような対立・矛盾が存在したのかといったことにも、目を配りながら倒錯的な英国の演劇文化の歴史的意味を再吟味してみたい。<sup>(4)</sup>

英国の演劇文化をめぐる錯綜した問題について、ここでは試みに、消費の帝国アメリカの勃興という観点から再考してみよう。ヴィクトリア・ディ＝グラツィアの消費の帝国アメリカについての議論は、グローバルに見直されたモダニズムと大衆消費文化を論じたものであっ

たが、と同時にまた、それは20世紀消費文化のグローバルな見直し
を遂行することでもあった。ディ＝グラツィアが極めて挑発的なやり
方で提示したのは、アメリカの大衆化された消費文化がヨーロッパの
近代ブルジョア文明に対して勝利したことこそが20世紀の数多ある
征服のなかで最重要な出来事＝イベントであったということだ。「抵
抗しがたい魅力あふれる帝国」という形式において展開・拡張し、資
本主義世界を揺るがしたこのような帝国アメリカのキャンペーンある
いは文化外交／ソフト・パワーこそがその大衆消費文化の歴史的意味
であった。すなわち、アメリカの標準的な生活様式＝ライフスタイル
によってヨーロッパが敗北したのであり、そのことにより文化的ヘゲ
モニーがグローバルに確立されていったのである──もっともその圧
倒的な強さと根本的な弱さが21世紀の今現在では論争の的になって
はいるのではあるが。

　ここで、21世紀におけるナショナル・シアター再考の動きにおい
て、ハイトナーによる劇場運営だけではない、他の例もあることに注
意しておこう。ハイトナーのメモワールに先立つ2013年に出版され
た、ダニエル・ローゼンタールのナショナル・シアター創設にいたる
過程をたどり直した仕事がそれだ。ここで確認してみたいのは、ナ
ショナル・シアター設立の背後にあった帝国アメリカの消費文化の存
在とその意味だ。21世紀現在から、この英国の国立舞台芸術劇場の
全史をたどり編み直したダニエル・ローゼンタールの『ナショナル・
シアター物語（The National Theatre Story）』の序には、「ナショナル」
な文化機関が産み出されつつある時期、「ナショナル・シアター法」
が両院を通過した1949年の英国の文化状況に関する記述がある。忙
しく家事に勤しむ英国の主婦たちは、戦後放送が開始されたBBCラ
イト・プログラムのラジオ番組から流れるユージン・ピニのタンゴ・
オーケストラが奏でる主婦のための音楽に耳を傾けただろうし、TV
を所有する経済的余裕のある家庭（人口5千万人のうちそうした幸運
に恵まれているのはおおよそ5万件ということだ）では、金曜日の晩

のプライム・タイム唯一の2時間番組で放映されたハリウッド発のロマンティック・コメディ『貴方なしでは（*Made for Each Other*）』（1939）が視聴されていただろう。さらにロンドンのウェスト・エンドの劇場の常連たちは、ドルリー・レーンのシアター・ロイヤルにかかっていたミュージカル『オクラホマ！（*Oklahoma!*）』（1943）か、ヒッポドロームで上演されたアメリカ発最新の陽気なミュージカル『ハイ・ボタン・シューズ（*High Button Shoes*）』をみていたかもしれない。興味深いことは、ここでさまざまな階級の英国国民が1949年の1月21日の金曜日に受容した文化が、すべてアメリカ産のものであった、ということだ。ラジオもTVも劇場さえもアメリカ文化に支配されていたのが、第二次世界大戦後冷戦期の英国の文化状況であったのだ。とはいえ、ひょっとしたら、芝居好きのなかには、グローブ座でジョン・ギールグッドとシビル・ソーンダイクが共演していたシン・ジョン・ハンキンのエドワード朝の喜劇『放蕩息子の帰還（*The Return of the Prodigal*）』を観劇していたかもしれない。だが、ローゼンタールによれば、この日のもっとも意味深い劇的なパフォーマンスは、下院を舞台に上演されたものだった。それは、下院議員による審議に向けた法案、「ナショナル・シアター法案」の読み上げだ。ギールグッドやソーンダイクには高く評価され、労働党議員からは「クレメント・アトリー政府にとって素晴らしい前進」として、保守党議員からも「英国の演劇界にとっての画期的事件」として歓迎されたこの法案は、すぐに上院でも通過し、「ナショナル・シアター法」となった（Rosenthal xvii）。

　第二次世界大戦後にようやく設立の第一歩ともいえる法案が通ったナショナル・シアターの設立を目指した活動は、19世紀に開始されてからさまざまな紆余曲折をへて、その物質的な姿がサウス・バンクに立ち現れる1976年まで、約1世紀の時を要した。その設立の困難は創設をめぐりさまざまな権力のせめぎ合いがあったからだ、とローゼンタールは指摘している。ただし、ローゼンタールが指摘する「俳優・劇場支配人・慈善事業家・政治家」たちの複雑に絡んだ力関係は、

基本的には、英国国内の境界線の内部の問題として提示されている<sup>(7)</sup>。だが、消費の帝国アメリカを議論するディ＝グラツィアを念頭におきながら、その序で提示されている英国の文化状況に注目してみるならば、ナショナル・シアター設立の歴史条件として、英国の国境線を越えさらには大西洋を横断して移動するアメリカの消費文化の存在がいかに重要であったか、ということが21世紀現在ナショナル・シアターの再読においてなされている、この点は見逃すことはできない。

　本書は、英国の劇場文化とその背後に存在しながら共存関係にあるアメリカの、大衆化されさらにグローバル化が進行・転回していく消費文化の存在を、20世紀初頭に大西洋を横断して英国ロンドンに革命的な変革をもたらした米国発のデパートメント・ストアとそこで労働する少女、ショップ・ガールに探る<sup>(8)</sup>。たとえば、サマセット・モームの傑作喜劇のひとつ『ひとめぐり（*The Circle*）』（1921）には、30年のときをへて義理の母と同じ過ちである不倫・駆け落ちを繰り返す上流階級の若妻が、ロンドンのバスに飛び乗るショップ・ガールをうらやむ場面── Elizabeth: When I drive about in a Callot frock and a Rolls-Royce I envy <u>the shop-girl in a coat and skirt</u> whom I see jumping on the tailboard of a bus. （Maugham *The Circle* 256 下線筆者）──がさりげなく描かれていたりする。パリの有名デザイン・ハウスであるカロのドレスを身に纏いロールスロイスでドライヴする自分よりも、既製品のコートとスカートを着てバス通勤する少女の姿が欲望を掻き立てるのはどうしてなのか。また、シカゴからロンドンにやってきてオクスフォード・ストリートに開かれたセルフリッジ百貨店で働く場合とは違うが、バーナード・ショウ『ピグマリオン（*Pygmalion*）』（1913）にも、ショップ・ガールのイメージが言及されていたことを── "THE FLOWER GIRL. I want to be <u>a lady in a flower shop</u> stead of selling at the corner of Tottenham Court Road" （Shaw 38 下線筆者）──、あらためて思い起こしてもいいかもしれない。別の言い方をすれば、英国の劇場文化は、ショップ・ガールというフィギュアに媒介された、消費の

帝国アメリカへの「移行」のさまざまな表象によって、読み直される
べきだったのではないか。このような問いを立てることにより、本書
は、英国の劇場文化を、消費の帝国アメリカを再考しつつ、グローバ
ルな 20 世紀文化空間においてとらえ直すことを試みる。そのために、
まずは、ナショナル・シアターの存在や意味を早急に問うたり決定し
たりするのではなく、ショップ・ガールを上演＝表象する英国ミュー
ジカル・コメディの「誕生」の歴史的契機をいくつか印しづけること
からはじめてみよう。

### Notes

(1) 舞台協会とフェビアン協会との関係については、Krebs が次のよう
に概説している。フェビアン協会がその主義を表出する主要な空間は
1899 年に協会メンバーの演劇関係者らが立ち上げた舞台協会であっ
た。彼らとウィリアム・アーチャーとの関係は、エリノア・マルクス
との共同で出版されたアーチャーのイプセン翻訳を通じて発展した。
ジャネット・アチャーチはイプセンのノラやショウのキャンディダな
どを演じたことで有名であり、グランヴィル＝バーカーも 1901 年フェ
ビアン協会に入会した。また、アーチャーはフェビアン・サマー・スクー
ルで定期的に講義をおこなった。

　フェビアン協会の演劇観の中心にあったものは、無料で入場可能な
劇場を備えた公共施設という機能であり、社会におけるその役割は「教
育と楽しみ（education and entertainment）」である。一見この概念は平
等主義的に思えるが、実のところエリート主義に基づいており、フェ
ビアン協会員が念頭に置いた類の演劇の「楽しみ」の前提となってい
るのは、だれにでもアクセス可能なものではないレヴェルの教育で
あった。純粋に中産階級の組織である協会内部にはエリート主義と反
エリート主義が共存し緊張関係が存在した。協会の社会主義の原理は
革命ではなく、進化に根ざしたものであった。この協会のエージェン
トでもあった演劇関係者がおこなう翻訳活動に課された仕事は、英国
国内の演劇を、急進的で即時の変化ではなく比較的緩やかな変化の過
程をたどらせることであった（Krebs 67-68）。

また、演出家としてのグランヴィル＝バーカーがアンサンブル劇団を希求したこととフェビアン協会との関係については Burt を参照のこと。

(2)　こうした近代劇推進運動やナショナル・シアター設立運動に関して、たとえば、第一次世界大戦後の演劇と社会の関係を論じる Clive Barker は、演劇界の組織化の動きについて次のように概観している。1919 年 8 月、ストラトフォード・アポン・エィヴォンで BDL（British Drama League、英国演劇協会）と Workers' Educational Association とで共同開催された最初の英国演劇会議（British Theatre Conference）は、英国の諸大学の演劇学部と連動したナショナル・シアター設立要求を決定したことを始まりとしている。この会議で約束されたのは、演技・演劇・劇場を国の生命力としての発展において、集団的・個人的努力を奨励・援助することだったが、一方で、当時の演劇はもはや人びとの現実の生活から切り離されたものとみなされてもいたことも確認していた。会議と同年の 1919 年に Workers' Educational Association 内部の小集団から生まれた BDL は、戦間期英国においてアマチュア演劇抬頭の運動の中心となっており、その起源は階級構造の変容にあったという。演劇の大衆化が進んだエドワード朝に、20 世紀初頭のアマチュア劇団は、それ以前の時代とは異なり、ロンドン以外の地域において着実に増大していった。このような「小劇場」運動は、ウェスト・エンドや地方巡業の業績不振に対する代案を提供する必要性を背景としていた。こうした動きのなか、ギルバート・アンド・サリヴァンの喜歌劇を上演するアマチュア劇団が増加し、19 世紀のオリジナル上演よりも多くの人びとにサヴォイ・オペラを体験する機会を提供することになったのだが、これは、ある意味あらたに抬頭した階級による、ごく近い過去の文化遺産の文化的キャッチ・アップ／巻き返し／追いつきとなった。このような「小劇場」運動から、さらに、あらたなレパートリー劇場が生まれはじめ、1920 年代にはレパートリー劇場のなかにはプロの俳優や演出家を雇用するシェフィールド・レップのような劇場も現れ、完全なプロの劇場・劇団に変容する道筋となった。また、古いスタイルのパトロネージ——バリー・ジャクソンのような富裕な銀行家がバーミンガム・レップやマルヴァーン・フェスティヴァルやシェイクスピア・メモリアル劇場だけでなくウェスト・エンドにも影響を与えたような——も実行された。「リトル・シアター・ムーヴメント」レパートリー劇場、日曜芝居協会や J・T・グレインやナンシー・プライスのピープルズ・ナショナル・シアターやロンドンの

クラブ劇場などは、それぞれの特質にあったさまざまなレパートリー――1914年以前の芝居やすべての領域にいたる文化遺産、英国以外の芝居の翻訳ものや実験的な演劇――を上演した。そうした集団のなかにはより政治的な方向性をとり、戦間期に政治的な劇団が Workers' Theatre Movement を通じて登場することとなった（Barker 14-16）。

　　また、19世紀における近代劇の発展の問題については Mazer を参照。

(3) グランヴィル＝バーカーらの近代劇と商業演劇の担い手とされるサマセット・モームの間にひそやかな対立があったことを、一言言及しておいてもよいかもしれない。商業演劇において四つの芝居が同時にウェスト・エンドで上演されるほどに成功したモームであるが、実はそのデビュー作『信義の人（*A Man of Honour*）』の初演は、若きグランヴィル＝バーカーが俳優として活動していた舞台協会においてであった。だが、一握りのインテリ観客向けの高尚な芝居を志向する協会とは共感できないと感じ、むしろ大衆化の歴史状況においてポピュラリティを求めたモームは、商業演劇、風習喜劇の系譜・伝統に方向転換した、というのが通説である。モームの『信義の人』をめぐるグランヴィル＝バーカーとのエピソードについては、Maugham *The Summing Up* 109-14 を参照のこと。

(4) こうした対立・矛盾については、英国自然主義演劇の歴史的系譜を形式と物質的／歴史的条件の系譜を、支配的なウェスト・エンドのソサエティ・ドラマとの対立・矛盾に探った Williams も参照のこと。

　　また、英国における近代劇の誕生とナショナル・シアターの成立との関係をどのようにとらえるかといったような、その設立における対立・矛盾については、ナショナル／トランスナショナルという異なる議論もあることを付け加えておきたい。英国内部のナショナルな枠組みでとらえるローゼンタールに対して、カチャ・クラブスは、英国の近代劇の誕生をヨーロッパとの関係、とりわけ翻訳という視点から再考している。たしかに20世紀初頭は英国演劇史において、テクスト・概念・制度的な実践と機能の点で画期的な変革と変容を経験した重要な時期として認識されているのだが、従来その変革と変容はむしろ「英国」のナショナルな演劇の確立というアプローチでとらえられてきたのではないか――アイルランドもスコットランドもすべて「英国」の傘下にとりこみながら。また同じヨーロッパという視点でも、近代劇への移行においてイプセンの存在とその英国における受容は認識されてきているが、クラブスは、北欧というよりもドイツ演劇の受容と

英国の近代劇との関係、とりわけ翻訳という行為に注目し再考を試みている（Krebs 66）。

(5) モダニティ論または近代化・グローバル化の歴史的展開・転回と密接にかかわる「大衆化」については、「大衆ユートピアの夢」（Susan Buck-Mores）の議論とともに、菊池ほかが取り上げて 20 世紀文化空間の読み直しをおこなっている。

(6) ヴァインゲルトナーによれば、19 世紀半ば以前、政府・大蔵省から臨時の財政援助を受けていたのは、ロンドンの大英博物館とナショナル・ギャラリーだけであった。言い換えれば、地方の行政都市はそうした税制的援助からは排除されていた。こうした状況に変化の兆しが訪れたのは、1845 年・1850 年に博物館法と公立図書館法が議会で通過したおりであり、このヴィクトリア朝における国家の介入の目的は倫理的なものであった、といわれる。

　戦間期における国家による介入は、政治的・社会的な歴史的状況から、失業や健康・高齢者年金のような "hard social facts" への財政的援助に限られており、贅沢な商品、J・B・プリーストリの言葉を借りれば「ケーキのアイシング」とみなされた芸術は、そうした支援からは排除されていた。第一次世界大戦後、産業の国有化や国家の介入が進行し、戦後の社会形成において国家がよりアクティヴな機能を果たすようになり、英国における市民のレクリエーションや芸術・文化の繁栄に国家が責任を持つべきであるという発想が生まれた。しかし、皮肉にも第一次世界大戦後の富の再配分のための増税などの政策により富裕層による財政援助が困難となり、芸術・文化・娯楽の領域において、国家による介入が民間慈善家に取って代わることとなった。こうして、1913 年から 1934 年の間、四つの文化的機関―― BBC、ブリティッシュ・カウンシル、バーミンガム市交響楽団、ナショナル・シアター――が創設、あるいは、創設が目指されることになったのだが、これは第二次世界大戦勃発以前に、中立という原則がすでに損なわれつつあったということになる（Weingärtner 35-38）。

　四つの機関のうち、ナショナル・シアターは、文化の問題における国家の中立のパラダイムに、疑問の余地がないわけではない――当面、事実上は疑問の余地がないとはいえ――というのも、その設立において、財政的支援や少なくとも政府の助成金といった民間主導の試みがなされたことにある。1907 年にその助成金を申請したのは、ハーリー・グランヴィル＝バーカーとウィリアム・アーチャーであった。その後

1913 年の議会において、国家による財政的支援に関する議論が政治的なディベートで闘わされた。ナショナル・シアターに関する議案は1948 年まで再び持ち出されることはなかったが、ナショナル・シアター委員会は、シェイクスピア上演の本拠地をもとめて存続し活動を続けていた。ジェフリー・ウィットワース事務局長のもと委員会は、民間による支援だけではナショナル・シアター設立には不十分であり公的な支援を望んではいたものの、国家の支援を受けた劇場という存在は、演劇関係の人びとの間で必ずしも例外なく受け入れられていたわけではなかったのだ。そうした、全員が合意しているわけではないという状況は、BDL の会員にもみられた。たとえば、1929 年の会議のおりには、ナショナル・シアター設立における政府の速やかな援助を求めるロバート・ヤング議員に対して、設立可能性に懐疑的なジョージ・バーナード・ショウやスレイデン・スミスはその退屈さ・非効率性・見苦しさ・耳障りなどを指摘して真っ向から否定した。このように意見の相違がみられたとはいえ、協会内部には重役たちを含む力のある派閥が存在し、彼らは、ナショナル・シアター設立のために国家の援助を調達する時期だと考えていた。

　ここにみられる、英国におけるパフォーミング・アーツに公的資金を調達することの困難の二つの理由は、政府はパフォーミング・アーツを助成することに積極的ではないこと、芸術に公的資金を提供することは英国的精神にも慣習にも反するということ、である。とはいえ、そうした困難にもかかわらず、英国演劇協会もナショナル・シアター主導者たちも、その計画を完成させるために、頑固な政府や議会を軟化させるための努力を惜しまなかった。こうして、1963 年にナショナル・シアター劇団が設立された後、1976 年テムズ川の南岸、サウス・バンクを本拠地として国家の財政支援を受けたナショナル・シアターの姿が具現化することになる（Weingärtner 47-49）。

　英国における文化・芸術に対する公的支援を含む文化政策については、河島および河島・大谷・太田を参照のこと。

(7) ローゼンタールの仕事において、ナショナル・シアター創設の運動のひとつの起源が、19 世紀のストラトフォードにおける「詩聖」の生家をナショナルな存在として保存するための運動にあると示されていることも、一応ふれておく。1847 年国外に売却される危機に晒されたシェイクスピアの生家を「英国のために購入する」ために立ち上げられたシェイクスピア生家委員会の運動に感銘を受けた革新的な出版業

者エフィンガム・ウィルソン。彼により出版された「シェイクスピア
の作品を常に上演する劇場」としての「ナショナル・シアター」を求
める『シェイクスピアのための建物』というパンフレットをひとつの
始まりとしている (Rosenthal 3-6)。

　ナショナル・シアター設立における困難あるいは生みの苦しみにつ
いては、すでに 20 世紀英国演劇史において指摘されていることでも
あり、Rosenthal の先行研究であり BDL の創始者である Whitworth の
研究、ならびに近年の演劇研究たとえば Shepherd も参照のこと。

　また、ナショナル・シアターの夢が、具体的な建物としてテムズ川
の河岸、「サウス・バンク」に立ち現れた 1976 年の歴史状況、とりわけ、
都市開発やそのデザイン——戦間期のアール・デコとの比較も含めて
——については Hatherley を参照のこと。

(8) 1910 年に出版された H・G・ウェルズ『ポリー氏の来歴 (*The History
of Mr Polly*)』における英国ショップ・オーナーのフィギュアを、グロー
バル・シティズンシップという夢および流通・保険・金融の問題とと
もに取り上げ、帝国アメリカという観点から解釈したものとして、大
田がある。

セルフリッジ百貨店

M&S

セルフリッジ百貨店と M&S のイルミネーション対決？
オクスフォード・ストリートのクリスマス・イルミネーション
著者撮影

セルフリッジ百貨店

ショップ・ガールと英国の劇場文化

セルフリッジ百貨店　　オクスフォード・ストリート

ロンドンの消費文化　オクスフォード・ストリートの
クリスマス・イルミネーション
著者撮影

M&S

はじめに　英国の劇場文化と 20 世紀消費文化のグローバルな見直し

オクスフォード・ストリートのイコン、
セルフリッジ百貨店のショウ・ウィンドウ
著者撮影

ショップ・ガールと英国の劇場文化

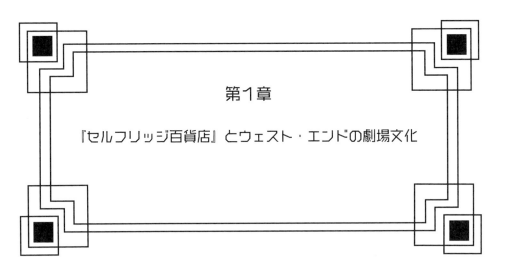

## 1 『セルフリッジ百貨店』と英国ウェスト・エンドの演劇

　2013 年の年明け ITV において、ロンドンのデパートメント・ストアを舞台にした英国の TV ドラマ放映が開始された。2007 年に出版されたリンディ・ウッドヘッドによる伝記にインスパイアされた『セルフリッジ百貨店（*Mr Selfridge*)』だ。そのデパートとは、ロンドンのショッピングの中心オクスフォード・ストリートのイコンとして威風堂々とそびえたつセルフリッジ百貨店である。この百貨店の創業は 1909 年、そして、創業者はハリー・ゴードン・セルフリッジ。このアメリカ人実業家は、大西洋をわたりロンドンにそのビジネスを拡張する以前、米国シカゴのマーシャル・フィールドにおいて「ちょっと見るだけ（just looking)」という「消費者に理想的な空間」を提供した (Woodhead)。セルフリッジは、「ロンドンの流通業に革命を起こし、後に世界に名だたるショッピング街を創造した人物であり、英国の流通業を近代化」した、とウッドヘッドは述べている。彼は店のフロアに「楽しみ」を、そして、ショッピングに「セックス・アピール」あるいは誘惑をもたらした時代の遥か先を行く先覚者であった (Woodhead 9-10)。こうした流通業を描く TV ドラマが 21 世紀現在取

り上げられている意味は、どこにあるのか。たしかに、本国にとどまらずグローバルな視聴者の心をとらえていることは、2016年現在第4シーズンまで続いていること、DVDも継続して発売されていることからもうかがえる。さらに英国高級紙『テレグラフ』紙は、セルフリッジ百貨店からジョン・ルイスにいたるまで、顧客に楽しみを提供してくれる空間であるデパートメント・ストアが、建物からスタッフまで、すべてが「劇場的」であるからこそ視聴者／顧客を魅了し続ける（Singh）、とその劇場性に注目していた。21世紀現在、カナダのウェストン一族が所有するグローバル企業SHELの一角をなすセルフリッジ百貨店の現状について、『タイムズ』紙は、英国が晒されている厳しい経済状況のなか、売上高を増加し収益を上げ、デパートメント・ストアとしては世界最大の資本投資と注目される歴史上・建築上重要な登録建造物であるロンドンの店舗改装プロジェクトを進行させている、と伝えている（Hipwell）。経営者は入れ替わったものの、セルフリッジ百貨店は、いまだ、オクスフォード・ストリートにおいて、マークス＆スペンサーと、そしてまた2015年からは、ファッション流通業界の勝ち組であるファスト・ファッション企業Inditexのグローバル・ブランドであるZARAとも、競合しながらロンドンを中心とする英国流通業界の牽引役となっているようだ。このような21世紀現在のセルフリッジ百貨店のイメージがグローバルなメディアで取り上げられている意味を、TVドラマにおけるウェスト・エンドの演劇を含むメディア文化の表象を通して考察してみたい。

　ITVのドラマ『セルフリッジ百貨店』において、ハリー・ゴードン・セルフリッジは、英国では前例をみないアメリカ流の広告宣伝活動を拒否した英国人共同経営者ウェアリング氏からオープンを前に資本撤退宣告を受け、財政問題に直面する。しかし、ロンドンのウェスト・エンドという文化空間におけるある遭遇を通して、その問題解決の糸口を得る。その遭遇とは、ゲイエティ劇場で活躍したコーラス・ガールから、婚姻関係によってロクスリー卿夫人へと階級上昇を果たした

DVD のカヴァー写真 *Mr Selfridge* DVD および Mr Selfridge DVD Back
imageUniversal Studios 2003

レイディ・メイとの出会いだ。この、ウェスト・エンドの劇場文化に
結びつく女性を通じて、彼女のロンドン一と謳われる「おしゃれな」
サロンに集う賓客たちのなかから出資者を紹介してもらい、財政危機
を乗り切ることに成功する。

　また、セルフリッジは、当時のウェスト・エンドの人気を博してい
たミュージカル・コメディのコーラス・ガールであるエレン・ラヴを、
店の広告塔として起用する。20世紀初頭のデパートメント・ストア
の劇場性はしばしば議論されてきたが、それとは若干異なるかたちで、
またはよりマテリアルなレヴェルでの英国演劇と百貨店との密接な結
びつきを、この二つの遭遇に垣間見ることができるのではないだろう
か。さらに、このウェスト・エンドの演劇を文化的に表象する二人
の（元と現役）コーラス・ガールあるいは女優とセルフリッジを結び
つけるきっかけを与えたのは、彼の仕事に関心を寄せて近づいてきた
『ロンドン・イヴニング・ニュース』紙の新聞記者フランク・エドワー

ズであった、という点も、新たに拾頭する大衆新聞メディアと消費文化の結びつきという観点から興味深いエピソードではないだろうか。

　本章では、20世紀初頭の英国演劇と消費文化との密接なかかわりや重層的な交錯を考察してみるために、トランスアトランティックに活躍するセルフリッジを主人公とした『セルフリッジ百貨店』、そこにさまざまなフィギュアやイメージを通じて姿をあらわすウェスト・エンドの劇場文化を中心としたメディア文化を取り上げる。具体的には、TVドラマ『セルフリッジ百貨店』を、異なるメディアを横断して存続する劇場文化として、21世紀の現在から論じる。現代英国のTVドラマやそれを産出する文化状況から過去に遡って、旧来の演劇史や劇芸術を見直し、過去の歴史に埋もれ忘れ去られたとはいわないまでも高い評価を得てこなかった作品を掘り起こすといったことは、私が目的とするところではない。そうではなく、現在のグローバルなメディア文化そのもの、およびその問題のほうを、マテリアルな存在可能性の条件とともに、むしろ、たえず拡張的に進展し変容してきた劇場文化の歴史的過程においてとらえ直す。そこで文化生産される劇テクストの意味や価値をあらためて問い直すことを、エドワード朝のミュージカル・コメディとゲイエティ・ガールの表象に注目したのちに、サマセット・モームの喜劇『おえら方（*Our Betters*）』をあらためて取り上げて解釈する。そのうえで、グローバルな消費文化における劇場性のイメージとしてのファッションや写真映像の生産・流通・消費のネットワークと劇場文化との関係性を探るための予備的考察をおこなう。最終的に、本章は、ロンドンのウェスト・エンドを中心とした、あるいはひとつの結節点とした劇場文化の空間に存在してきたこれらの表象の分析を通じて、現在のグローバルな資本主義世界とその文化における異種混淆的で多種多様な諸メディアにまたがるネットワークの存在を炙り出すことを試みたい。

## 2 『セルフリッジ百貨店』とゲイェティ・ガール

　手始めにまず、『セルフリッジ百貨店』におけるウェスト・エンドと劇場文化の表象を確認しておこう。セルフリッジが遭遇したウェスト・エンドという文化空間におけるゲイェティ・ガールの表象として、二つの出会いを取り上げる。第1シーズン第1エピソードにおいて、『ロンドン・イヴニング・ニュース』紙の記者エドワーズを媒介として訪れる劇場と、そこで活躍し新たに開店するデパートメント・ストアの華やかな広告塔として起用されることになるコーラス・ガール、エレン・ラヴが主演するミュージカル・コメディに注目してみよう。

> I haven't been out of school long
> And I haven't really found my way
> Won't be too long
> I've studied up on Pitman's Shorthand
> My typing's really very neat
> I know he thinks I'm quite efficient
> But I hope he thinks I'm also rather sweet
> He's everything I ever dreamed of
> He's got me in a giddy sort of whirl
> And when he gives dictation
> I get this tingling sensation
> I'm so happy to be his
> New girl, New girl　　　　　　　　　（*Mr Selfridge* 下線筆者）

セルフリッジやエドワーズを魅了するラヴというコーラス・ガールあるいは女優と結びつけられているのは、自らの職業の能力というよりもその性的魅力を武器に階級上昇を企てようとする欲望 "I hope he thinks I'm also rather sweet" ということになるだろうか。実際、エドワード朝ミュージカル・コメディのゲイェティ劇場のコーラス・ガールが

貴族との結婚を通じて階級上昇を果たした例があることは、歴史においても、そしてまた、このTVドラマにおいても、レイディ・メイのフィギュアとして存在していることからも明らかだ。

　白いブラウスにリボンと黒いタフタ風のミニドレスとを組み合わせた衣装を身に纏ったコーラス・ガールたちが舞台にかける踊りと歌に提示されるイメージは、職業訓練校を出て間もないロウワー・ミドルクラスの若い女性、「ニュー・ガール」たちであり、そこで彼女たちが就く可能性のある職業として明示的に提示されているのがピットマンの速記とタイピングであるということは見逃せない。ここに表象されているのは、19世紀末から20世紀初頭において従来の若い女性向けの職業とは異なる職種として、キャサリン・マリンが提示する主要な三つの職種のなかでもっともエリート的・知的とみなされた、電信・タイピングと結びつくイメージである。マリンによれば、これに続いてショップ・ガール、そしてさらに、バー・メイドが新たな職種として挙げられている<sup>(6)</sup> (Mullin 1-2)。

　ラヴが表象するのは、単純にタイピストでくくられる新たな「キャリア・ガール」のイメージにとどまらない。タイピストに続く「ニュー・ガール」としての、「ショップ・ガール」というイメージは、19世紀末ミュージカル・コメディ *The Shop Girl* でデパートメント・ストアの若い女性店員を演じたゲイェティ・ガールズと、彼女たちによる階級やメディアの境界線を横断するような関係構築の可能性を思い起こさせるからだ——このような階級やメディアの境界線を横断するフィギュアは、このドラマでは、ラヴではなく、むしろレイディ・メイによって表象されているのではあるが。

　セルフリッジの苦境を救う重要な出会いは、実は、このレイディ・メイのサロンにおいて訪れたのであった。レイディ・メイは、元ゲイェティ・ガールであったが、ロクスリー卿という貴族との結婚を通じて階級上昇を果たした。いまやロンドン社交界において華やかなサロンのホステスとしてネットワークのひとつの結節点となっているのが彼

女だ。そして、彼女のサロンは、イングリッシュ・ジェントルマンが集うナショナルで排他的な空間とは違って、ウェスト・エンドの文化空間としてさまざまな境界線を越える、ある種コスモポリタンな雰囲気も醸し出しているようだ。

　『セルフリッジ百貨店』に描かれる実業家セルフリッジが、ラヴやレイディ・メイとの、そして、『ロンドン・イヴニング・ニュース』紙の記者フランク・エドワーズとの協働作業において、ロンドンの流通業界を変革する過程は、以下のようなエリカ・ダイアン・ラパポートの議論によっても説明できるかもしれない。ラパポートによれば、セルフリッジ百貨店が大量消費の象徴とみなされるのと同様、ゲイェティ劇場は、19世紀末に花開いた大衆娯楽の新たな形式であるミュージカル・コメディと同一視された。セルフリッジ百貨店とゲイェティ劇場は、世紀末のウェスト・エンドにおいて集合的に巨大なヘテロソーシャルな大衆消費者という集団を構築したのだ（Rappaport 178）。セルフリッジをはじめとした大衆市場の支配者たち、すなわち、ファッション業界をリードするデザイナーたちは、ウェスト・エンドの舞台で、消費文化を販売していた。言い換えれば、小売業界は商品販売において演劇的テクニックを取り入れたということだが、ウェスト・エンド演劇も、観客をショッピングの世界に招じ入れる試みをした。19世紀末から20世紀初頭にかけてデパートメント・ストアと劇場は、「巨大な商業都市に種々雑多な人びとの集団」・「マス・マーケット」を形成するという共通の目標をもち、「消費者の飽くことを知らない欲望に火をつける」ことを目指すパートナーとなった。新たに構築されつつあった「観客」にスペクタクルなエンターテインメントという楽しみを売るという目標、が劇場と百貨店との文字どおりあるいは比喩的な合併というかたちとしてあらわれたのである（Rappaport 178-79）。

　こうしたメトロポリスにおける「マス・マーケット」の構築には、劇場における上演のマテリアルな側面の楽しみ、女優が身につける最新のデザインの衣装などを綴った記事が重要な役割を担った

(Rappaport 184-85)。劇場と店舗の相互関係をパブリックに提示し消費者／観客の欲望にさらに働きかけたジャーナリズムの存在があったということだ。別の言い方をすれば、20世紀初頭のロンドンの新しい集団形成において、デパートメント・ストアと劇場のみならず、出版メディアとの共犯関係、あるいは、ネットワークの存在が重要であったということではないか。本章がまずもって主張したいのは次のことだ。ゲイェティ・ガールを表象するメディア横断的な劇場文化としてのTVドラマ『セルフリッジ百貨店』が提示するのは、こうした流通業、劇場文化、ジャーナリズムの間に存在する相互関係によって、メトロポリスの文化が形成されてきた歴史的プロセスであり、そのようなプロセスを21世紀の現在に、また未来に向けて採用する可能性ではないだろうか。

## 3 TVドラマ『セルフリッジ百貨店』とモームの芝居『おえら方 (Our Betters)』

『セルフリッジ百貨店』第1シーズン最終エピソードは、レイディ・メイの媒介により、英国王エドワード7世を店の賓客として迎えるだけでなく、セルフリッジが王とともにウェスト・エンドで観劇をする場面を描いている。開幕直前、劇場というパブリックな空間において、ロイヤル・ボックスに姿をあらわす王による承認を示す会釈がセルフリッジに向けられることで、このアメリカ人男性実業家の名誉は、ほとんど、完璧に認知されたかにみえる。だが、このエピソードにおいて重要なのは、彼が晒される屈辱の経験だ。この劇場で上演されたのは、セルフリッジ自身とレイディ・メイに対するあからさまな諷刺を前景化した笑劇——セルフリッジを模したフィギュアがスペンドリッチ（Spendrich）と名指されつねにコーラス・ガールの尻を追いかける好色な男としておもしろおかしく描かれる——であった。同席した家族はこれを契機にアメリカに帰国、噂やゴシップの波を孤独のうちに乗り切ることを余儀なくされ、打ちひしがれたセルフリッジのイメー

ジと「オクスフォード・ストリートのキング」という宛名にこめられた皮肉、これらが第1シーズンの結末の映像イメージとなっている。

　この笑劇自体は、レイディ・メイがかつてパトロンをしていた若い作家トニーの創作によるものである。もちろん架空のものだが、セルフリッジのイメージが、ウェスト・エンドの舞台にかけられたことがかつて実際にあり、それこそがW・サマセット・モームの『おえら方』にほかならない。このようなトランス・メディア空間を通した関係性を歴史的にかつまたグローバルに指し示す点にこそ、劇場文化としてTVドラマ『セルフリッジ百貨店』を取り上げる意味があるのだ。

　グレアム・グリーンが「おそらく今世紀最高の社会喜劇」と名指したモームの『おえら方』は、第一次世界大戦の最中1915年にローマで執筆されたが、1917年のブロードウェイでの初演を経由して、ロンドンの初演はグローブ座における1923年であった。このロンドン初演の遅延の背景にある歴史状況は、第一次世界大戦下における英米の政治的・軍事的関係であった。1915年当時、英国は、連合軍側に米国を参戦させるべく奮闘しており、そのような状況において、この喜劇におけるアメリカ人の否定的な表象イメージが有害になりかねないという外務省の判断によって、上演が禁止されたのである（Curtis xxix-xxxi）。

　外務省が危惧したアメリカ人のイメージとは、どのようなものだったのだろうか。この問題を考察するには、まず、劇の基本構造を確認してみなければならない。主人公は、米国産の富を武器に英国人貴族との結婚により爵位を得てロンドン社交界に進出したアメリカ人女性パール、レイディ・グレイストンである。彼女のロンドンのメイフェアの邸の客間とカントリーハウスで繰り広げられるパーティにおいて、特異なまでに道徳観念に欠けた、ふしだらで堕落したロンドン社交界の姿が舞台にかけられる。プロットは、爵位やロンドン社交界での地位をマネーによって獲得し「おえら方」の仲間入りをしたかにみえるパールが、パーティを抜け出して友人ミニー（ドゥ・スュランス

公爵夫人）の若い恋人トニーとのティー・ハウスでの密会の現場を妹ベシーに発見されたことにより、ロンドン社交界でサヴァイヴするためのマネーの提供者（パトロン）アーサー・フェンウィックや友人ミニーの信頼を失い窮地に立たされるものの、最後はその（セクシュアルな）魅力と（世渡り上手な）知恵と影響力を最大限に駆使し、二人の「信頼と愛情」を取り戻す物語である。[7]

『セルフリッジ百貨店』における笑劇との関係でいうならば、このモームの喜劇は、たしかに、セルフリッジにインスパイアされたであろうキャラクターを登場させている。主人公パールの中年のパトロン（"middle-aged sugar daddy"）（Curtis xxix）アーサー・フェンウィックがそれである。実際、モームのテクストにおいて、フェンウィックを通じたセルフリッジのイメージは、どのようなものとなっているだろうか。そのイメージは、愛人であるパール、その妹ベシー、ベシーの元婚約者であるアメリカ人青年フレミング・ハーヴェイとの会話において、提示される。

Pearl: It doesn't matter, you're good-looking. If one wants to be <u>a success in London one</u> must <u>either have looks, wit, or a bank-balance.</u> You know Arthur Fenwick, don't you?

Fleming: Only by reputation.

Pearl: How superciliously you say that!

Fleming: He provides bad food to the working classes of the United States at an exorbitant price. I have no doubt <u>he makes a lot of money.</u>

Bessie: He's a great friend of Pearl's.

Pearl: When he first came over because they turned up their noses at him in New York, I said to him: My dear Mr Fenwick, you're not good-looking, you're not amusing, you're not well-bred, <u>you're only rich.</u> If you want to get into society you must spend money.

(Maugham 375 下線筆者)

フェンウィックというアメリカ男は「米国の労働者にまずい食料を法外な値段で売りつけ」て「大儲けした」、というフレミングの台詞が伝える表象は、「親しい友人」であるパールによって「ニューヨークでみなにそっぽを向かれた」というコメントで裏書きされている。つまり、フェンウィックは、卑劣な手段で大金を手にした、富裕である以外なんの取り柄もないアメリカからの移民ということになっている。実際の舞台でも、彼は「赤ら顔で白髪頭の年配の男」（Maugham 396）として登場するが、フレミングによれば、夫が一度も顔をみせないパールの家で「ホストのように振る舞う」「下品な好色（a vulgar sensualist）」（Maugham 412）で、みずから「あばずれ」（a slut）と罵ったパールとも一夜のうちによりを戻すような、ただの色好みの男として非常に否定的なイメージと絶えず結びつけられているようではある。たしかに、舞台にあらわれるこうした経済的にも性的にも否定的なイメージにセルフリッジが重ね合わされている。こうしたイメージは、『セルフリッジ百貨店』において劇場に集まり笑劇をみるロンドン社交界の「おえら方」が受容し消費する諷刺に、結びつけられているといってもいいかもしれない。こうして、アントニー・カーティスも指摘しているように、ロンドン社交界の堕落が、とりわけ、その世界にマネーの力で侵入し「爵位」が表象する英国のパワーを手に入れようとするアメリカ人が、嘲笑・諷刺の対象となっていたのであり、第一次世界大戦という歴史的コンテクストから英米関係にとって危険な脅威となるテクストであるとみなされてきた（Curtis）。

　だが、英国外務省が神経質になったのは、このようなカネに汚く性欲にまみれたセルフリッジのイメージだけではないはずだ。むしろ、米国のマネーを武器に英国のパワーに結びつく爵位を買い取りながらも、英国貴族が送る「威厳と責任と公的な義務の生活（a life of dignity, of responsibilities, and of public duty）」に適応できず「快楽（pleasure）」のみを求め続ける米国人を目にして、絶望し帰国する若

い女性ベシーの声を通じて語られるイメージ——「戦争中に故国を捨てる兵士（soldiers deserting our country in time of war）」（Maugham 464-65）——が、重要だったのではないだろうか。

　また、この女性ベシーと米国で結ばれる可能性を示して彼女とともに帰国するフレミングの若い世代と、英国社会に寄生し続ける上の世代のアメリカ人との世代間の差異に注目し、第一次世界大戦という歴史的コンテクストからこのテクストのエンディングを解釈するならば、マネーとパワーの覇権の英国から米国への移行として解釈することも可能かもしれない。

　だが、『セルフリッジ百貨店』とインターテクスチュアリティからモームのテクストの（再）解釈を試みる本章が注目するのは、そうした英米関係ではない。『おえら方』において決しておおっぴらに前景化されることはないものの、次のセクションで論じるように、モームの芝居にひそかに表象される 20 世紀初頭のロンドンに流行した二つの文化現象が重要な意味をもち、テクスト全体を構造的に規定している、ということだ。

## 4　ウェスト・エンドにおける二つの文化現象、あるいは、コスモポリタニズムのロンドン

　ウェスト・エンドの劇場文化に流通した二つのコスモポリタニズムの文化現象のうち、まず最初のものを確認するために、モームの『おえら方』の冒頭のト書きにおいて提示される、主人公パールの部屋の描写を取り上げてみよう。

> *Scene: the drawing-room at Lady Grayston's house in Grosvenor Street,*
> *Mayfair. It is a sumptuous double room, of the period of George II,*
> *decorated in green and gold with a coromandel screen and lacquer*
> *cabinets; but the coverings of the chairs, the sofas, and cushions, show*
> *the influence of Bakst and the Russian Ballet; they offer an agreeable*

*mixture of rich plum, emerald green, canary, and ultra-marine.*

（Maugham 369 下線筆者）

いまや、ロンドンのメイフェア、グロヴナー・ストリートの邸宅にレ
イディ・グレイストンとして居を構えるアメリカ女パールの客間が描
写されているが、ここで注目すべきは、当時の文化現象とされたセル
ゲイ・ディアギレフのロシア・バレエにおいて舞台美術を担当した、
レオン・バクストについての言及があることだ。<sup>(8)</sup>この室内空間の「豊
かな紫、エメラルド・グリーン、卵色、群青との心地よい調和」でま
とめられた全体的な雰囲気を生み出しているのは、英国の貴族的な趣
味で整えられた家具・調度品そして室内装飾だけでなく、「バクスト
やロシア・バレエの影響」があると、さりげなく、そしてまた、ひそ
やかに、この場面に挿入されている（Maugham 369）。ディアギレフ
のロシア・バレエ（「バレエ・リュス（Ballet Russes）」）は、ウッドヘッ
ドも指摘しているように、当時のロンドンにおいて、ファッションだ
けではなく室内装飾にも影響を与えた。

The biggest impact on fashion through dance, however, undoubtledly
came from Sergei Diaghilev's Ballet Russe, launched in Paris in the
summer of 1909. The stunning sets designed by Alexandre Benois and
Leon Bakst prompted a sea-change in home décor, triggering vibrancy
in everything from paint colours to curtains and cushions and Selfridge's
dedicated their entire run of windows to a promotion for the Ballet
Russe when Diaghilev brought the company to London in 1911.

（Woodhead 104 下線筆者）

ディアギレフのバレエ団のレパートリーのなかでも、もっとも有名で
かつまた商業的にも成功したのが『シェヘラザード』であり、このロ
シア・バレエの代表的上演は、観客となったヨーロッパやアメリカの

人びとを驚愕させるだけでなく、世界各地の女性が身に着けるものや客間の外見を大きく変容させてしまったという。そのヴィジョンを提示したのが、バクストにほかならなかったのであり、バクストがデザインした舞台セットと衣装は、当時もっとも名高い舞台装置／室内装飾となった。

　そしていうまでもなく、このようなロシア・バレエの衝撃とセルフリッジ百貨店における消費文化は、きわめて密接に関連しいわば協働して進展・転回していた。『シェヘラザード』の上演においてバクストがアレクサンドル・ベノワとともに担当したセットが引き起こした室内装飾における大変革——壁の色、カーテンやクッションなどに鮮やかな色を用いるなど——は、セルフリッジ百貨店にも、多大な影響を与えたからだ。そのショウ・ウィンドウの装飾は、ディアギレフの公演のイメージをオクスフォード・ストリートの空間に再現したものだった（Woodhead 104）。セルフリッジ百貨店のウィンドウ・ディスプレイに読み取れるのは、ディアギレフのバレエという文化現象が、ダンスだけではなく、さまざまなイメージとともに生産される衣装やセットの基盤となる『千夜一夜物語』など、異国情緒あふれる『シェヘラザード』の舞台全体にかかわることだ。オクスフォード・ストリートのデパートメント・ストアに出現したのは、端的にいって、きわめてモダンな文化的他者のイメージだった、ということかもしれない。同様に、モームのテクストも、ディアギレフのバレエ芸術そのものというよりは、むしろ、その舞台がロンドンのエリート階層の日常生活あるいはライフスタイル、たとえば、インテリア・デコレーションにおよぼした影響を舞台にかけているようだ。ただし、その空間には、英国人と共有する歴史や文化があるようでいて、異なるアイデンティティをもつ文化的他者であるアメリカ人が存在しているのだが。[9]

　21世紀に制作されたTVドラマ『セルフリッジ百貨店』において、ロシア・バレエはより明示的にそのイメージが提示される。ドラマという別のタイプのメディアにおける再生産・文化的翻訳において、20

世紀初頭ロシア・バレエの踊り手としてヨーロッパで人気を博したアンナ・パヴロヴァのパフォーマンスは、どのように歴史的に受容され変容されているだろうか。息をのむセルフリッジの妻ローズの表情、立ち上がって大喝采し赤い薔薇を投げる女性観客たちの姿によって、異国の文化がエリート階層の、とりわけ女性たちから受け入れられていることが示されているが、それだけではない。「魔法にかかったごとく魅了された」アメリカ人ローズは、パヴロヴァのバレエ鑑賞を「まるで完璧な美の瞬間」に喩え、とりわけ「すべての女性」が「パヴロヴァ的瞬間」を経験し享受するべきだ、と主張する。ここに示されているのは、国境や階級を越えて共有される文化が想像しマテリアルなレヴェルでも産み出すユートピア的空間の可能性にほかならない——階級社会英国でその梯子を上昇してきたレイディ・メイが提示するバレエのような芸術・美を理解し楽しめるのは「ごく少数の選ばれた人びと」だけであるという見解とは対照的に。ただし、21世紀のトランス・メディア空間におけるグローバル・ポピュラー・カルチャーとして流通するTVドラマの場合、パヴロヴァが表象するロシア・バレエのイメージは、『シェヘラザード』ではなく、よりクラシックで、よりわかりやすい『白鳥の湖』に代わっていることも、注意しておこう。

　ウェスト・エンドにモダンでファッショナブルな文化現象として流入したロシア・バレエとは別に、モームの劇テクストを構造的に規定する重要な要素でもある、もうひとつの文化現象がある。それは、このテクストのエンディング、つまり主人公パールと友人ミニーと和解する場面に提示される。若い恋人トニーをめぐって対立した二人の女性の和解をもたらすのは、ひとりのダンス教師の登場だった。前日の怒りさめやらないミニーは、一刻も早くパールの邸を離れロンドンまで帰ろうとするが、車が出払っていて思うに任せない。

　ミニーが待ちわびていた車が戻ったところ、なんと、彼女が賞賛するダンス教師アーネストが降り立ったのだ。アーネストとの再会に心

揺れるミニーは、最初は一踊りしてすぐに帰るつもりでいたが、彼がみせる最新のダンス・ステップをみて、ダンスへの熱狂を抑えられず、本格的なレッスンを晩に受けるために、滞在することにするのだ。さらに、ミニーは、これまで決して許さないと非難していたパールに対して、「あなたったら時々いけない人になるけど、パール、優しい心をおもちよね、だから好きにならずにはいられなくってよ（You're very naughty sometimes, Pearl, but you have a good heart, and I can't help being fond of you）」（Maugham 469）と告げたかと思うと、二人で情感こめて抱き合い、ばかばかしいほどに唐突に、和解が成立してしまう（もちろん、パールのほうは計算済みだが）。このダンス教師が何者なのか、ト書きにも台詞においても明示されることはない。ただし、ト書きに注目してみるならば、"He is *a little dark man, with large eyes, and long hair neatly plastered down*"（Maugham 466 下線筆者）とあり、このダンス教師が、白人の英国人ではない、文化的他者であることが示される。さらに、ミニーに対してアーネストが述べる "That's what I always say about these modern dances…That's what these modern dances want—passion, passion"（Maugham 468 下線筆者）という台詞があるが、そうした強烈な情熱が必要なモダン・ダンスとは、いったい、なんなのか。

　その答えは、『セルフリッジ百貨店』における文化的他者のイメージとして提示されるもうひとつの場面に見出せる。第2シーズン第2エピソードにおいて戦争勃発の兆しが落とす暗い影を振り払うため、セルフリッジ百貨店では、スタッフの士気を高める計画が提案される。その企画は、化粧品売場のキティによる提案、「タンゴの夕べ」である。ソーホーのデルフィネという店に出演中のタンゴ・ダンサーを店に招いてパフォーマンス鑑賞後、店内のレストランでスタッフ・パーティを催すという彼女のアイディアが採用されるのだ。[10]「女の子はみんなタンゴが大好きですもの」「きっと素晴らしいに違いないわ」というキティは、ロンドン「マス・マーケット」を形成するショップ・

ガールや独身女性、モダンな文化的他者に対する欲望を示す女性たち
のイメージを表象している。タンゴのイメージのこのような変容、彼
女たちが魅せられたタンゴという異文化の誘惑は、モームのテクスト
においてミニーが示す文化的他者であるダンス教師に対する崇拝を、
21世紀のグローバルなメディア文化において書き換えているのでは
ないだろうか。

　バレエ同様、当時ファッション・芸術等と結びつき流行したが、タ
ンゴは、より広い層に受容されるという点でバレエよりも影響力があ
り、かつ議論の対象にもなった。階級や国境を越えて非常にポピュ
ラーであった、ということだ。このモダンなダンス、あるいはタンゴ
への熱狂について、外国性や境界横断的で可変的な多孔性をキー概念
として、コスモポリタンなロンドン、とりわけ、ソーホー地区におけ
るヴィクトリア朝後期から第二次世界大戦末期にいたる期間に経験し
た歴史的変容を、ジュディス・R・ウォーコウィッツの研究は以下の
ように説明している。

The elite female constituency that adored Allan and Pavlova also
embraced a new form of social dancing, when the tango craze spread
from Paris to London in 1913. Like ragtime dancing, tango was first
performed on stage in 1912 as a dance number in *The Sunshine Girls*,
and then refined, polished, and presented in a sophisticated form
appropriate for social dancing, under the supervision of professional
dance instructors. Department stores like Selfridges lost no time
in promoting new commodities associated with the tango——tango
accessories and tango dresses in yellow and reddish-orange that required
women to remove their steel-boned corsets.（Walkowitz 83 下線筆者）

ウェスト・エンドのエリート層の女性たちは、ロシア発のパヴロヴァ
等のバレエのみならず、新たなダンスの形式としてのアルゼンチン発

のタンゴを、プロのダンス教師の教授のもと、受容した。さらに、モームのテクストが諷刺の対象としているセルフリッジ百貨店では、その文化現象は、新たな商品、たとえばタンゴ風のアクセサリーや黄色・赤みがかったオレンジ色のタンゴ風のドレスとして、ディスプレイされていた（Walkowitz 83）。

　20世紀初頭の英国・ロンドンのいくつかの新聞に掲載されたセルフリッジのコラムを自らのコスモポリタニズム研究の出発点とするミカ・ナヴァによれば、セルフリッジの新聞寄稿欄と当時の広告キャンペーンは連動し、そこに提示される「コスモポリタンは世界市民であり、ナショナルな制約や偏見には縛られない」、コスモポリタニズムと非排他的で進歩的な見解は、島嶼的で排他的なロンドン社交界と保守的な知識人グループに対する巧妙な挑戦であった[11]。セルフリッジと寄稿欄の読者・店の顧客たちに共有されたであろうコスモポリタニズムの意味を考察する際に、ナヴァが重要な文化現象として注目するのが、モダンなアヴァンギャルド芸術であるロシア・バレエ『シェヘラザード』、そして、同時代のグローバルにポピュラーなダンスであったタンゴだ（Nava 3-5）。ロシア・バレエやタンゴという異文化に対する寛容さを知的で美学的なスタンスで示したセルフリッジと、その近代的なデパートメント・ストアに結びつくコスモポリタニズムは、ナヴァによれば、彼の反島嶼的でトランスナショナルでユートピア的なヴィジョンであり、そこでは文化的差異が奨励され、評価され、そしてさらには欲望すらされる（Nava 21）。セルフリッジと彼を取り上げる新聞メディアには、文化的差異が寛容に、おおらかに肯定されるようなコスモポリタニズムが表象されている、とナヴァはみなしているのだ（Nava 37）。

　このような「差異の誘惑（The Allure of difference）」に注目しセルフリッジのコスモポリタニズムを評価するナヴァの議論をふまえてみるならば、『セルフリッジ百貨店』と『おえら方』との二つの異なるメディアのテクストに表象される、20世紀初頭の二つの文化現象の

差異は、それぞれのテクストがターゲットとして想定した人びとの階層や階級関係にかかわっている、と解釈できる。異なる時代や文化状況を異にして、それぞれ多種多様な受容のスタイルや欲望を有する観客を——たとえば、『おえら方』はウェスト・エンドのエリート層を、『セルフリッジ百貨店』は国や階級の境界線を越えたグローバルな視聴者を——それぞれ想定していることに、そうした差異は起因しているのではないだろうか。そして、二つの文化現象のさまざまな表象が引き起こし再生産した差異は、コスモポリタニズムに染まり少なからざる速度と強度とともにその姿を変化させてゆくロンドンに対する対応・反動とみなせるかもしれない。文化的他者に対する排他的な反応が探られるモームのテクストに対して、文化的他者に対するより寛容な受容を提示するTVドラマには、グローバル化が進行する21世紀の現在における、コスモポリタニズムのロンドンの存在を、そしてまた、その存在の新たな意味を探る試みを、ひょっとしたら読み取ることができるのかもしれない。

## 5 トランス・メディア空間としてのウェスト・エンドをめぐるネットワーク

　最後に、『セルフリッジ百貨店』におけるウェスト・エンドの劇場文化の表象は、ロンドンというメトロポリスの空間において、さまざまな境界線を越えて形成されるマテリアルな文化の生産過程で生じるネットワークの可能性を炙り出すのではないか、ということを提案して本章の議論を閉じたい。そうした、ヨーロッパやアメリカをも含むような、ロンドンのトランスナショナルなメディア空間におけるネットワークの存在を探るうえでの、興味深い文化的遭遇を個人的に経験したことから話をはじめたい。

　それは、アメリカからヨーロッパ、英国へと大西洋を横断した写真家、ジェイムズ・アビーの仕事との遭遇だ。2016年秋、ロンドンのファッション＆テキスタイル・ミュージアムで、「1920年代

ファッション＆テキスタイル博物館
「1920年代ジャズ・エイジ──ファッションと写真」
著者撮影

ジャズ・エイジ──ファッションと写真（1920s Jazz Age: Fashion &
Photograph)」という期間限定の展覧会が開かれたが、何気なく訪れ
た催しのクライマックスで取り上げられていたのが、写真家ジェイム
ズ・アビーの撮影したジャズ・エイジの演劇・映画スターたちの写真
だった。展示室の入口脇の壁に掲げられた「ジェイムズ・アビー──
ジャズ・エイジの写真家」というタイトルとその下につけられた紹介
文、部屋の壁一面に飾られた数々の肖像写真おのおのに添えられた説
明をみれば、ゴードン・セルフリッジ同様、大西洋を横断してやって
きたこのアメリカ男の演劇・映画界にとどまらないトランスナショナ
ルに移動し拡がってゆく交友関係に驚かされる。

　アビーは、1917年、ニューヨークに最初のスタジオを開いた後、
『ヴァニティ・フェア（*Vanity Fair*)』誌をはじめ、主要な雑誌にその
写真が掲載されることになるのだが、その後、パリを拠点に、ヨー
ロッパの各都市そしてロンドンを訪れ、その地で活躍する映画・舞台

のスターたちを撮影した。今回の展覧会で展示された写真は、アビーが交友を結んでいた当時の有名スターたちを取り上げたものであるだけでなく、これまではあまり知られることのなかったファッション研究の端緒となるようなものが集められている。このような説明を読んだのち、展示室に入ってすぐに目に飛びこんでくるのが、ギリシア彫像のような凛とした美しい女性の写真だ。この被写体となっている女性は、英国出身のスーパーモデルでもあるジーグフェルド・フォリーズのショウガール、ドロリスである。彼女をスーパーモデルに育て上げた英国の高級婦人服デザイナー、レイディ・ルーシー・ダフ＝ゴードン（通称ルシール）は、ルシールという名のブランドを立ち上げ、ロンドンに店を出店してウェスト・エンドの上流階級や富裕層のオート・クチュールを手掛けたのち、大西洋をわたりニューヨークやシカゴでも事業を展開した女性だ[12]。ファッション・ショウの先駆者であった、この英国人女性デザイナーは、ニューヨークで、ジーグフェルドのショウのコスチュームの担当を依頼され、その際、ドロリスをはじめ、ルシールが育成したモデルたちもそのショウに出演することになった。ドロリスたちはコーラス・ガールのように歌ったり踊ったりすることなく「ジーグフェルド・ウォーク」という体をくねらせて滑るような歩き方で舞台に登場した。そして、この歌も踊りもなく歩くだけのモデルたちが、「ショウガール」とよばれることになった（Pel and Pepper 61-62）。スーパーモデル／ショウガールのドロリスともに、彼女を育成したルシール自身も、セルフリッジやアビーとは逆のベクトルでロンドンからニューヨークというルートで大西洋を横断して、消費文化と演劇文化の変容の過程にかかわっているということが、アビーの展示の最初にドロリスの写真が飾られることの意味ではないだろうか。

　多くのセレブが名を連ねるが、ハリウッドでアビーが成功したきっかけとなったのは、リリアン・ギッシュの撮影であった。ロンドンでは、カワードがその多彩な才能を演劇界に開花させたレヴュー『ロ

ンドン・コーリング！（*London Calling!*）』のスケッチの舞台写真を
撮っている。この写真に写っているのは、カワードの代表作『私生
活（*Private Lives*）』の原型となったスケッチ「果報は寝て待て（"Rain
Before Seven"）」で新婚夫婦役を演ずるノエル・カワードとガートルー
ド・ローレンスだ。ヴェネツィアのイメージを背景にしたストライプ
のパジャマ姿のカワードの若き姿は、普段あまり目にすることがない
が、のちにセレブとして上流階級向けの雑誌の表紙を飾ったときのガ
ウン姿のイメージの先駆けともなっているように思われる。

　しかしなによりも、本章の関心からするならば、以下の記述を見逃
すわけにはいかない。

　　　For the film *London* (1926) Abbe photographed Paul Whiteman, "King
　　　of Jazz," at the Kit Cat Club, where <u>Gordon Selfridge</u>, founder of the
　　　eponymous department store, first met The Dolly Sisters.
　　　　　　　　　　　　　　　　　　　　（Fashion and Textile Museum 下線筆者）

リリアン・ギッシュの妹ドロシーが主演した『ロンドン（*London*）』
というサイレント映画のために、アビーはジャズ王ポール・ホワイト
マンを写真撮影したらしいのだが、その撮影場所となったのは、英国
ロンドンの伝統的な政治的・文学的アソシエーションでもあるキット・
キャット・クラブである。この典型的に英国性の記号を帯びた政治文
化の空間こそ、米国人ゴードン・セルフリッジが、はじめて、ドリー
姉妹と遭遇した場所にほかならない。そして、このハンガリー生まれ
のセレブ姉妹が、『セルフリッジ百貨店』第 4 シーズンにおいて劇場
文化の表象となっている。

　21 世紀の TV ドラマでは、ロンドン社交界におけるサロンのホス
テスは、コーラス・ガールから貴族の仲間入りをしたレイディ・メイ
によって演じられているが、サマセット・モームの『おえら方』にお
いては、大西洋を越えてその富によって英国の爵位を購入したレイ

ディ・ジョージ・グレイストンという、アメリカ出身の女性となって
いる。『セルフリッジ百貨店』では、金融資本を所有しかつまたそれ
自体を具現するかのような、レイディ・メイという女性投資家・出資
者は、夫との離婚によってマネーを失い第2シーズンを最後にその姿
を消す──ただし、第4シーズンでは売場主任として雇用され、女性
労働者に変容して再登場するが。金融資本家のフィギュアである彼女
に代わり、その断片化した分身・分裂した表象イメージとして姿をあ
らわしてくるのが、ギャンブルと宝石といった金融・経済の煌びやか
なイメージに彩られたドリー姉妹である。この意味で、彼女たち姉妹
が劇場文化の表象となっているのは、踊り子／女優としてパフォーマ
ンスをおこなうからというだけにとどまらず、演劇というものの生産
をマテリアルなレヴェルで存在可能にする経済審級をレイディ・メイ
のフィギュアによって再上演・表象してみせている、と解釈しうるか
らである。こうしたグローバルな資本主義世界と文化の生産・再生産
のネットワークのひとつの結節点としての『セルフリッジ百貨店』に
おいて、観る／見るものたちの目を引くように前景化されていたの
が、ロンドン社交界にさまざまな人脈をもつ元ゲイェティ・ガールの
イメージであったことになる。このように、アビーのカメラの被写体
となったフィギュアの集合体には、20世紀初頭に、異なるメディア
を横断して形成されたトランスアトランティック、あるいはグローバ
ルな生産過程の存在を、ひそやかに、しかし、たしかに指し示すネッ
トワークの存在が垣間見えてこないだろうか。[13]

　たしかに、かつては、大西洋を横断しロンドンをはじめとした英国
諸都市ならびにヨーロッパを訪れ、各地のデパートメント・ストアを
視察し、パリのボン・マルシェ百貨店について調査・研究したセル
フリッジは、「流通革命（"a retailing revolution"）」を起こすべく、ロ
ンドン進出への準備を整えていた。また、『セルフリッジ百貨店』の
前年にBBCで放映が開始された『ザ・パラダイス』は、英国におけ
る百貨店の黎明期を描いているが、このTVドラマに登場する店のモ

デルとなっているのは、エミール・ゾラの『ボヌール・デ・ダム百貨店』ということもある。ここからも仏米英で、この時期同時多発的に流通革命が起こっており、それらはトランスナショナルにつながっていることがわかるだろう。劇場文化を新たに構成し再編制するTVドラマ『セルフリッジ百貨店』に集約されたかたちで表象されているのは、勃興する新たな流通・産業生産体制の個々の店というよりは、20世紀初頭のロンドン、ウェスト・エンドにおける「流通業革命」であった、といってもいいのではないだろうか。

　もっとも、21世紀現在の状況と比較してみるならば、かつてセルフリッジがロンドンにもたらしたような変革の波が、まったく新たな姿でより激烈なかたちで、流通の世界、とりわけ、デパートメント・ストアを中心としたファッション業界や服飾小売業を再び襲っているようだ。毎年9月に各都市で有名デザイナーのファッション・ショウが開かれ煌びやかなセレブたちが結集し、次の春の流行が決定されるという聖なる儀式が、そのいまや「時代遅れ」とみなされるシステムの見直しを迫られているというのだ。ニューヨーク、パリ、ロンドン、ミラノなどの諸都市で開催されるこれらの「聖なる儀式」は、インターネット上で即座にグローバルに動画配信され、デザインにインスパイアされたファスト・ファッション企業の店先に即座にならぶことになり、春物の流行の牽引役となるはずのオリジナルのデザインが店頭にならぶ頃には、世界中の世代も趣味も多様にセグメント化し拡散した消費者たちにはすっかり飽きられてしまうという。また、消費者が購入したいのは「今」身に着けることができる服であり、夏に毛皮というような時期外れのショッピングは、もはや「時代遅れ」だと考えられているのだ。こうしたファッション・流通業界で、勝ち組となっているのはファスト・ファッション業界の大手 Inditex と TJX であり、伝統的なデパートメント・ストアは負け組になってしまっている、と2016年9月10日付の『エコノミスト』誌は論じている[14]（"Passé"）。

　日本をはじめとした（帝国アメリカを除く）先進諸国が、なおも持

続可能な経済「成長」を続けるには流通業革命が鍵である、ともいわれる21世紀の現在（水野）、そうした小売・流通業界をめぐる今日の歴史状況をふまえながらも、本章が試みたのは、まず、現在のグローバルな資本主義世界とその異種混淆的で多種多様な諸メディアを横断するメディア空間において生産および再生産の歴史的過程をたどり直すことであった。具体的には、かつて小売業を革命的に変容させた舞台であるデパートメント・ストア、そうした近代化を具現する小売業の範例をロンドンに創立したハリー・ゴードン・セルフリッジや、またとりわけ、特定の時代区分・境界をさまざまに越境するようなイノヴェーションを繰り返し続けたこの野心的なアメリカ人男性実業家をモデルとしたTVドラマ『セルフリッジ百貨店』とモームの演劇テクスト『おえら方』、ロシア・バレエやタンゴというコスモポリタニズムのフィギュアとなる二つの文化現象を、ジェイムズ・アビーの特異な写真とその映像文化とともに取り上げ、解釈の対象とした。言い換えれば、さまざまに文化生産されるこれらの表象の読み直しを通じて、ロンドン、ウェスト・エンドの劇場文化の空間に存在してきたグローバルな資本主義世界の流通・翻訳・変換を媒介とする生産過程そのもののネットワークの存在を炙り出すことを、本章は試みた。

## Notes

（1）この「ちょっと見るだけ」という店頭で商品を購入する前の躊躇をあらわすお定まりの弁解について、レイチェル・ボウルビーは以下のように述べている。

> "Just looking": the conventional apology for hesitation before a purchase in the shop expresses also the suspended moment of contemplation before the object for sale—the pause for *reflection* in which it is looked at in terms of how it would look on the looker. Consumer culture transforms

the narcissistic mirror into a shop window, the *glass* which reflects an idealized image of the woman (or man) who stands before it, in the forms of the model she could buy or become. Through the glass, the woman sees what she wants and what she wants to be. (Bowlby, *Just looking* 32)

『セルフリッジ百貨店』の冒頭、セルフリッジは、旧来のまさに座売り方式と同様の店舗形式をとるロンドンの老舗百貨店に赴き、その手袋売場で棚にある商品をすべてカウンターに陳列するように要求する。常識外れとも思われる顧客の要求をはじめは拒絶していた店員（アグネス・タウラー）も、彼の不可思議なマジック（？）に抗しきれずついには要求に応じてしまう。さらに、セルフリッジは、無造作にカウンターに広げられた手袋のなかからアグネス自身に「君だったらどれを選ぶか」という奇妙な問いかけをする。こうしたやりとりに英国人フロアウォーカーは、購入する気がないのであれば店から退出していただきたいと慇懃無礼にセルフリッジに告げた後、アグネスには推薦状なしの解雇を言い渡す。前近代的な店舗形式を固辞する英国の老舗百貨店と、近代的な店舗形式である商品の陳列と顧客の自由な選択との対立が鮮やかに描かれている場面だ。付け加えておくならば、実際の歴史において、セルフリッジがロンドンの老舗百貨店を視察している際のこの場面にかかわる出来事が記録されている。

He particularly disliked floorwalkers. "Is Sir intending to buy something?" asked one supercilious man. "No, I'm just looking," replied Selfridge, at which the floorwalker dropped his pseudo-smart voice and snarled, "Then 'op it mate!" Selfridge never forgot the incident and refused to hire "walkers" when he opened in Oxford Street two decades later. (Woodhead 6)

リバティのウィリアム・モリスの生地やベイズウォーターのホワイトリーには感銘を受けたがほかの店には失望し、なかでも「フロアウォーカー連中（floorwalkers）」には反感・嫌悪感を彼はいだいたといわれる。実際にセルフリッジ百貨店をオープンしたときにこの職に就いていたものを決して雇用しようとはしなかったという（Woodhead 6）。
　さらにもうひとつ指摘しておきたいのは、共時的観点から、セルフリッジ百貨店の創業、つまり、アメリカから英国へ「デパートメント・

ストア」が革命的に導入された、1909 年という時期だ。日本の状況に目を向けてみるならば、三越を近代的な百貨店に変えた中心人物日比翁助が「米国に行なわれるデパートメントストアの一部を実現致すべく候」いわゆる「デパートメントストア宣言」をしたのが、1904 年であった（梅本 69-70）。同時期あるいはロンドンのそれに先立って、極東の東京で近代化へ移行する一端が、百貨店に先立つ観工場（かんこうば）という都市文化・消費文化の空間で観られたことが、なにより興味深い。

　観工場とは、1878 年に初めて設立され明治期の短い期間に繁栄した空間である。観工場は、近代に移行する過渡期の都市文化にとって重要な意味をもっている。ここで特に興味深いのは、この観工場がそれ以前に一般的であった座売り方式という、売り主が客と一対一に対応し、必要に応じて蔵などから商品を取り出すという店舗形式ではなく、購入希望者が、陳列された商品をみて選択するという陳列販売方式という近代的な店舗形式をいち早くとっていたという点である（初田 9-11）。

(2) ロンドンのウェスト・エンド形成における女性の役割に注目し、快楽のためのショッピングを論じたラパポートは、「ショッピングの新たな時代──エドワード朝ロンドンにおけるアメリカのデパートメント・ストア」と題した章において、セルフリッジが女性性・ショッピング・ロンドンに関する彼のヴィジョンを促進するために、新たな宣伝広告の形式を取り入れた、と論じている（Rappaport 143）。また、以下のように、いかにその新たな形式がより大きな意味での文化的変容にかかわっていたかを、セルフリッジ百貨店の開店時のウィンドウ・ディスプレイについての新聞・雑誌メディアでの受容を通してを紹介している。

An article in the *Retail Trader* in 1910…compared the window dresser to a stage manager: "Just as the stage manager of a new play rehearses and tries and retries and fusses until he has exactly the right lights and shades and shadows and appeals to his audience, so the merchant goes to work, analyzing his line and his audience, until he hits on the right scheme that brings the public flocking to his doors." …One "specialist" summarized: "We are beginning to see that people are influenced more through the eye than any other organ of the body." While reporting on Selfridge's opening-week window displays, the *Daily Chronicle* put it simply: "The

Modern Shop is run on the principle that the public buys not what it wants but what it sees." Although Gordon Selfridge stimulated consumers' visual pleasures, he also asked them to associate shopping with an almost inconceivable range of other sensual and social pleasure. (Rappaport 158-59)

(3) 日本においては、2016 年 11 月に、イマジカ BS において『セルフリッジ英国百貨店』第 3 シーズンが放映されていた。

(4) レイディ・メイの部分的なモデルとして、セルフリッジと友人関係にあった元ゲイェティ・ガールで、結婚を通じてヘッドフォード侯爵夫人となったロージー・ブートを挙げることができるだろう。ブートは 1901 年ヘッドフォード侯爵と結婚するのだが、この結婚はエドワード朝ロンドンの社交界全体を揺るがすスキャンダルであったらしい。侯爵の親族・知人は、王室をも巻きこんでその結婚を阻止しようとしたが、その計略は失敗に終わり二人は周囲の反対を押し切って結ばれたという。貴族とコーラス・ガールとの結婚は前例がないことではないが、こうした階級の境界線を越えた結びつきは否定され、社交界から排除されるのが通例であったというが、ヘッドフォード侯爵夫妻は 2 年の時を経て、ロンドン社交界への復帰が許されたということだ（*The Esoteric Curiosa*）。

(5) ドラマでは、レイディ・メイに紹介された実業家の狩猟パーティに同行して投資を獲得するということになっているが、この実業家の企業の詳細は示されてはいない。現実の歴史においては、この財政危機の救世主は、当時の英国の最大小売チェーンのひとつであったホーム・アンド・コロニアル社の共同創始者のひとり、ジョン・マスカーであった。この紅茶の販売から財を成したマスカー氏が、セルフリッジの「ロンドン初の注文システムの百貨店（London's first custom-built department store）」に投資したことで、1908 年にセルフリッジ株式会社が設立されることになった（Woodhead 79）。

(6) ミュージカル・コメディのコーラス・ガールが表象する New Girl のイメージについては、スペクタクルとしての女性性の舞台化という観点から、ミュージカル・コメディとモダニティと女性的なものとの関連について論じている Platt を参照のこと。

(7) この劇を 1956 年に文化的に翻訳した木下順二の解説によれば、以下のようになる。

ここに登場するアメリカ女たちは、アメリカ人の通有性である「爵位」への魅力からイギリスの貴族たちと結婚して、たちまち男爵夫人や侯爵夫人になりすまして大得意である。但しその貴族たちはご覧のような無能力な不良少年であり手に負えないエロおやじであるのだが、そんなことは一向かまわない。そして彼らから、あるいは別なつるから、ご覧のように金を引き出して毎晩パーティをやる。何何伯爵夫人の家へ行きさえすれば、毎晩えらいヴァイオリニストの演奏が聴けるし有名なダンス教師と踊れるという評判が立つ。そうするとそのアメリカ産の伯爵夫人は幸福で気が遠くなりそうになるという具合である。……尤もモームは、むろん特にアメリカ人を皮肉っているわけではない。その點はイギリス人のインチキ貴族の見るに耐えないみっともなさをも、誠に公平に描いている。（木下 184-85）

(8)　もちろん、Ballet Russes とよばれるディアギレフのロシア・バレエ団バレエ・リュスの場合のように英国国外からウェスト・エンドへと文化的に流入するのとは逆のベクトルで、大西洋を跨いで移動するヨーロッパ発の文化がアメリカへ移動した例も、ここでは示唆されている。ジョージ王朝風建築は、もともとはこれまたルネサンス期のヨーロッパ大陸、イタリアの建築家パラディオに範をとった古典様式であるが、この英国国内の貴族文化となった建築スタイルが、国境を越えてかつての植民地であったアメリカに伝えられ裕福な移住者の間でブームとなり、コロニアル・スアイルとしてニューイングランドや南部の植民地で定着してステイタス・シンボルとなった。

(9)　モームによる『おえら方』という劇テクスト生産には、セルフリッジと不倫関係にあったモームの後の妻シリー──当時は、現在の多国籍製薬会社の母体となったウェルカム社の創業者ヘンリー・ウェルカムと婚姻関係にあり、モームとの結婚はセルフリッジとの破局のあと、ウェルカムとの離婚が成立してから──がかかわっていたが、彼女がインテリア・デコレーターであったことは、興味深い。

(10)　ここでタンゴに結びつけられるキティというショップ・ガールが化粧品売場の店員であることは、その後、タンゴ・パフォーマンスが催されることになるソーホーのクラブで、彼女が実際にタンゴを踊る場面の含意も考慮すると興味深いかもしれない。そもそも、口紅やマス

カラなどの化粧品は女優や娼婦に結びつけられており、化粧品売場は、英国の百貨店においては店の片隅に追いやられていることが常であった。フランス経由でファッショナブルな女性が化粧をするのが流行となっていることを知り、セルフリッジ百貨店でも化粧品に力を入れるようになったということらしい（Woodhead 102, 111-12）。

(11) メトロポリス、ロンドンを基盤にするトランスナショナルな商人・金融家というソーシャル・グループの代表としてのセルフリッジは、実はより伝統的なエリート層からは社会的に周縁化されていた。伝統的で英国的なライフスタイルの優越性というアイディアの魅力とモダンで差異をともなう異国物とみなされたものを探求し取り入れていくこと。この二つは、世紀転換期の社会のダイナミズムのそれぞれ重要な一部を示していた（Nava 37）。

(12) ファッション産業という流通あるいは文化の経済を考えるときに重要な存在であるこのルシールの妹が、当時のベストセラー作家にして、現在のミドルブラウ文化研究でも脚光を浴びているエリノア・グリンである。いまさらいうまでもないが、グリンの存在は、英国保守党の大物政治家の客間を舞台に繰り広げられたサロンやその政治ゴシップを発信・拡散させる拠点を構成するだけでなく、彼女の「イット・ガール（セクシーに魅力的な若い女性）」の表象こそ、モダニズムをトランスアトランティックにとらえ直しさらにグローバルなメディア文化において解釈し直すキー・フィギュアであった。

(13) また、アビーが撮影した舞台・映画スターをめぐる映像文化の解釈について言うなら、彼らスターたちの背後に存在し彼女らが出演する作品・テクストの制作にかかわるマネーやパワー、たとえば、ウェスト・エンドの興行主も含むこうしたネットワークを論じる別稿を準備中である。

(14) このようなメディア文化としてのファッション業界の変容は、実は、すでに出版メディア業界のなかでも雑誌の流通において予測されていたことかもしれない。ファッション雑誌『ヴォーグ』誌の9月号は『9月号（*The September Issue*）』として差別化されるが、このファッション業界の司令塔ともみなされるこの雑誌を出版するコンデ・ナスト社は、インターネットの普及により不況に喘ぐ雑誌業界のなか、紙媒体だけではなくウェブサイトを立ち上げることに積極的で、そこに将来のより大きな市場を獲得することを目指している。当初は、紙媒体との差別化を図るためか、『ヴォーグ』ではなく『スタイル』という名

称を用い STYLE.com を立ち上げていたが──アナ・ウィンターは批判的なコメントを述べている──、その後『ヴォーグ』独自のウェブサイトを配信しはじめた（"Out of Vogue"）。

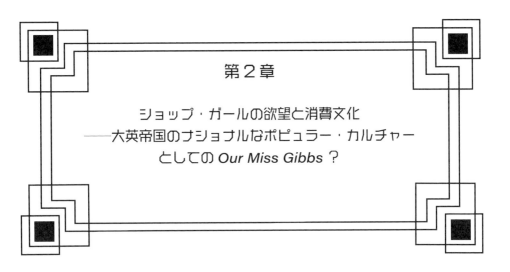

第2章

ショップ・ガールの欲望と消費文化
——大英帝国のナショナルなポピュラー・カルチャー
としての *Our Miss Gibbs*？

## 1　ショップ・ガールの欲望と消費文化

　英国のミュージカル・コメディは、文化的変容と技術革新の時代に対応する特徴的な態度において、物質的および美学的な構築という点において、モダンな文化であった。そしてまた、ヴァラエティという出し物というよりは、本格的なショウであるミュージカル・コメディは、専用の台本にもとづくそれ自体で独立した芝居であった。英国のミュージック・シアターとそこで上演されたコメディに関するほぼ最初の通史として、2004年に出版されたレン・プラットの研究のポイントをまとめるならこのようになる (Platt 28)。ウェスト・エンドのミュージカル・コメディの生みの親ともみなされているゲイェティ劇場のプロデューサーのジョージ・エドワーズは、より強力な商業的な価値をもつ革新的なエンターテインメント市場を開発した。彼が産み出したミュージカル・コメディは、なによりも集団的なものであった。すなわち、労働といっても、ミュージカル・コメディにかかわる労働は生産というよりはどちらかというと消費に、個人のキャリア・出世あるいは娯楽・気晴らしというよりは集団のエネルギーやダイナミズムが前景化された (Platt 28)。こうして、*Our Miss Gibbs* の場合

のように、ショップ・ガールの欲望と消費文化を表象するポピュラー・カルチャーとしてエドワード朝のミュージカル・コメディが勃興したということになる。ただし、個人に焦点を当てるというよりは、歌い踊るモダンな少女たちが、多数のキャストとして舞台空間に配置され、セクシーでまばゆい笑いやユーモアが挿入されてはいてもあくまでレスペクタブルな境界にとどまるスペクタクルとして想像され産出されたことに注意しなければならない。

　同じ大英帝国のポピュラー・カルチャーということで考えるならば、ミュージカル・コメディが英国に出現するのに先行し、実のところ部分的には共存したり重なりあったりするジャンルに、労働者階級の男性たちに結びついて語られることの多いミュージック・ホールの文化がある。舞台に次から次へと登場し、場合によってはすぐに消えてゆく民衆・大衆のスターの存在もさることながら、注目すべきはそれらの演目を楽しんだ観客たちである。井野瀬久美恵が1990年に発表した先駆的な研究によれば、「小店主、ホワイト・カラー、行商にでるような商人、職人や工場労働者ら、その職業の種類にかかわらず、ごくふつうに日々働き、仕事から解放された余暇のひとときをミュージック・ホールで過ごした人たち——それが本書の主人公、ミュー・・・・ジック・ホールで生まれたミュージック・ホール派であった」（井野瀬164 傍点原著者）。労働者階級の男性にかぎらず、社会的上昇に困難を感じながら、そのためにせめて下の労働者階級との一線だけは守りたいという不満や不安を抱えた下層中産階級としての、小店主・流通業のショップ・オーナー。1870年の義務教育施行以降、読み書きができれば特殊で専門的なスキルを必要としない事務職への就職競争が厳しくなり、それまでのような特権的知的職業ではなくなったホワイト・カラー。この二つが、観客の一部を構成している。とはいえ、「なんといってもミュージック・ホールの常連客はいわゆる労働者階級の人びとであった」（井野瀬163）。もっとも、労働者といってもミュージック・ホールに行ける人と行きたくても行けない人——た

とえば、労働者階級の中間層にあたる工場労働者のさらに下に存在する、19世紀末のロンドンで週給18〜21シリングの生存ぎりぎりの貧困者・極貧者——がいた。労働者階級内部の階層分化もかなり進行しており、貧困が新たに社会問題となっていた当時の時代状況を考えるなら、ミュージック・ホールに常連として余暇・レジャーを経験できたのは、たとえば、労働者階級の上層部を形成していた「労働貴族」とよばれる熟練職人のような、労働者のなかでも比較的恵まれた人びとであったことも、注意書きとして、指摘されている（井野瀬164）。ミュージック・ホールの場合と比較・対照するなら、ロンドンのウェスト・エンドに通う観客、たとえばゲイェティ劇場の *Our Miss Gibbs* を楽しむ人びとは、基本的に異性愛のセクシュアリティの規範をもつ中産階級であり、この中産階級のなかに帰属する下層中産階級の女性たち・ご婦人たちであった。厳密な見取り図を獲得する前に、まずは図式的に英国・大英帝国という近代国民国家の枠組みにおいて、ポピュラー・カルチャーと階級を含む諸関係とその歴史を把握するなら、以上のようになるだろう。この点を確認したうえで、*Our Miss Gibbs* と英国のミュージカル・コメディの議論に戻ろう。

　ゲイェティ劇場のエドワーズが手がけた *The Shop Girl*（1894）がエドワード朝ミュージカル・コメディの始まりとされるならば、同劇場で上演されたテクストで一般的にはむしろこちらのほうが有名でありまたポピュラーでもある *Our Miss Gibbs* の位置づけは、どのようになるだろうか。ゲイェティ劇場は、1868年ストランド街であげた幕を1903年にいったんおろすことになったものの、約4ヵ月後、オルドウィッチという別の空間において復活し、やがてその黄金時代を迎えることになる。劇場の輝かしい歴史が終焉を迎えようとする時期、1909年に上演され636回という公演数を記録したのが、このミュージカル・コメディだ。もっとも、*Our Miss Gibbs* の上演はまさに最後の輝きだったのかもしれない。というのも、ゲイェティ劇場のミュージカル・コメディの成功の鍵は、その見事なチーム・ワークだといわ

れるが、復活した新たな劇場で主役を演じたゲイェティ・ガール、ガーティ・ミラーがアデルフィ劇場へ移動するなどしたこともあり、この集団的な協働作業が不可能になった。そして、これがゲイェティ劇場の衰退と終焉を印しづけた、といわれる（Macqueen-Pope *Gaiety* 422-28）。

最後のゲイェティ・ガールたち（from Macqueen-Pope）

## 2 大英帝国のナショナルなポピュラー・カルチャーとしての *Our Miss Gibbs*？

　さていよいよ、*Our Miss Gibbs* というテクストの基本構造を確認する作業に入ろう。主人公は、ヨークシャー出身でロンドンのガロッズ百貨店のお菓子（sweets）売場で働く魅力的なショップ・ガールで、ロンドン中の若者を魅了するメアリー・ギブズである。プロットは、銀行員として彼女の前に姿をあらわす若者に求婚された主人公「われらがギブズ嬢」メアリーが、その若者の正体が実はセント・アイヴズ伯の息子のアインズフォード卿ということを知り、彼と彼の帰属する貴族という階級に対する懐疑心を抱き1度は求婚を拒絶するものの、最後は、彼の求婚を受け入れレイディ・メアリーへと階級上昇するという物語である。

このような基本構造が、大英帝国のミュージカル・コメディについて徴候的にあるいは範例的に示唆しているのはなにか。たしかに、数少ないミュージカル・コメディの研究において貴重な業績を残したピーター・ベイリーやトレイシー・デイヴィスが主張するように、ミュージカル・コメディは、そこで数多く再生産され表象されるセクシュアリティのマネジメントを通じて、企業資本主義と男性中心のいわゆる「家父長制」のイデオロギーによって立つジェンダー関係を支持するだけのようにもみえる（Bailey; Davis）。しかしこのジャンルは、男性がつねに女性に対して視線を能動的におくり、他方、女性はいつも自らを受動的にみられるだけの存在にしてしまう、すなわち女性がスペクタクルとなってしまっている、といった長い間に確定されてきた性愛の歴史伝統を、ほんの少し修正しただけのものではない。ゲイェティ劇場が遂行した文化的な翻訳・書き換えは、上流階級の男性ならびに女性の視線や欲望を、労働者階級の上層に対して、きわめて強力なやり方で、差し向けるように再発明された大衆文化、エンターテインメント、あるいは、「文化産業」（アドルノ・ホルクハイマー）なのだ。徹底的なまでに物質的な世界――おカネやモノを重視する物質主義――に設定されたミュージカル・コメディは、ある意味計算し尽くされたコントロールやマネジメントのもとで、欲望をつくりだすのであり、一見危険で無秩序にみえた女性の商品への購買欲や男性の女性への性欲といったものも、結局のところ、それほど有害ではないいちゃつきや愛の戯れや幸福な結婚とそれらによって表現される社会秩序の安定へと到達して終わることになる。

　ここで、1909年の *Our Miss Gibbs* には、性的欲望の産出を目的として商品を使用することが、あからさまに容認されていることも、確認しておこう。1894年の *The Shop Girl* とは明らかな変化を示すこのテクストの構造と物語においては、ショッピングの快楽は、「正しく」購入された商品イメージがもたらす階級上昇や性的快楽から生じることになっている。特に帽子という商品イメージが「誇示的消費

（conspicuous consumption）」の代表例となっている。

"Hats"

Some people say success is

Won by dresses.

Fancy that!

But what are dresses without a hat?

CHORUS. Yes, what are dresses without a hat?

JEANNE. If you would set men talking

　　　　When you're walking

　　　　Out to shop.

　　　　You'll be all right if you're right on top!

　　　　……

JEANNE. That's the last Parisian hat,

　　　　So buy it

　　　　And try it!

　　　　Keep your head up steady and straight,

　　　　Though you're fainting under the weight!

　　　　……

　　　　All the boys that you meet

　　　　Will declare you are sweet—

　　　　Men will wait outside on the mat

　　　　If you have that hat!　　　　　　（Greenbank 10-11）

主人公の同僚ジーンがコーラスとともに金持ちの有閑紳士獲得の成功
の秘訣を歌いあげる劇中歌 "Hats" が提示される場面があるが、上記
の引用は、その一部である。[2] だとするなら、商品売買の行為をロマン
ティック・コメディに変容させることこそ、劇場空間の主たる機能で
ある、ということになる。

*Our Miss Gibbs* 1 コーラス（from Plate 77 Mander and Mitchenson ）

　セルフリッジ百貨店のグランド・オープニングに先制攻撃を仕掛けるように上演された *Our Miss Gibbs* の舞台となるガロッズ百貨店は、豪華な舞台装置や装飾だけでなく数々の贅沢な商品のディスプレイ等々を通じて、観客がハロッズ百貨店と結びつけて認識するように演出されていた。「デラックスなお買い物リスト」の内部に設定されたこのミュージカル・コメディが舞台にかけるのは、「ショッピングの新時代」にほかならない。冒頭で観客が目にするのは贅沢な身なりの女性たちがショッピングを優雅に楽しんでいる姿だ。そして、このレイディズ・クラブのごとき空間に、ファッショナブルで金持ちの有閑紳士たちが侵入することになる。ショッピングは、かつては男にとっては退屈だったが、いまでは、喜び、そして、戯れの恋のチャンスさえもが提供される場となっている。こうして、ショッピングの快楽が、それにかかわる男女の双方にとって、性的なものとして理解される。デパートメント・ストアは、商品の売買の空間というよりは顧客が異性と出会う空間として提示されている。劇場とデパートメント・ストアは、社会的アイデンティティが消費によって維持され生産されるという、モダンな階級およびジェンダーの秩序を舞台にかける空間となっている、ということだ。

*Our Miss Gibbs 2*　ガロッズ百貨店の帽子売り場を訪れる公爵夫人たち
（from Plate 78 Mander and Mitchenson ）

　とはいうものの、エリカ・ダイアン・ラパポートも鋭く指摘してい
るように、都会のデパートメント・ストアとエンターテインメントが
披露される劇場という空間においては、たしかに、異なる階級が混ざ
り合うが、階級的差異は、完全にどんな社会関係においても解消され
るわけではない（Rappaport 203-6）。メアリーのようなショップ・ガー
ルたちが若くて魅力的な少女たち──そして、階級的差異を乗り越え
て階級上昇をおこなうことになる「理想」の女性像── として提示さ
れるのとは対照的に、商品の買い物をしてくれるものだと期待されて
いる顧客の女性たちは、おおむね、年がいっていて醜く、軽い侮蔑・
嘲笑の対象・典型として描かれる──ミュージカル・コメディにおい
ては、観客の視線は、前者の魅力的なショップ・ガールに主として向
かい、後者はほとんど注目されないが。現実のデパートメント・スト
アでは、そうばかりもいっていられない。「ちょっと見るだけ」で実
際には消費しない、あるいは、買った商品の代金をちゃんと払わなかっ
たり逆に前後の見境なく買いすぎてしまったりする、といった傍若無
人で売買の規則・秩序におさまりきれないコントロール不能な女性客
に対して、それなりの接客をしなければならないのが百貨店で売り子
として働く少女たちだ。ショップ・ガールたちには、こうしたトラ

ブルのもとでしかない女性の顧客を、業界の商工会議所（the Draper's Chamber of Commerce）や大企業（the Gramophone Company Limited）がスポンサーとなった専門学校で修得したセールス術や消費者心理学にかんするスキルを実践することにより、デパートメント・ストアの利益につなげるように接客し労働することが要求された（Rappaport 206）。

　これら二つのタイプの女性イメージは、女性消費者の二つの面あるいは同一のコインの表裏をあらわしている。顧客もショップ・ガールも、社会の伝統的な秩序に挑戦することなく、貪欲に消費する存在として表象される。だが、百貨店のビジネスとマネジメントの観点からするなら、その資本主義経済の重要なポイントは、女性の欲望をいかに適切にコントロールするかということにあった。人びとの欲望を刺激し続けることにより自らのマーケットを拡大すると同時に、いかにその欲望を統御することにより実際の購買と売上げにつなげるかということなのだ（Rappaport 205）。*Our Miss Gibbs* の主人公 「ヨークシャー出の無邪気な少女」であるメアリーすなわちミス・ギブズは、男女いずれの顧客の心をとらえ、レイディ・エリザベス（ベティ）と婚約しているアインズフォード卿をも魅了する。ただし、メアリーはヴィクトリア朝メロドラマや初期のミュージカル・コメディのヒロインのようにイノセントな犠牲者ではなく、階級上昇を果たすために雇用者や顧客を巧みに操るなかなかやり手のモダン・ガールだ。このように、女性の消費と欲望について、およびそこでなされる売買や金と商品との交換は、実のところあまりに明らかなかたちで表現された階級対立を、ただし舞台の片隅においやることにより、表象していることになる。流通業界の経営者や資本家たちから接客上のスキル習得の訓練を受けたショップ・ガールたちは、百貨店という公共の空間においてショッピングの規則から逸脱しその秩序を破壊しかねない女性客をコントロールする。こうしたショッピングの表象がミュージカル・コメディというトランス・メディア空間に 翻 訳 されたのが、二つ

のタイプの女性観にみられる階級対立という主題をずらしながら前景化されるメインのストーリー、すなわち、ショップ・ガールの消費の欲望が階級上昇をともなう異性愛にもとづく結婚というハッピー・エンディングに到達するという物語にほかならない。

　こうして、ミュージカル・コメディの構成や物語構造は、女性身体を商品化する、と同時に、女性でありながら能動的に視線を向け欲望する観察者・観客（"a female spectator"）を産み出すことにより、企業資本主義的な欲望の生産や発展・成長に付随して生じる疑いや恐れといった不安をイデオロギー的にずらすことをやってのけている。ベイリーとデイヴィスもそれぞれ論じるように（Bailey; Davis）、大英帝国のナショナルなポピュラー・カルチャーとしての *Our Miss Gibbs* において、階級やジェンダーのアイデンティティが一度は流動的で危険なほどに不安定になるように物語は展開するのだが、このジャンルに特徴的なユーモアや笑いの効果のおかげで、大衆消費文化やそのシステム全体の安定を突き崩し転倒してしまうような欲望の暴走についてレスペクタブルな観客が抱く不安が、これまた商品化されある意味では享楽の対象にすりかえられるといったことが可能になる。

　世界の覇権を握り支配してきた大英帝国とはいうものの、近代国民国家というナショナルな枠組みにおいて解釈するならば、ゲイエティ・ガールを舞台にかけたミュージカル・コメディというジャンルが歴史的に担った意味は、19世紀末の社会浄化や節制の諸運動や多くのメディアにおいて検閲の対象となったストリート＝公共空間にたむろする娼婦や堕ちた女のイメージをすっかり翻案し直し書き換えて、20世紀以降の歴史的進展において、いずれ理想の女性性となる「セレブ」の少女たちを産出したことかもしれない（Rappaport 212-13）。あるいは、大英帝国のナショナルなポピュラー・カルチャーとしての *Our Miss Gibbs* について、次のようにいってみることもできるかもしれない。さまざまな批判、検閲、更生を試みる道徳的でレスペクタブルな社会集団の運動にもかかわらず、あるいはそうした批判と対立・

共存した無視すべからざる規模の数にのぼるビジネス・コミュニティとその顧客・消費者集団がポピュラーな大衆文化の育成に積極的に参与したこともあって、ゲイェティ・ガールの集団は、歴史的に、広告・宣伝のメディア空間や公共圏において、しかるべき居場所をみつけることになった、と[3]。と同時に、なかでも *Our Miss Gibbs* が表象するショップ・ガールのような、セクシーで若さにあふれたモダン・ガールの集団的フィギュアが生産されるミュージカル・コメディとデパートメント・ストアといった制度・空間は、多種多様な拡張と変容を続けるグローバル・シティ、ロンドンの都会生活と消費文化に、健康な戯れ＝劇場性を代補するものとみなされた、ということも付け加えておきたい。

## 3 *Our Miss Gibbs* の劇場文化ともうひとつ別の歴史的編制・転回

劇場とデパートメント・ストアが、劇場性やそれに付随する消費文化において構造的な同型・相同があること、そして、19世紀末から20世紀初頭の大英帝国とりわけロンドンにおいてもそのような劇場性をメディア空間が具体的な形式や表現を通じて色彩豊かに産み出したこと、これらのことはこれまでも論じられてきたことであるが、経済的および物質的なレヴェルにおいても、劇場文化と流通の間にはつながりがあることに、あらためて注目する必要がある。

実際、*Our Miss Gibbs* に登場するガロッズ百貨店のモデルとなっているのがハロッズ百貨店であるだけでなく、ハロッズの総支配人にして広告宣伝を積極的に推進したといわれるリチャード・バービッジが、このミュージカル・コメディの興行のために資金援助している。そしててまた、ウェスト・エンドのオクスフォード・ストリートに米国のフォーディズム生産体制に沿った新たなデパートメント・ストアをもちこみ、殴りこみをかけることによりロンドンの流通業界に革命を起こした、ハリー・ゴードン・セルフリッジも、自分の店舗やそこで提供されるショッピングの理念を擁護し宣伝するようないくつもの芝居

をファイナンスしている。実のところ、この二つのデパートメント・ストアとそれぞれが広告・宣伝戦略を通じて提示する劇場性は、英国の伝統的な商売と米国のモダンなビジネスの対立関係において、熾烈な競争・競合を繰り広げていただけでなく、ラパポートによれば、なんと *Our Miss Gibbs* は、英国エドワード朝の出版メディアにおけるセルフリッジの独占支配への野望に対してバービッジが反撃を試みたものだった、とされる。

　バービッジが本業の商品売買だけでなく劇場というメディア空間へも身を翻して向かい、ミュージカル・コメディに、口先やたんなる宣伝だけでなく、実質的な経済・資金面においても参与したのは、彼なりにハロッズとその英国的な消費文化のヴィジョンを売るためであった。しかし世界の称賛をこれまでほしいままにしてきた「英国らしさの制度」を具現する百貨店ハロッズが示したこうした反撃は、それ自体、メディア空間で繰り広げられる広告戦略や消費文化の使用という点で、流通業のアメリカナイゼーションを含意しているようにみえる。このような国際競争に巻きこまれたハロッズ百貨店もアメリカ化されることにより、その後も存続することになるとはいえ、その歴史的編制・転回の過程において、ハロッズ自体が、英国的なものから米国的なものにすっかり変容してしまっているのかもしれない。このように考えるなら、国内外の流通業界で生き残りをかけてなされたハロッズの経営は、米国のビジネス・モデルに取って代わられた、という図式的な歴史物語を受け入れることになるだろう。それは、19世紀後半英国のミュージック・ホールの興隆ののちに花開いたエドワード朝期のミュージカル・コメディとその劇場文化が、いずれその短い流行ののちに、20世紀米国のミュージカルあるいは映画に取って代わられた、という同様の図式を思い起こさせるものだ。とはいうものの、ハロッズとセルフリッジとの間の対立・共存に提示されているものは、覇権が大英帝国から大西洋を移動、横断して、米国とその新たな帝国主義によって取って代わられる歴史のある段階や局面のみに

よって解釈されるべきものなのであろうか。

　ロンドンの劇場街であるウェスト・エンドという特異なローカリティを有した英国ミュージカル・コメディ勃興において重要な役割を果たした文化テクストである *Our Miss Gibbs* は、19 世紀末の労働者階級がジンゴイズムや保守的な帝国主義の言説・イメージにおいて自己実現を試みた旧来のミュージック・ホールとも異なる形式で、一応のところ、働く少女あるいは少女たちの「成長」や階級上昇を主題にした物語であった。とはいえ、ゲイェティ劇場のミュージカル・コメディは、とりわけ、その演目としての労働者階級向けのパロディがふんだんに取り入れられたミュージック・ホールの演目であったバーレスクのような特異なハイブリッドなジャンルにも注目しその意味を取り逃がさないようにするならば、労働者階級の男性たちが続々と常連客として通うそれ以前のミュージック・ホールと交錯したり共存したりしながら重なり合う部分もあったのではないか。

　そういった観点で *Our Miss Gibbs* の細部を見直してみるならば、たとえば、1908 年の英仏博覧会と夏季オリンピックが、帝国主義時代の列強間の対立・競合と大英帝国のハードな政治・軍事的戦略およびソフト・パワーとしての文化政策という点から、興味深いやり方でテクスト内に設定され書きこまれている。前者の博覧会は 1904 年に締結された英仏協商の祝典として催されたものであり、5 月 14 日から 10 月 30 日までロンドン西部のシェファーズ・ブッシュの近くで現在ホワイト・シティとよばれるところが会場となった。同じ 1908 年にこのようなフェアあるいは祝祭イヴェントと併行してオリンピックも開催された。このオリンピックでは、*Our Miss Gibbs* のエンディングでメアリーのハッピー・エンドをもたらすきっかけとなるマラソン競技の会場として——マラソンの優勝賞品である貴重なカップの盗難とその返還のサブプロットにかかわるのがメアリーの義父となる伯爵であり、若い男女の階級を越えた結婚が承認され祝福されるための重要な媒介をなすのがこのカップのもともとの所有者であったアインズ

フォード卿の父であった──ホワイト・シティが重要な文化空間としての意味を担った。

　英国の帝国主義や「帝国意識」という観点から、かつまた、グローバルあるいはトランスナショナルな資本主義世界とその編制・転回という枠組みというよりは近代国民国家のインターナショナルな国際関係という枠組みにおいて、ゲイェティ劇場の最後の輝きを放ったミュージカル・コメディのテクストの見直しを遂行するならば、ロンドンの劇場空間やショッピングの空間からさらに規模を広げて、近代国民国家の再統合・再強化から議論すべきかもしれない。(5)他国・列強との間の帝国主義的な競争を表現する記号として、*Our Miss Gibbs* に設定された博覧会やオリンピックの意味や価値をとらえこのミュージカル・コメディを評価するべきなのだろうか。

　たしかに、これまでの英国ミュージカル・コメディ研究が主張してきたように、ゲイェティ劇場のミュージカル・コメディとセルフリッジ百貨店というデパートメント・ストアは、ウェスト・エンドという大英帝国の帝都ロンドンのなかでもとりわけ特異な意味・機能を有していた空間において、ヘテロソーシャルな消費者としての大衆を、集合的に構築した。とはいうものの、このミュージカル・コメディの物語や構造によって産み出される玉の輿結婚のハッピー・エンディングが、どこか空虚でうすっぺらにみえるのはなぜだろうか。ここで注意すべきは、この問題をさらに歴史的に掘り起し、ホモソーシャルからヘテロソーシャルへの変容の物語を、ジェンダーやセクシュアリティの観点から、たんに批判的に、振り返るだけで *Our Miss Gibbs* の解釈を終えてしまうわけにはいかないということだ──たとえば、イプセンの「女性問題」やフェミニズムをテーマにした近代劇やオスカー・ワイルドの「男同士の絆」や「性的アナキー」を問題にした教養小説・芸術家小説との比較を頭に思い浮かべながら。トランス・メディア空間において生産されたテクストに見出される、意味の上滑りや横滑りを指し示すような空虚さや浅はかさ自体に、実は、まったく別の歴史

的現実の物語がひそかに表象されていることが、このミュージカル・コメディを解釈する観客に告知されている、とみなすべきだったのではないか。

　ここであらためて、*Our Miss Gibbs* のテクストに立ち戻り、主人公の少女メアリーが受ける求婚の場面とその反復、すなわち、1度目はその階級上昇が約束された結婚を拒絶し2度目に繰り返されたときには承諾する場面を再解釈してみたい。まず、1度目は以下のように、

> EYNSFORD.　Mary, won't you listen to me, Mary?
> 　　　　　　I really love you, though I may have told you fibs!
> MARY.　Mary will not listen, she is wary;
> 　　　　You mustn't ever call me Mary—for my name's Miss Gibbs!
> CHORUS．（MEN.）Mary doesn't mean to be his Mary,
> 　　　　　　She will not listen, and she says he's telling fibs!
> 　　　　　　Mary is a maiden who is wary,
> 　　　　　　She never will be Lady Mary,
> 　　　　　　She'll remain Miss Gibbs.　　　　　　（Greenbank 27）

階級に関するアイデンティティについて嘘をついていたことが、理由とされている。ただし、意図的に真実を述べないといった、コミュニケーションと人間関係についての道徳的・倫理的な理由を述べているメアリー個人の言葉を額面どおりにとるのではない可能性も、探ることができるかもしれない。このテクストの手書き原稿版を使用した研究によれば、メアリーの拒絶の理由は、個人の主体的な倫理や道徳の問題をもともと超えたより集団的な敵対性にかかわる政治的問題――"a wife should never be below a husband in station" (Tanner 47) ――、つまり、越えがたき階級の差異や格差であることが示されている。

　さらにまた、2度目の求婚の場面でも、このまさに階級の集団性とその敵対性にかかわる政治的問題が、個人の力を超えたこれまた集団

性にかかわる別の問題、つまりマネーあるいは金融資本という経済的問題によって解消されることになる。*Our Miss Gibbs* のようなミュージカル・コメディにおいては、男性の関心を獲得・購入するためにおこなう商品の使用は、きわめて興味深いことに、社会・経済的な事情のために取り決められる貴族の政略結婚になぞらえられる。大衆消費の夢の世界は、階級や性の差異を越えてより自由に交際し、誠実な感情が成長するような豊かな土壌を提供するものとして提示されている、ということになるかもしれない。求婚するアインズフォード家の富、つまりアインズフォード卿の財産は、そもそも、石鹸産業に由来するもの（"the family of A soap boiler who's bought a title!"（Tanner 38））であり、一家がもつ現在の伯爵の爵位もマネーによって獲得されたことがわかる。[6] なにしろ、その母親はかつて労働者階級に属する娘―― "My dear wife was only quite a poor girl—a girl working hard for her living—when I married her"（Tanner 47）――だった。このことが舞台上で明らかになったときに、階級的差異は絶対的に越えがたきものではなくなる。つまり、貴族という階級やそれがもとで生じる結婚をめぐる政治的障害は、血統のように決して社会的・歴史的に不変のものではなく、デパートメント・ストアでの商品やショッピングのように、いくらでも売り買いや消費の対象となる。こうして、メアリーの結婚と階級上昇の物語にかかわる階級の差異・対立は、金融資本という経済的な媒介によって、翻訳・移動をすることが可能である、ということになる（Rappaport 211-12）。

　メアリーの階級上昇をともなった結婚の場面にもみられた、英国の階級の構造やその矛盾と、経済的なもの、とりわけ金融資本の関係を、われわれは、さらに *Our Miss Gibbs* の歴史的サブテクストとしての都市開発やその部分としてのウェスト・エンドという劇場街の編制に探ってみなければならない。ロンドンの劇場街が、いわゆる悪所という環境と裏腹に存在していたことは、よく知られている。ゲイェティ劇場のあるストランド街やその周辺も、賭博や売春といった非合法な

活動に取り囲まれていたし、そうした類の娯楽商売は劇場の内部にすら侵人してもいた。だが、世紀末に開始された都市開発・リニューアルによって、こうしたウェスト・エンドの状況は劇的に変容することになる。ノーサンバーランド、そしてシャフツベリー・アヴェニューなどの通りやストリートが建設されたからだ（Olsen 56）。ヒトとモノの移動や流れ、つまり広義の流通のレヴェルでとらえるなら、これらの新たに建設された道路が可能にしたのは、ロンドン郊外に住まう中産階級の人びとの波を、新たに生まれた劇場街に、安心して流れこませるということだ（Olsen 304）。とにもかくにも、悪名高き危険なスラム街とファッショナブルで娯楽を提供するエリアとは、分離されることになった——かつての猥雑で官能的な要素は完全には除去されたわけでなく劇場街と背中合わせに残存し続けるのではあるが（Macqueen-Pope *Carriages at Eleven*）。

　この都市再開発の一環としてウェスト・エンドの東半分も再建される。そしてその大部分は、豪華な建物、なかでも、顕著な劇場が建築

1897 年のシャフツベリー・アヴェニュー（Glasstone 98）

第2章　ショップ・ガールの欲望と消費文化

75

されることとなる。それが、シャフツベリー座、ギャリック座、アポロ座、グローブ座、クィーンズ劇場、オルドウィッチ座、ストランド座、プリンスズ劇場、ハー・マジェスティーズ劇場、デイリー劇場、ウィンダムズ劇場等の誕生だ（Glasstone 98-114）。かつてウェスト・エンドを飾った劇場の多くは、この世紀の変わり目に出現し、ウェスト・エンドの劇場街についての人びとのメディア・イメージを構築することになった。もちろん、こうした劇場街を構築することに使われた資本は、ウェスト・エンドの消費文化を開発・成長する装置であるデパートメント・ストア開発にもかかわっていた。このような都市開発と新聞・広告メディアにより、スラム街と一線を画しジェントリフィケーションを実践したウェスト・エンドの劇場街は、中産階級と下層中産階級の巨大で流動性に富む市場を取りこむことにより、その地位を確立していくことになるのだ（Davis）。

　ここで、ウェスト・エンドの東半分にかかわる開発と連動する建設プロジェクトである、重要だがなかなか実行に移されなかったシャフツベリー・アヴェニューの建設とそれがウェスト・エンド劇場街の形成・編制においてもつ意味に、ぜひ、ふれておかなければならない。そもそも 19 世紀ロンドンの交通渋滞解消のために、東西および南北に貫通する通りの建築が求められ、その必要性が議論された。最終的には、ピカデリーからストラトフォード、すなわちウェスト・エンドとイースト・エンドとをつなぐ大通りの建設が構想された。そのなかで、1877 年に成立した首都道路開発法（Metropolitan Street Improvements Act）によりチャリング・クロス・ロードとともに計画されたピカデリーとブルームズベリーをつなぐシャフツベリー・アヴェニューの建設は、最悪ともいわれたロンドンのスラム地域の撤廃とその地域に住まう 3000 人を超える労働者たちの住み替えというスラム・クリアランスを実践したものであった（Sheppard）。そして、この新たに開通された通りに沿って、21 世紀現在にも存続する綺羅星のごとくウェスト・エンドの中心地とされる空間にならぶリリック

座、アポロ座、グローブ座（現ギールグッド座）、クィーンズ劇場が歴史的に存在するようになったのだ。

　このようにしてかつての悪所を含むウェスト・エンドが再開発されたのだが、では、ゲイェティ劇場はその都市開発にどう影響を受けたのだろうか。世紀末から20世紀初頭、ガールもので多くのスター女優を生みだし絶頂期にあったゲイェティ劇場は、ストランド街の建物を拡張・改築する計画の認可をロンドン・カウンティ・カウンシルに求めていた。だが、それは劇場側の希望に必ずしも沿ったかたちではなく、実現されることになった。行政側が提示したのは、拡張・改築ではなく、移動のほうであったからだ。*Our Miss Gibbs* の上演に関する歴史的経緯にふれたところですでに述べたように、ゲイェティ劇場がオルドウィッチという新たな空間で再出発した背後の事情として、実は、ストランドの拡張、ホルボーンからストランドまでの新しい道路の建設という都市開発の問題が存在していたということになる（Macqueen-Pope *Gaiety* 371）。

移転前・ストランド街時代のゲイェティ劇場（from Macqueen-Pope *Gaiety*）

ゲイェティ劇場の移動を引き起こしたこの都市開発は、エドワード朝期におけるもっとも野心的な計画であった、といわれる。ホルボーンからストランドにいたる開発は、キングスウェイ、オルドウィッチと拡大ストランドとして提示されていたからである。構想が最初に提示されてから60年後の1899年にようやく議会を通過したこの計画は、1905年にその名にふさわしく国王夫妻の参列によって開通を祝された。キングスウェイとオルドウィッチの建築は、いくつもの通りを取り壊し、3700人もの人びとを立ち退かせることによって、可能になったものだった。クレア・マーケット周辺のロンドン最悪の数々のスラム街を除去したこのプロジェクトは、ロンドン大火をサヴァイヴした最大の地域を破壊することになり、そのなかにはヴィクトリア朝期には猥褻な書物の商売で知られていたものの20世紀には書店街として再建・ジェントリフィケーションされつつあったホリウェル・ストリートやエリザベス朝の旅籠が、そしてまた、ロンドン大火以前のままの姿をとどめていた旧ウィッチ・ストリートが、含まれていた（White 8-9）。これらのストリートを破壊して拡張したストランド街と西端が接するように新たに建設された弓型のオルドウィッチの名は、この旧ウィッチ通りに由来するものである。また、オルドウィッチの中心からホルボーンに向かって真っすぐ伸びる通りがキングスウェイである。そして、この大通りの西側には、ドルリー・レーンのシアター・ロイヤルとそのはす向かいに堂々とそびえるコヴェント・ガーデンのロイヤル・オペラ・ハウスという英国最初の二つの勅許劇場を有する劇場街が控えている（88頁の図版も参照）。

　コヴェント・ガーデンのワイルド・ストリートやベッドフォードベリのスラム・クリアランスにもかかわったのが、ピーボディの存在であった（Flaherty）。現在、ピーボディ・トラスト・エステイトの建物は、ワイルド・ストリートとドルリー・レーンに挟まれたシアター・ロイヤルを南西ににらむ位置に存在している。このピーボディ・トラストとは、そもそもどのようなものなのか。1862年に創設されたピー

ボディ・トラストは、現在はピーボディ住宅協会（Peabody Housing Association）となっているが、当時は、なによりも都市再生（urban regeneration）に焦点を合わせた開発業者として、コミュニティの改善・改良のさまざまなプログラムを提供するエージェンシーであった。モデル住宅会社であったピーボディ・トラストは、労働者階級の住宅改善を民間の慈善事業としておこなった団体・アソシエーションであった。そして英米両国をトランスアトランティックに跨いで金融業を展開・転回するモルガン銀行のパートナーでもあったこと、かつまた、ピーボディ・トラストが、英国ロンドンの一見ローカルな空間であるオルドウィッチの都市計画あるいはスラム・クリアランスにかかわる慈善事業をおこなう重要な存在として関与していること、これらのことは見逃せない。1837年米国から英国のロンドンにわたったジョージ・ピーボディは、1851年ジョージ・ピーボディ商会を設立した3年後、J・P・モルガンの父ジューニアスと提携して、ピーボディ・モルガン商会を出発させ、1864年の引退まで運営にあたる。20世紀初頭に金融界の巨人として登場するモルガンとつながるこのピーボディは、銀行業を中心とする金融資本として歴史的に展開・転回しただけでなく、ロンドンでは19世紀末以降慈善事業家としても姿をあらわしていることになる。

　ジョージ・ピーボディとのパートナーをはじめたジューニアスを父としてもつJ・P・モルガンのキャリアは、ヴィヴィアン・ヴェイルの指摘によれば、ロンドンのシティでの金融支援を受けたことに端を発しているが、その後米国のニューヨークにわたり、父のエージェントとして10年間のビジネスの経験を積んだ後、米国で独立する。

J. P. Morgan's career, for example, originated not in American industry but in the financial support of the City of London. In sharp contrast to the earlier generation of speculators and pirates he was born into the purple of the new finance capitalism, being the son of the Junius S.

Morgan who, as partner and the successor of his fellow country man George Peabody in London, had since the 1850's done so much to open up the New World to and with the capital of the Old.　　　（Vale 23）

　ヴェイルの研究が明らかにしているのは、国民国家に限定的に帰属することなく大西洋を跨ぐ空間を自由に姿を変えながら移動しつつグローバルに転回するこのような金融資本が、抬頭する米国の工業力を重層決定しており、米国資本主義による英国その他の国家・地域の株や債券等の資本の集中を表立って推進したのがモルガン商会のような投資銀行だった、ということだ。そして、モルガンという記号は、20世紀初頭には、北大西洋の経済的・地政学的空間において、大英帝国に対するチャレンジおよび脅威 "American Peril" のシンボルとして英国のメディア空間でさまざまに議論される対象となる。この点について、海運業をめぐる米国の拡張、企業合同、独占支配の動きを中心に論じたヴェイルは、グローバルな海洋空間における流通ならびに海軍の勢力図やシー・パワーの再編の問題も示唆するようなやり方においても、米国の拡張を提示している。

　しかしながら、ヴェイルがその研究の "Epilogue" に記しているように、世紀前後に勃発したボーア戦争の混乱と英国の財政状況の悪化が次第におさまるにつれ、また、1907 年の米国における金融危機によってアメリカの金融資本の拡大・拡張への恐れが潮を引いて低下していくにつれて、*Our Miss Gibbs* が上演される 1900 年代の終りまでには、米国のマネーあるいは金融資本が大英帝国に対して与えたトランスアトランティックな脅威も、徐々に収束していく。ジョゼフ・チェンバレンの関税改革による保護貿易か、それとも、自由貿易維持か、といった 20 世紀初頭の英国を分断する問題、そして、その後の 1906 年総選挙における自由党の地滑り的勝利と自由貿易の堅持――北イングランドの工業・製造業の利害ではなく、ロンドンのシティ、つまり金融業とその金融資本と結びついて金利生活者に変容する南イングランドの

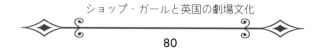

土地貴族の利害を代表する選挙結果と政策決定——も、また、このようなトランスアトランティックなマネーとパワーのコンテクストあるいは地政学的空間において、理解されるのかもしれない。そしてまた、われわれとしては、*Our Miss Gibbs* はトランスナショナルに出現したセルフリッジ百貨店のような流通業のグローバルな進展とも結びつくのだが、その解釈において問題とされたモダンか伝統かという通時的な差異・対立は、ナショナルかグローバルか、英国か米国かという、ときほどきがたい矛盾の想像的解決だったのではないか、として再解釈する可能性を探ってもいいかもしれない。少なくとも、この英国エドワード朝のミュージカル・コメディが、英国のなかに特異な部分として存在したグローバルなメディア空間であるゲイエティ劇場にて生産されていたことも、決して見逃すことはできない。

　*Our Miss Gibbs* というテクストの物語は、ライヴァルの新興工業国としてのドイツや米国に脅かされた大英帝国の危機といった 19 世紀末の大英帝国のナショナルなコンテクストにおいて、終わることなどなかったし——勃興的あるいは残滓的に歴史的には差異性・敵対性を孕んでいつもすでに共存していたはずのグローバル／ローカルな諸パワーとの抗争や多種多様な連鎖を、あるひとつの有機的な統合たとえば大英帝国の労働を日々おこなう人びとやそうした再び政治的・社会的に抬頭しつつあった階級を教育・娯楽・文化の実践を通じて包摂し取り込むといったように——ナショナリズム・帝国主義といった「目的」＝「終焉」に、収束・収斂するということもなかったのだ。[8] 20世紀初めの大英帝国のナショナルな言説・制度において、創設が活発に議論され一部では強力に推進しようとした動きがあったにもかかわらず、その実現はずいぶんと大きな遅れをともなうことになったナショナル・シアターと英国における近代劇の確立への歴史的道程があった。その一方で、*Our Miss Gibbs* にもみられたような英国ミュージカル・コメディの劇場文化は、単なる「オルタナティヴ」というよりは、むしろ、根底的でシステマティックな転倒の可能性を孕んだき

わめてラディカルなもうひとつ別の歴史的編制と転回の物語を、きわめて特異かつひそかなやり方で、提示していた、ということになる。

　ロンドンの劇場街であるウェスト・エンドという特異なローカリティを有した英国ミュージカル・コメディの勃興の少なからざる意味をもった部分としての文化テクストである *Our Miss Gibbs* は、19 世紀末の労働者階級がジンゴイズムや保守的な帝国主義の言説・イメージにおいて自己実現を試みた旧来のミュージック・ホールとも異なる形式で、働く少女あるいは少女たちの「成長」や階級上昇を主題にした物語であった。しかしながら、狭義の劇場空間だけでなく、一見すると近代国民国家の再統合・再強化と他国・列強との間のインターナショナルな競争のようにみえるオリンピックや万国博覧会、および、トランスナショナルに出現したセルフリッジ百貨店のような流通業のグローバルな進展とも結びつけて解釈しなければならないこのミュージカル・コメディは、英国のなかに特異な部分として存在したグローバルなメディア空間に生産されていたのであり、われわれの読みはそのことを決して見逃すことはできない。

## Notes

（1）従来のミュージカル・コメディの一般的な理解について、Platt は以下のようにまとめている。

> Musical comedy is often understood as a phase in the development of musical theatre. It takes position after ballad opera, burlesque, vaudeville, the minstrel show and, in some accounts, operetta and revue as a stage in what many see as the "maturation" of musical theatre. In this teleology the musical is formed by an aesthetic process that reaches a climax, if not an "end," with the great "book" musicals, or musical plays, in the tradition of *Porgy and Bess* (1935), *Oklahoma* (1942), *South Pacific* (1949) and *West Side Story* (1957). These are the shows characterized by their

"unprecedented integration of song and story" and also by their capacity to extend well beyond the signifying range of "light" and comic musical theatre.（Platt 1）

以上のように、結局のところ米国のミュージカルを目的・終焉・テロスとして英国のミュージカル・コメディをそれにいたるひとつの段階にすぎないとみなす歴史物語の図式が前提とされており、Platt をはじめとする近年のいくつかのミュージカル・コメディ研究が、批判的に再検討し、乗り越え、別の意味や価値を見出そうとしているのがこうした理解・見解ということになる。

(2) また、Mullin も、別のテクスト Ross et al.48 を引用しながら、以下のように論じている── "Mary's friend Jeanne explains the value of high fashion in attracting affluent men: "It's you they're all looking at/ If you have that hat"（Mullin 108）.──。

(3) ゲイェティ劇場のミュージカル・コメディやゲイェティ・ガールズの出現とほぼ同時期に、ラディカルに、また闘争的な運動になっていきはじめた女性参政権運動との関係について着目し、洗練された解釈が Rappaport の "Epilogue: The Politics of Plate Glass"（215-22）において提示されていることにも、注意しておこう。

(4) セルフリッジと英国の劇場文化については、本書第 1 章をなす大谷「『セルフリッジ百貨店』とウェスト・エンドの劇場文化」を参照のこと。

(5) 英国の「帝国意識」については、1980 年代になされた研究である木畑を参照のこと。また、英国の労働者階級が初期の急進主義を失い、革命的労働者階級によって社会秩序が転覆されるどころか、そうした歴史の進展を回避し次第に国家に組み入れられるようになる一方で、ミュージック・ホールが自らの観客を育成・再生産し、英国の大衆文化の核となっていくプロセスが以下のようにまとめられている。「それは、端的にいってしまえば、労働者階級の人びとが、物質的にも精神的にも豊かになりはじめた消費生活のなかで、もっと生活を楽しみたいという形で、自分たちを主張しはじめたからではなかったか。極論するようだが、イギリスの労働者は、革命よりもミュージック・ホールを望んだのだ！」（井野瀬 192-93）。1880 年以降の英国における消費社会の勃興を、ショッピング、ツーリズム、スポーツの変容を具体的に取り上げながら概括した 1990 年代初めの研究として、Benson がある。

また、近代の西洋および日本の博覧会を、「消費文化の広告装置」や「大衆娯楽的な見世物」に加えて「帝国主義のプロパガンダ装置」という観点からも考察し、近代の大衆の感覚や欲望、および、その動員・再編のプロセスを論じた吉見俊哉『博覧会の政治学』(1992) について、ほかのさまざまなソフト・パワーあるいはメディア文化政策の例とともに取り上げている、福間も参照のこと。まずは「ディスプレイの空間」として、博覧会とオリンピックの近接性を考えることができ、「万国博は産業のオリンピックであり、オリンピックはスポーツの万国博であった」という言及は注意深く確認しておこう（福間 208-9）。

(6) 19世紀当時石鹸製造業での成功例としては、多国籍企業ユニリーヴァとして発展・拡張しているリーヴァ・ブラザーズを設立したウィリアム・リーヴァの存在が思い起こされるが、これについては、Adam も参照のこと。

(7) 19世紀末から20世紀初めにかけての対立を孕んだ英米両国のさまざまな友好・和解関係（rapprochement）については、Anderson の研究もみよ。

　*Our Miss Gibbs* というトランス・メディア空間における文化的な翻訳・書き換えについては、大田・大谷が以下のように、より一般的な論点を提示している。異なるコンテクストではあるが、ポール・ド・マンは、かつて、ヴァルター・ベンヤミンの「翻訳者の使命」というテクストとそこで論じられている「純粋言語」、「原初的な断片化」、「意味を生産する文彩としての修辞法（rhetoric as a system of tropes）の信頼不可能性」等々をめぐる読みを提示しながら、次のように論じたことがあった（de Man 91）。

　　意味は、つねに、理念上それが志向する意味との関係においてずらされてしまい──その意味には決して到達することはないのです。この問題にベンヤミンは自由と忠実のアポリアという見地からアプローチしていますが、この問題は、また同時に、翻訳の問題にも取り憑いているのです。翻訳は忠実であるべきなのか、それとも自由であるべきなのか。翻訳は、対象となる言語の慣用語法の味を損なわないためには自由であるべきですが、他方、原作にある程度までは忠実であるべきなのです。それでは、つねに字義を守るような忠実なる翻訳が、同時にまた自由でもあることはどのようにして可能となるのでしょうか。そのように自由であるのは、翻訳が原作の不

安定性を明るみに出す場合にのみであり、また、翻訳がその不安定性を文彩と意味との間の言語的な緊張関係として明るみに出す場合のみなのです。（de Man 91-92）

ド・マンの議論が提示するアンチノミーは、成長のアンチノミー、すなわち、人間や主体あるいは国家の経済成長や開発等にかかわるものではなく、言語の意味にかかわるものである。それは、有機的な統合や統一性というよりは、むしろ、「つねに全体化を含意する文彩が全体化によって伝達するものと文彩そのものが達成するものとの間の乖離」（de Man 91）が指摘されることになる。まず、この乖離と連動する主題系である他の三つの乖離——第1に、解釈学と詩学との間との、第2に文法と意味との間の、第3に象徴と象徴化されたものとの間の乖離——が列挙されるのだが、なかでも、最後の乖離は、文彩のレヴェルでド・マンによる読み換え・再置換が遂行されて、「文彩そのもの（the trope as such）と文彩による置き換えによって生じる全体化する力としての意味（the meaning as a totalizing power of tropological substitutions）との間の乖離」（de Man 89）として提示される。いわずもがなの補足をしておくなら、テクストのこの箇所およびほかの部分でド・マンが用いる「全体化」や「全体性」の用語は、一貫して、有機的な統合や統一性を含意するように、このテクストが書かれた当時の北米の文学研究・批評理論のコンテクストを前提としたものであること、そして、現在のグローバルな文化研究あるいは「理論」の再解釈という契機においては、「全体化」や「全体性」という用語が、別の意味を担って使用される場合がありそのときにはむしろド・マンの批判的読みが提示するものと同様のことを指し示す場合があること、に十分な注意が必要かもしれない。それはともかく、最終的に、ド・マンの読みにおいては、翻訳の問題における「自由と忠実のアポリア」（de Man 89）に対し歴史的に適切なやり方で十分に対応することが「翻訳者の使命」として表象されている、ということになる（大田・大谷 99-100）。

エドワード朝のミュージカル・コメディの始まりを印しづける
ゲイティ劇場を探る。　著者撮影

ショップ・ガールと英国の劇場文化

ゲイェティ劇場はかつてここに……
現在はスペイン系の
ホテル・チェーンの一角に。

ドルリー・レーンのシアター・ロイヤル
（ドルリー・レーンとしても知られる）

コヴェント・ガーデンの
ロイヤル・オペラ・ハウスから
ドルリー・レーンのシアター・ロイヤル
を臨む。（第2章78頁で言及）

シアター・ロイヤルは17世紀
チャールズ2世により
上演を許可された勅許劇場だった。

ショップ・ガールと英国の劇場文化

チャールズ2世の愛人・
女優ネル・グウィンの名を
冠するパブがある。

ドルリー・レーンの
勅許劇場のはす向かいに。

第2章　ショップ・ガールの欲望と消費文化

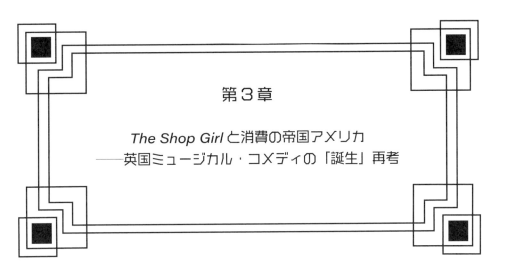

# 第3章

## *The Shop Girl* と消費の帝国アメリカ
### ——英国ミュージカル・コメディの「誕生」再考

## 1 英国の劇場文化の空間とミュージカル・コメディ

　19 世紀末から 20 世紀初めの英国ミュージカル・コメディの生産過程を規定したモダニティは、矛盾を孕みつつ歴史的な進展と転回を遂げることにより、1980 年代を迎えるころには、グローバル化する経済と文化のさまざまな力を産み出した歴史条件としてのポストモダニティのもとに、ついに、英国発の「メガミュージカル」として、まったく異様なそして大きな変容を遂げた姿をあらわしてグローバルなメディア空間という歴史舞台に（再）登場する。たしかに、レン・プラットもいうように、この歴史的展開・転回の特異性は、その一見ナショナルなミュージカル・シアターの空間が超巨大なスケールとスコープに時間的・空間的に拡張するものであるばかりか、その生産・流通・消費がトランスナショナルな形式をとるところにあるのだが、こうした英国の劇場文化の生産形式の「復活」、あるいは思いもよらぬリノヴェーションが示唆するのは、いったい、いかなるものなのか。それは、英国ミュージカル・コメディを緩慢なる死にいたらせ、大西洋を横断した地において 1920 年代以降に取って代わったミュージカルというものが、古典的な米国的形式のままに永遠に存在し続けたのでは

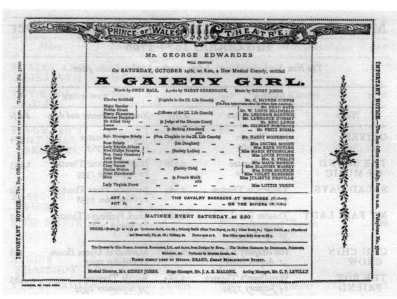

ミュージカル・コメディ *A Gaiety Girl* の
Original poster（Mander and Mitchenson 39）

*The Shop Girl* の Original poster（Mander and Mitchenson 39）

ショップ・ガールと英国の劇場文化

なかった、ということかもしれない（Platt 149-51）。

　アンドリュー・ロイド＝ウェバーとキャメロン・マッキントッシュという英国メガミュージカルのパイオニア的プロデューサーたちが、米国のたとえばディズニーと、あるいはさらに、ポリグラム、ヴァイアコム、M.C.A などともおこなった協働作業が、20 世紀後半以降の現在にもたらしたものは、「ミュージック・シアター」すなわち踊りをともなう音楽をフィーチャーした劇場文化の多国籍化にほかならなかった。そこでは、ひとつの基盤となるフォーマットをもとに、それぞれのショウの再生産あるいは翻訳が、英国や米国の国民を相手にするというよりは、誰でもなくまた誰かでもあるようなグローバル／リージョナル／ローカルに存在する観客に向けて、きわめてトランスナショナルなやり方でなされ続けるようにみえる。

　もっとも、プラットの英国メガミュージカルについての議論は、あくまで示唆的なものにとどまっており、そもそもの英国ミュージカル・コメディとどのような関係があるのか、そして、その決して短いとはいえない英国の劇場文化やその空間編制の歴史的期間における変化や存在様態はいかなるものだったのか、ほとんど具体的には論じられていない。言い換えれば、21 世紀の現在から再解釈してみると、英国劇場文化の空間におけるミュージカル・コメディの歴史性とは、いったいいかなるものであったのか。ここで、この問いを直接問題にしたり、そして、その答えを探ったりする前に、まずは、この主題についてのまとまった研究としてはほかにあまりないプラットの解釈において概念化された英国ミュージカル・コメディを、確認する作業からはじめてみたい。

　21 世紀の現在からみると、19 世紀末から 20 世紀初頭にかけて生産された英国ミュージカル・コメディは、古風で小規模の「英国的」なステレオタイプとしてとらえられがちだが、その盛期には、当時の重要な文化的概念すなわちモダニティの概念と結びついていた。世紀末に進行・実現した「文化の産業化」の要素をすべて抱合したミュージ

カル・コメディは、大衆文化の原型として、一般の庶民や下層階級を含むあらゆる層の人びとにポピュラーでありながら煌びやかで魅力的な「スター」を舞台にのせてみせるような、商業的でポピュラーなメディア空間であった。このようなミュージカル・コメディにみられる消費主義の傾向や特性は、もっともモダンな形式を取り入れた技術・配給・マーケティング、あるいは、デザイン・制作・全般的な方針に、明らかであった。歴史的に意義深い文化的商品として演劇市場の勝者となったミュージカル・コメディは、生活水準の向上やモダンな生活の質への欲望の生産と、軌を一にしたものだったということだ。ウェスト・エンドで有名なデザイナーやデパートメント・ストアとの協働によって、モダンな衣服や商品とともに、その舞台に提示されたのは、若く魅力的なだけでなくリスペクタブルでもあるゲイェティ・ガールに代表される、少女たちの歌や踊りであった（Platt 3-4）。

　ミュージカル・コメディのモダニティは、若く陽気な少女たちの集団を通じて提示するというモダンなやり方で、スペクタクルを活用した文化様式であったため、その視的要素と結びつけられがちである。しかしながら、プラットの研究は、そのモダニティを規定するより重要な要素を、それ以前に存在していたほかのミュージカル・シアターと一線を画する一貫した物語を生産する洗練された台本に求めている。こうした台本を産出したのは、このジャンルを生み出した台本作家たち——ジミー・デイヴィス、ジェイムズ・T・タナー、シーモア・ヒックスら——であるのはもちろんだが、J・M・バリ、P・G・ウッドハウスらのように著名な劇作家や作家がものしたことも、この新たな演劇をモダンな文化的生産物として確立するのに貢献した。とはいえ、同時代の声でモダンな物語を語ることこそが、ミュージカル・コメディをほかの演劇と差別化し確立したジャンルとすべく演劇市場に向けて売りこむうえで必須の要素だったのではないか。近代資本主義世界のグローバルな歴史的過程のマッピングをその研究主題のひとつとして企図する本論はプラットが言及したこうした語りの声と物語に

注目したい。

　ミュージカル・コメディの先駆者とみなされるバーレスクは、断片的で多様な場面と歌やおきまりの出し物で構成されており、ひとつの物語に統合されることはなかった。その一方で、より高尚なオペラは、物語を歌によって表現するといっても、同時代的な対話もモダンな語りの様式もみられない。オペレッタや軽喜劇と同様、その歴史的で神話的な騎士道ロマンスやファンタジーやお伽話は、それが設定されたどこか別の時空間によって芸術性が規定されているのであるが、そこでは、同時代性やモダニティと切り離されていた。それに対して、ミュージカル・コメディは、古い保守的で高尚な文化様式に対抗するものとして規定されている。物語の設定をモダンでファッショナブルなデパートメント・ストア、海辺のリゾート、映画撮影所や証券取引所などに設定し、登場するモダンな主人公を中心とした集団を伝統や保守主義を表象するフィギュアやイメージと対峙させ、しおれた過去と活気あるモダンとの関係性を舞台にかけることで、モダンなるものを作り出す企てをおこなっていたのが、英国ミュージカル・コメディだったのだ <sup>(1)</sup>（Platt 22-23）。

　だが、1890 年代半ばからウェスト・エンドを席巻したミュージカル・コメディも、新たな勢力として抬頭したレヴューの挑戦にあい、約 25 年にわたり享受してきたその支配的地位は衰退し、終焉を迎えることになる。1930 年までには、時代遅れのショウとなっていたようではあるが、ノエル・カワードやアイヴァー・ノヴェロによって1930 年代には、ノスタルジアとして最後のダイナミックな復活をとげ、歴史的な文化としてあるいは「失われたイングランド」の焦点として再構築されることになった（Platt 145）。

　しかしながら、英国ミュージカル・コメディを、単なる米国ミュージカルの発展をテロスとする直線的な歴史における一段階としてとらえるだけでは、十分とはいえない。英国の劇場文化の空間において、ミュージカル・コメディの衰退後に新たに登場したレヴューは、プラッ

トによれば、20年代まで多くの重要な点で英国版のままであり続けたし、それは、たとえば、米国的とされるような黒人あるいは黒人文化のイメージをメインの売りにすることなく、白人の白さをあくまで特徴とするものであった。この時代の英国のレヴューは、アメリカナイゼーションによるものであるとはいえ、もともと、米国のジーグフェルド・フォリーズのレヴュー自体も、大西洋をわたってヨーロッパのパリの舞台をその起源のひとつとしているし、20年代までには、ウェスト・エンドのレヴューがその形式やフォーマットを整えて存在するようになっていた。こうして、興行師アンドレ・シャルロが手がけ、ノエル・カワード、ガートルード・ローレンス、ジャック・ブキャナン、ベアトリス・リリーらの才能を結集させた『ロンドン・コーリング！』とそのブロードウェイ版をもって、なんと、その移動の潮流は逆転することになった。ウェスト・エンドは、レヴューを英国的に再定義し、米国での成功も収めたのだ（Platt 132）。また、このアンドレ・シャルロとライヴァル関係にあり、ノエル・カワードの才能を開花させたニューヨーク帰りの興行師チャールズ・コクランが存在したことも、一言付け加えておこう。

　実のところ、英国ミュージカル・コメディは、バーレスクやヴァラエティそしてまたよりハイブラウなオペラやオペレッタのようなほかのミュージカル・シアターと区別されて19世紀末から20世紀初頭にかけて繁栄しただけでなく、21世紀の現在も、グローバルに流通・受容・称揚されている「ミュージカル」の特質を規定・定義し直したうえで拡張・再生産するために、重要な機能を果たしている。芝居や対話を中心に据えるというミュージカルの歴史に大きな一歩を刻んだのは英国ミュージカル・コメディであり、ミュージカル・コメディを通じて、英国の劇場文化すなわち演劇・音楽・ダンスは、ポピュラー・カルチャーの拡大再生産の過程に開かれていくことになるだけでなく、その大衆的で日常的な文化の伝統に決定的に依存もしていたのだ。ミュージカル・コメディを通じて、同時代の対話の様式やモダンで都

Musical Comedy（from Mander and Mitchenson）

会的な音楽であるストリート・ダンスやジャズなどが、ミュージカ
ル・シアターにと吸収されていく歴史的過程が、後世の「ミュージカ
ル」を技術的にそして美学的に形成していくうえで、そしてまた、真
にポピュラーな形式としての文化としての必要条件を満たす企てを推
進するうえで、決定的であった。社会的結合や集団性に対するアピー
ルと、快楽として過去にも未来にもつながりうる同時代性に焦点をあ
てることを特徴とすることで、英国ミュージカル・コメディは、きわ
めて重要なミュージカル・シアターとなる。ミュージカルをモダンな
文化として形成する規定要因ともなった、プラットの稀にして先駆的
な研究を資本主義世界の歴史の構成要素であるマネーとパワー、ある
いは諸国家・帝国と歴史的条件としてのモダニティとの関係を探る本
論の観点からその重要な論点をまとめると、以上のようになるだろう
か（Platt 3）。

　本章は、英国のミュージカル・コメディの誕生をその歴史的契機に
おいて、再考することを試みる。英国ミュージカル・コメディは、単

なる米国ミュージカルが直線的に発展・成長する歴史の前段階として
ではなく、その意味を解釈されることになるはずだ。具体的には、ゲ
イェティ劇場というメディア空間で初演された *The Shop Girl* とその
サブテクストを主として取り上げることにより、英国のナショナルな
伝統や系譜においてのみならず、消費の帝国アメリカとのグローバル
な関係性において、英国ミュージカル・コメディの「誕生」・始まり
を再解釈したい。近代資本主義世界における 19 世紀以降のマネーと
パワーを握った大英帝国と、20 世紀の初めに新たに勃興しヨーロッ
パにもその革新的な消費主義の文化を武器に侵攻・拡大した工業・産
業国家アメリカ、これら新旧二つの異なるタイプの帝国のさまざまに
取り結ばれた関係が、ジョージ・エドワーズが経営・マネジメントし
たゲイェティ劇場をひとつの範例とする英国劇場文化の空間に、実は
ひそかに、刻印されていることが示されるはずだ。

## 2 *The Shop Girl* とモダニティの表象

　モダニティによって規定されているといわれる英国ミュージカル・
コメディのプロットは、はじめは、モダンなジャンルにふさわしい
ショップ・ガールやゲイェティ・ガールというキャラクターが舞台に
登場するものの、結末ではお約束のハッピー・エンディングが用意さ
れている「シンデレラ物語」というのが典型的だ、と旧来の研究や解
釈ではいわれてきた。とりわけ、劇場の舞台にかけられるのは、若く
てセクシーな女性店員たちが自らのセックス・アピールを有利に行使
しながらも、デパートメント・ストアという職場で学んだ術を生かし
て無頓着を装いつつ、男性の欲望と交渉する過程であるのだが、モダ
ンな女性あるいは少女のセクシュアリティの成長・発達を、消費文化
の内部にとどまった安全なものとして提示すると解釈されてきたの
が、ショップ・ガールものだ。本章が主要なテクストとして取り上げ
る *The Shop Girl* のプロットも、また、ロンドンのロイヤル・ストア
ズで労働するショップ・ガールの主人公ベシー・ブレントが、社会的

地位を鼻にかける弁護士ジョージ卿を父にもちながらも自らは貧しい
医学生であるチャールズ・アップルビィと恋に落ち、ジョージ卿に結
婚を反対されるものの、最後は、ベシーが大富豪の遺産相続人である
ことが判明し、めでたくチャールズと結ばれる物語となっているのは
たしかだ。つまり、こうした、若さに特徴づけられたモダンにしてか
つまた労働する少女・女性たちが、結婚という取引を通じて階級上昇
を遂げ、その結末においては、異性愛が言祝がれるのが英国のミュー
ジカル・コメディの約束事であり、このような読みにおいては、キャ
サリン・マリンの働く少女たちを主題化し英国ミュージカル・コメディ
も取り上げる新しい研究が正当にも異議申し立てしているのだが、女
性の解放が、巧妙なセクシュアル・バーターを通じてなされる、とい
う通俗的な見解が提示されがちである（Mullin 110）。これでは、ショッ
プ・ガールたちが遂行するあからさまに自ら性を商品化するというス
マートな戦術あるいはパフォーマンスも、女性参政権運動が激化する
時代にあってさえ、投票箱を通じてではなく、セックス・アピール
——男性の欲望をかきたたせるべくいかに性的魅力を動員するか——
を通じて達成しようとする実はラディカルとはいえないフェミニスト
といっしょくたにされることになる。投票ではなく、シャンパンやご
立派な衣服、外見とマナー、そして究極的には、階級上昇的結婚を通
じた女性解放、ということだ。
　たしかに、プラットが述べるように、このような英国ミュージカル・
コメディが構築する、男性主体により商品化された性的対象としての
少女のイメージを、伝統的な婚活すなわち結局は玉の輿にのって結婚
し旧弊な主婦とか「良妻賢母」とかに終わる物語と一緒に解釈するな
らば、真の女性解放が達成されたなどとは無条件に承認することなど
どうしたって無理な話だ、ということになるだろう。女性の政治的活
動への積極的な参加や経済的自立を求める闘いが高まる時代にあっ
て、なおも、女性のお約束の力——性的商品となった娼婦のようなそ
れであれ「良妻賢母」のそれであれ——を強調することによって、保

守的な男性あるいはそうした男性中心の社会に対する女性たちからの
せっかくの不同意の企てを矮小化してしまうともいえるだろう。し
かしながら、この The Shop Girl をはじめとする文化的形式としての
英国ミュージカル・コメディは、実は、自律的な女性性を、誘惑的な
までに生き生きと提示している——これがプラットの研究をふまえた
うえでその読みを批判的に再考するマリンの解釈だ。「解放された少
女たち」という陽気で実用的な形式が示す想像的潜在力は、The Shop
Girl のベシー・ブレントの「捨て子という身分」がもつメリットを語
る歌に要約される——「反抗的（revolting or refractory）な娘は親に反
対されたりぶたれたりするかもしれないけれど、捨て子であれば、自
分の好きなようにできるから、ずっといいわ」(Dam 28)——。ミュー
ジカル・コメディにおけるデパートメント・ストアで売り子として働
く少女の経済的・精神的な自立のヴィジョンは、新たな「反抗的な娘」
——セクシーでより快いニュー・ウーマン（New Woman）あるいは、
のちに先頭的女性参政権論者（suffragette）となる腹違いの姉妹——
のイメージを提示している、とマリンは The Shop Girl とモダニティ
との関係について鋭く指摘している（Mullin 109-11）。

　ショップ・ガールものに関する類似の通俗的見解の例として、われ
われは、また、エリカ・ダイアン・ラパポートの研究も俎上にのせて
みることもできるかもしれない。ショップ・ガールの魅力が、売り子
としての職業やその販売する商品と露骨に結びつけられているところ
を問題視するラパポートは、主人公ベシー・ブレントの歌における彼
女の魅力の生産過程を批判的に取り上げている。

> When I came to the shop some years ago
> I was terribly shy and simple;
> With my skirt too high and my hat too low
> And an unbecoming dimple.
> But soon I learnt with a customer's aid

How men make up to a sweet little maid;

And another lesson I've learnt since then

How a dear little maid "makes up" for men!

A touch of rouge that is just a touch

And hack in the eye, but not too much;

And a look that makes the Johnnies stop

I learnt all that in the shop, shop, shop! (Dam 31)[2]

　ベシーがショップ・ガールとして労働するロイヤル・ストアズは、性的な目覚めを学ぶ学校でもある。変身の材料である化粧品や洋服だけでなく、セルフ・プロモーション（自己宣伝）のテクニックにも同様にアクセスできる。ショッピングする顧客たちのライフスタイルを垣間見ることで、巧妙に陳列されているが購入されるまでは手に入れることができない商品がどのような効果をもちうるのか、ベシーは学び理解できるようになる。ベシーは、誰かが自分に値をつけるまで、宣伝されるのだが、ラパポートの解釈にしたがうなら、その制限された「やりすぎにならない」セクシュアリティの陳列は、商業教育の生産物を物象化したモノとなる（Rappaport 198）。ただし、マリンの研究は、先行研究であるラパポートの *The Shop Girl* の解釈を、ジェンダー関係の背後に危険な経済的な計算が働いていることをせっかく明らかにしあばきながらも、結局は、百万長者の娘が愛のために結婚するとして、転覆的な潜在力・可能性を封じ込めてしまっている、と批判する。マリンにとって、*The Shop Girl* とそのあとに続く少女ものは、ラパポートの読みが示したものよりも危険な要素を孕んでいる。ベシーが結婚によって遂げた階級上昇は、不合理でコミカルなまでに偶然なもので、彼女は階級上昇ができなければロマンスが実用主義に取って代わられる世界にいやおうなく巻きこまれてしまうからだ。*The Shop Girl* のサブプロットにおいて、第1幕の最後で、「お店のカウンターよ、さようなら」と歌うエイダはミグルを見捨てて上司との仲を選択し今やご

立派な奥様とみなされる。チャーリーも、ミュージック・ホールを彩ったヒット曲「彼女の金髪は背中になびいて」の「あどけないフロ」や彼女の「いたずらっぽくきらめく瞳」を歌いベシーの如才なさを認めていることが示される。[3] *The Shop Girl* の物語が進行するとともに、この「いたずらっぽくきらめく瞳」が「不釣り合いなえくぼ」に取って代わることで、モダンな性の知識によって、時代おくれの無垢が簒奪される過程が要約されていることになる（Mullin 107）。

　21世紀現在、生産され商品化されるショップ・ガールの誘惑は、社会における階級上昇を実現する「エロティックな資本」、「漠然としながらも決定的な、美貌とセックス・アピールと自己をプレゼンテーションするスキルと諸社会技能の結合」として理論化されているが、こうした概念は、実のところ、すでに19世紀後半に議論をよぶものとして存在し、21世紀の今日までに続いて存在しているものである。当時の議会、医者、社会改革者、慈善事業家らは、ショップ・ガールたちがその職場で自己商品化の戦略を習得するのではないかという疑いをもっていた。ショップ・ガールが舞台にかける活気に満ちたセクシュアル・モダニティの表象は、疲れ果て士気を喪失した労働者を描いたより暗い物語と対立関係にある。ショップ・ガールに対する道徳的不安は、しばしば、内密で束の間の素人売春と結びつけられるが、そうしたなかには年長者や仲人役の付き添い・監視下に置かれない求愛からあからさまな「交換取引」も含まれる。そのような不安は、英国ミュージカル・コメディにおいてしばしば嘲りの対象となっている。たとえば、*The Shop Girl* のヒット・ソング「彼女の金髪は背中になびいて」では、素朴な娘フロが、チャント夫人の友人で若い慈善事業家と出会い、最後は、彼をその魅力で誘惑してしまうと歌われているのだが（Dam 28）、このチャント夫人とは、ローラ・オーミストン・チャント夫人のことであり彼女は、1894年にその猥褻な芝居とそぞろ歩く娼婦たちの存在によりエンパイア座を攻撃したことで有名な「道徳的十字軍戦士」として知られていたという。*The Shop Girl* をはじめと

してミュージカル・コメディは、このような社会改革者たちを、活気に満ちたセクシーさに対する不快な攻撃を体現するものとしてジョークの「オチ」に貶めることで諷刺していたのだ。こうした諷刺や嘲りは、「エロティックな資本」という愉快で楽しい個人主義と、そこに介入する社会的不安とのバランスをとる概念をめぐる、いわばモダニティをめぐる文化戦争を舞台にかけているともいえる。そして、そこでは、犠牲者あるいは文化的堕落の象徴としてのショップ・ガールの物語がほのめかされながらも、そこに作られたたわいないファンタジーをスマートかつフレキシブルに防御する身振りが示されていることに注意することが重要だ（Mullin 111）。

　*The Shop Girl*の第2幕に上演される上流階級の女性とショップ・ガールとの間の社会的地位の転換や階級上昇は、ラパポートにとっては、フェミニズムの立場はおろか働く少女たちの欲望や幸福にとっても、肯定的な意味をもつどころか、決してラディカルでもなければ転覆的でもない。その女性間の階級的差異・格差の表象は、ロマンティックであるだけでなく、気楽に見て楽しめるユーモアの源として機能している、ということになる。よいお相手を見つけて結婚した「女優」のことを「公爵夫人も踊子から上昇したのよ」などと歌ってみせたり、ショップ・ガールが女優と役割を交換し、シェイクスピアのダイジェスト版の舞台に出てみせたりするのだから。あまつさえ、男性観客を楽しませその異性愛的な性的欲望を満たすために、少女たちが自分たちの脚をあらわにみせることもやってのけることにより、ミュージカル・コメディを、一時的に、旧いゲイェティのバーレスクに変容させる。[4]このモダンというよりは伝統的なバーレスクの要素の再使用・リサイクルの表象は、英国社会の階級構造とりわけ資本家と労働者との間の労使関係をめぐる階級格差の問題において、これまた、いささか上品さに欠けるユーモアや笑いの機能によって、度し難く伝統的で保守的な包摂や抑圧の例として解釈してすませたくなるかもしれない。

　だがしかし、いったんはモダンなかたちに歴史的に進展したミュー

ジカル・コメディのテクストにおいて共存する伝統的な性的笑いの要素、つまり、若い女性がセクシーに脚をディスプレイする場面は、その解釈において、モダニティの表象と英国ミュージカル・コメディをめぐるきわめて興味深い決定不可能性をこのテクストを取り上げるわれわれ観客・読者に提示しているかもしれない。たしかに、ショップ・ガールたちが女優を演じるこの *The Shop Girl* というテクストの結末では、最終的にはそのひとりが相続人となるという異性愛イデオロギーに包摂されるような社会的・階級的ステイタスの逆転にともなう「シンデレラ物語」となっており、働く少女たちあるいは不当な雇用・労働条件に日々の仕事をおこなう労働者の困難は、幸福な結婚と主婦の生活を手にした女性の個人の表象にすり替えられている（Rappaport 199）。と同時にわれわれとしては、ラパポートの解釈とは別に、このような社会的立場の逆転を経験する働くヒロインは、第 1 幕で起こったデパートメント・ストアにおける労働者たちによる労働争議の亡霊的イメージを呼び起こさずにはおかない、ともみなすことができる。ロイヤル・ストアズの店員たちがバザーでの労働に対する時間外労働手当の不払をめぐる対立は、たしかに、もはや働く少女としての存在であることをやめることになるヒロインの個人的物語によって、鎮静化してしまう。しかし、中心のプロットからいつのまにか周縁へずらされかき消されたショップ・ガールたちの労働は、結婚して主婦になった女性の現在だけでなく過去そしてメイドやサーヴァントが不足する未来の家事・育児といった主婦労働のシミュラークルとして、読み直すことが可能であるはずだ。いずれにしろ、ミュージカル・コメディとしての *The Shop Girl* におけるモダニティの表象は、ヒロインであるショップ・ガールが具現するモダンなセクシュアリティや階級上昇によって、一面的に解釈しては不十分だということか。

## 3　英国ミュージカル・コメディの「誕生」再考

　いよいよ、本論が主題として設定した問題を論じはじめたい。モダ

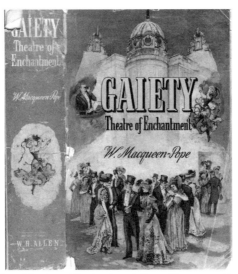

*Gaiety: Theatre of Enchantment*（from Macqueen-Pope）

ニティに規定された英国ミュージカル・コメディの「誕生」は、歴史
的に、どのように解釈されうるか。その「誕生」をめぐる議論はいろ
いろあるものの、ゲイェティ劇場の劇場経営者・興行師ジョージ・エ
ドワーズが英国におけるミュージカル・コメディの発明に大きく貢献
していること、このこと自体には異論はないようだ。英国ミュージカ
ル・コメディは、彼の名とともに、ゲイェティ劇場、そしてゲイェ
ティ・ガールと結びつけられている。それ以前のバーレスク・オペ
レッタ等々、英国国内外の劇場文化のさまざまなジャンルやそれらの
要素を取りこみつつ、新たな形式のミュージカル・シアターが登場し
たのが1890年代初めであり、それゆえ、1890年代初頭が英国ミュー
ジカル・コメディの始まりとされる。具体的な上演についていうなら、
*The Shop Girl* がゲイェティ劇場で初演され *A Gaiety Girl* がデイリーズ
劇場に移った頃までには、この二つの文化的テクストは、ロンドンの
ウェスト・エンドのみならず、大西洋を越えてニューヨーク、ボストン、
ワシントン、シカゴを巡演し、さらには太平洋のオーストラリアにも

わたるなどグローバルな移動・流通・受容・消費を経験した。こうして、1900年代初期には、英国ミュージカル・コメディは、疑いもなくウェスト・エンドにおける支配的な演劇形式となっていた。[6] たとえば、そのテクストの内容として当時の英国社会でさまざまにスポットライトを浴び賛美を含め議論をされてきたデパートメント・ストアで労働する少女をフィーチャーした *The Shop Girl*、あるいはゲイエティ劇場の女優たちが上流階級のレイディたちとハズバンド・ハンティングを繰り広げる物語を緊密で一貫性をもった見事なプロットにおいて形式化した *A Gaiety Girl* を範例とするような。

　英国ミュージカル・コメディの「誕生」をめぐる議論は、そもそもの始まりを印しづけた上演を特定しようというものになる傾向がある。たしかに、英国ウェスト・エンドにおける最初の「真正な」ミュージカル・コメディを決定しようとするこうした議論は、英国ミュージカル・コメディにおけるモダン／伝統の対立の力学やその物語との関係を明確にし、この新たなジャンルを普遍的に確定するうえで重要な作業かもしれない。そして、その作業における議論の中心に位置するのが、すでに言及した二つのテクスト、すなわち、*A Gaiety Girl* と *The Shop Girl* だ。[7] いずれの上演・テクストもゲイエティ劇場の創始者ジョン・ホリングスヘッドから劇場経営を引き継いだジョージ・エドワーズが手がけたもので、*A Gaiety Girl* は、1893年にプリンス・オブ・ウェールズ劇場で初演され、その後デイリーズ劇場に移り、その公演数は合計で413回に達した。*The Shop Girl* のほうは、*A Gaiety Girl* の初演の翌年1894年にゲイエティ劇場で幕を開け、その公演数は前者の記録をぬりかえる546回を数えた。

　本論ですでに部分的に論じた *The Shop Girl* は、ロイヤル・ストアズという近代的なデパートメント・ストアを舞台にそこで労働するショップ・ガールを主人公とし、ウェスト・エンドの消費文化に強力に結びつくという点で、モダンな文化生産物としての英国ミュージカル・コメディの「誕生」を印しづけるテクストであるように思われる。

大評判となったこの上演は、ある意味でこれまでの伝統との訣別であり、エドワーズがゲイェティ劇場経営に参加する前に演出を担当していたギルバート・アンド・サリヴァンのオペレッタからの方向転換であるという点で、英国ミュージカル・コメディの始まりとみなされている（Bunnett 41）。だが、英国ミュージカル・コメディをまとまったかたちで論じたレン・プラットは、*A Gaiety Girl* のほうにむしろ軍配をあげようとしている（Platt 43-44）。英国ミュージカル・コメディ自体はジョージ・エドワーズ、ゲイェティ劇場、ゲイェティ・ガールと密接に結びつけられていることは前述したとおりであるが、その「誕生」を印しづけるのは、主人公もタイトルもゲイェティ・ガールを指し示すものの、上演劇場が異なる *A Gaiety Girl* なのか、主人公・タイトルいずれもショップ・ガールであるがその上演空間が象徴的なゲイェティ劇場である *The Shop Girl* なのか。「誕生」をめぐる歴史的契機は、どのようにとらえられるべきなのであろうか。

　プラットが *A Gaiety Girl* を最初のミュージカル・コメディとみなす際に重要なポイントとしているのが、その物語の構成と会話や時事的トピックにかかわるモダンな様式化である。*A Gaiety Girl* における歌詞と劇の物語との統一性、なかでもオーウェン・ホール（ジミー・デイヴィス）が手がけた台本の一貫性が、なにより新しいとみなされている。*A Gaiety Girl* が舞台にかけた「自然な」対話と時事問題にかかわるきわどいジョークによって、モダンな「なにか新しいこと（something new）」がウェスト・エンドの舞台で起こりつつあるということに、批評家・検閲者たちが気づかされた、このことが指摘される（Platt 43-44）。

　*A Gaiety Girl* の上演に実現・達成されたこのモダンな要素を、プラットはさらに "gaiety" という概念によって説明し直している。"gaiety" は、それ以前は、ゲイェティ・バーレスクに出演する人気女優ネリー・ファレンの肌色タイツの脚に魅了されて大声を上げ騒ぎ立てる大勢の観客たちを示すのに使われただけだったが、*A Gaiety Girl* を通じては

るかに広範な文化的コンテクストで用いられるようになった、という。古いのぞき趣味的要素は残存していたものの、新たな様式においては、保守的な価値観に対する世紀末の対応策・解毒剤として、政治化された精神すなわち生の謳歌が表現されていた。A Gaiety Girl におけるモダニティの性質は、宗教・法律・軍隊をだしにした断片的な同時代のジョークにおいてではなく、芝居のメイン・プロットの原動力となる活気に満ちた "gaiety" によって提示され、そうした旧式の道徳的価値観を明るく笑いとばし活力に満ちた生自体を陽気に肯定することこそが、英国ミュージカル・コメディを規定する要素なのだ（Platt 43-44）。

　では、A Gaiety Girl における "gaiety" の要素を、そのプロットにおいて確認してみよう。モダニティと伝統との対立関係は、活気に満ちた若い女優たちのグループであるゲイェティ・ガールズとお高くとまった貴族のご婦人方のグループとによって表象されている。レイディ・ヴァージニア・フォレストに付き添われ夫探しをしているご婦人方の一団と、バークリー少佐にランチに招かれたゲイェティ・コーラスの女優たちとの二つの異なる集団が、英国ウィンブリッジの騎兵隊の兵舎（The Cavalry Barracks at Winbridge）(Hall 2) で対面することから物語は始まる。レイディ・ヴァージニアは、ゲイェティ・ガールズを、階級と職業という点で問題視するだけでなく、結婚仲介者としての彼女の欲望の妨げとみているのだが、よりによって彼女の甥で騎兵隊士官であるチャーリーが女優のひとりアルマ・サマセットに一目ぼれすることでその脅威が現実のものとなる。この二つの集団間の対立・差異は、アルマにかけられるダイアモンドの櫛を窃盗した嫌疑に顕著に示されている。プラットが指摘するように、A Gaiety Girl において主張されているのは、両者の階級的差異・格差に対する異議申し立てだ。両集団は併置・対立されて描かれているが、結局のところ、若く陽気なゲイェティ・ガールズたちの地位を高めるように仕立てられているからだ。伝統的な価値を重んじる貴族のご婦人方も、貴族的

な優雅さすら身に纏いあたかも若い公爵夫人が客間へと向かうかに振る舞う女優たち──"You only want feathers in your hair and you'd look like young Duchesses going to a drawing-room" (Hall 6) ──と彼女たちによって提示される "gaiety" を目の当たりにして、その抗しがたい魅力を受け入れるようになっていく。このような方向転換は、結末までには完了し、騎兵隊士官の甥とゲイェティ・ガールのアルマとの間に結ばれた婚約・結婚がレイディ・ヴァージニアによって祝福されると同時に、アルマが社交界の人気者となるであろうことを──"I am glad you are going to marry a gaiety girl after all, Charley. In a year or two, she will be the rage in Society" (Hall 39) ──告知して終わる。こうして、古くさい伝統やお約束の分別が「なにか新しいもの」とその価値に取って代わられることが、支配階級である貴族たちによって承認されたことが示されている (Platt 45)。

　プラット曰く、*A Gaiety Girl* においては "gaiety" とそれを表象する女優たちが舞台の中心に据えられることにより、"gaiety" という言葉自体とロンドン中の観客を魅了したゲイェティ・ガールズという歌手・踊子の一団が、きわめて重要・不可欠なものと規定されており、このショウにおけるこの結びつきこそがミュージカル・コメディの「誕生」を印しづけている。さらに、"gaiety" は、「退廃 (decadence)」が1890年代の知的共同体において重要な概念であったように、メインストリームの文化的アイデンティティの集結点となりつつあったということだ。「退廃」が同時代の資本主義世界のマネーあるいは金融資本のロジックによる水平化・平準化の無慈悲なまでに必然的な傾向に対するけだるい個人主義による挑戦であったとするならば、"gaiety"は、それとは正反対に、カーニヴァレスクな放縦を「モダニティの謳歌」において提示しているのだ (Platt 45-46)。

　伝統とモダンの対立と *A Gaiety Girl* における "gaiety" が表象する「モダニティの謳歌」に注目するプラットは、『タイムズ』紙の劇評に言及し、*The Shop Girl* の上演については、留保をつけており、むし

ろ、否定的ですらある。ショップ・ガールを主人公に設定した「シンデレラ物語」のテクストは、英国ミュージカル・コメディの「誕生」とみなすには不十分だとされる。*The Shop Girl* の上演は、たとえその舞台設定から即座にモダンなものとして認識されるにしても、旧いタイプのさまざまな形式の混淆であり、そこで提示される対話・衣装・演出もすべて *A Gaiety Girl* の足跡をたどっている「まがい物（"an imitation"）」（*The Times*）にすぎない。

　だが、ジョン・デジャンも指摘しているように、本論では、*The Shop Girl* が示すハイブリディティこそが重要なのではないか、という問いをたてるところから、英国ミュージカル・コメディ「誕生」再考の手続きを進めていきたい。たしかに、かならずしもミュージカル・シアターの決定的な方向付けであったわけではないが、エドワーズが何年もかけて実行したゲイェティ劇場において最高の存在であった古いバーレスクからモダンな形式への変容・転位というさまざまな試みにおいて、複数の段階が融合・混在していたのであり、その複数の段階を示す諸要素が共存していたのが *The Shop Girl* が舞台にかけられた劇場文化の空間だった（Degen 47）。さらに、エドワーズは *The Shop Girl* の産出とともに、古いバーレスクを転位させ、ゲイェティ・ミュージカルに 20 世紀において継続可能なフォーミュラを見出していたということが重要だ。*The Shop Girl* に続いて、ゲイェティ劇場で実験的に *A Gaiety Girl* を特徴づけるより複雑でメロドラマティックなプロットの *My Girl*（1896）を上演したが、これは失敗に終わった。そこで、エドワーズは、よりシンプルな *The Shop Girl* フォーミュラにもどり、ゲイェティ劇場における一連の「少女もの」ミュージカルを生産して成功を収めることとなる。そして、このフォーミュラこそが世紀転換期のミュージカル・コメディを印しづけるものとなったのだ（Degen 46-47）。[8]

　さらにその成功後、エドワーズは、新たな実験的かつ異国情緒的なコミック・オペラを、「芸術的な」コミック・オペラとポピュラーな

レスター・スクエアのデイリーズ劇場
（米国人興行師オーガスティン・デイリーのためにジョージ・エドワーズが建設）
（Glasstone 98）

ミュージカル・コメディとのギャップを埋めるための試みとして、デ
イリーズ劇場で上演した。こうしたエドワーズの試みは、彼の初期の
ミュージカル・コメディを協働で文化生産した者たちによって、継承・
伝達されていくことになった。そのなかには、The Shop Girl の音楽担
当で後に米国にわたったアイヴァン・キャリルもいる。あるいは、A
Gaiety Girl の作曲家であったシドニー・ジョウンズがジェローム・カー
ンに影響を与えたことなども思い起こしてもよい。英国ミュージカ
ル・コメディの始まりを印すのは、A Gaiety Girl か The Shop Girl かの
いずれかには決定できない、ということになるかもしれない。

　このような決定不可能性は、その「誕生」が印しづけられた空間す
なわち劇場ということについても、いえる。たしかに、プラットは、
The Shop Girl がミュージカル・コメディの「誕生」であるという主張
について、マクィーン＝ポウプや看板俳優シーモア・ヒックスのメモ
ワールなどに言及し、ゲイエティ劇場における初演が根拠であること
を批判的に示しているが、そもそもこうした「誕生」の空間は、ひと
つの劇場に限定することがはたして可能であっただろうか。

　ここで、A Gaiety Girl も上演されたデイリーズ劇場の成立に注目し

てみよう。この劇場は、ロンドンで劇場を所有した最初の米国人経営者であったオーガスティン・デイリーの名に由来する。だが、当時米国で主要な劇場経営者（もともと、ジャーナリストで劇作家でもあった）のデイリーが抱いたロンドンへの進出・劇場所有という野望を叶えるべく尽力したのが、英国ミュージカル・コメディを発明したジョージ・エドワーズであった。エドワーズはデイリーに、劇場を建設しそれを年5000ポンドでデイリーに貸すという条件を申し出て、その同意を得て1893年デイリーズ劇場を誕生させた。当初はデイリーが望むシェイクスピア劇なども含む多様な出し物が上演されたが、1894年にエドワーズが、E・フンパーディングのポピュラーなメルヘン・オペラ『ヘンゼルとグレーテル』の英国の初公演を成功させて以来、米国人の名を冠していても、劇場における実際の演目の選択・決定・演出に関しては、エドワーズがその実権を握るようになっていった。その後1894年に *A Gaiety Girl* がプリンス・オブ・ウェールズ劇場から移動し、ミュージカル・コメディのほうがシェイクスピア劇を凌駕することになった（Macqueen-Pope *Carriage at Eleven* 74）。

　英国ミュージカル・コメディの「誕生」劇場として、意義深い対立と共存の関係性を取り結びながら、ストランドのゲイェティ劇場とならぶ、デイリーズ劇場のウェスト・エンドでの存在は、1897年のウェスト・エンドの状況を建築という観点から概観しているグラストンの記述にもうかがうこともできる（Glasstone 98）。都市計画実施の遅延によりようやく1886年に完成したシャフツベリー・アヴェニューに、まず、1880年代から1890年代、ロンドン・パヴィリオン、トロカデロ、リリック、パレス、シャフツベリー劇場が建設された。そして、それに続いてアポロ、グローブ、クィーンズ、プリンスズ、新生シャフツベリーが次々に建てられたのだが、それらとともに、エドワーズが米国人興行師オーガスティン・デイリーのために建てたのが、当時の数々の有名な「ミュージカル」を舞台にかけたデイリーズ劇場であった。

　こうして、ゲイェティ劇場で初演された *The Shop Girl* かゲイェティ・

ガールを主人公とした *A Gaiety Girl* か、という 1890 年代の英国ミュージカル・コメディの「誕生」という問題は、単に、テクストの内容や形式をめぐる価値評価のみならず、そうしたテクストの上演を物質的なレヴェルで可能にした劇場およびそれを取り巻くメディア空間としての劇場文化をめぐる幾重にも重なりあった諸条件によっても、再考されなければならないことがわかる。都市計画によって再開発され新たな新興中流階級を「上品な」消費者・観客としてよびこみ流入させたのがシャフツベリー・アヴェニューであり、ここを中心としたウェスト・エンドの劇場街空間と新聞メディアや場末の劇場をその近辺に抱えていたストランド街やオルドウィッチとの間の対立を、ロンドンの都市空間のなかに確認しよう。そして、そこに投資され流入したグローバルなマネーや文化資本の多種多様な移動や重なり合い、ならびに、劇場の経営・マネジメントとそれから派生する上演される諸テクストの内容や形式あるいは様式の異種混淆的な存在自体にも注目したうえで、その歴史的契機をとらえ歴史化の作業を進めていこう。もしも英国ミュージカル・コメディの「誕生」をめぐる *The Shop Girl* か *A Gaiety Girl* かという上演テクストの問題がゲイエティ劇場かデイリーズ劇場かという物質的な基盤をもつ劇場空間の問題によっても読み換えることができるとするならば、われわれの再考は、どのように遂行されなければならないか。さまざまな重層決定においてもとりわけ、英米間の大西洋を横断した劇場経営にかかわるマネーをめぐる交渉やその共存・移動こそが、決定的な規定要因として、重要な役割を果たしていることが認知されなければならないだろう。

## 4 *The Shop Girl* と消費の帝国アメリカ

英国ミュージカル・コメディの「誕生」は、芳醇な黄昏を迎えた大英帝国が、新たに勃興した「帝国」アメリカとさまざまに取り結ぶ関係によって規定されている。言い換えれば、これら新旧二つの帝国の共存・移動あるいは対立・矛盾こそが、劇場経営者ジョージ・エド

ワーズが手がけたゲイティ劇場の *The Shop Girl* およびそのサブテクストに、刻印されている、と解釈されるのではないか。だとしたら、この英国の劇場文化の空間におけるミュージカル・コメディの出現あるいは「誕生」の歴史的契機をなす、英米間の大西洋を横断した劇場経営のマネーをめぐる交渉やその共存・移動は、*The Shop Girl* というテクストにどのように表象され、また、その痕跡をたどることができるだろうか。

　ここで、主人公であるショップ・ガールが結婚によって階級上昇するという物語を舞台にかける *The Shop Girl* のフィナーレに注目してみたい。

> Now joy is in the air
> Their future will be fair,
> Looked after by this kindly desperado,
> No longer fate will frown
> They've found a friend in <u>Brown</u>
> <u>In plutocratic Brown of Colorado</u>
> No friend or foe can say and laugh
> They've been too clever, too clever by half,
> By loving each other
> Instead of another,
> They've managed, they've managed to *not* get left.
> No friend or foe, etc.,　　　　　　　　（Dam 32 下線筆者）

この祝祭的なエンディングを飾る歌において「あたりに漂う歓喜」としてその未来が言祝がれているのは、ロンドンのロイヤル・ストアズで労働する主人公のショップ・ガール、ベシー・ブレントと、貧しい医学生でありながら弁護士を父にもつ恋人チャールズ・アップルビィとの間の階級的差異を越えて結ばれる異性愛的絆である。ここで繰り

返されるのは、「コロラドのブラウン氏という大富豪」の存在が、二人の絆を最終的に可能にしたということなのだが、二人の後援者あるいは「味方（a friend）」として提示されるこのブラウン氏とはなにものなのか。

　冒頭のオープニング・コーラスにおいて、「地球上で生育され生産されたすべてのモノ」を取りそろえ、「金融発展」の「高貴な機関」であり「英国の貿易の栄光」を示すこのロイヤル・ストアズを舞台に、チャールズの父でその階級・地位を鼻にかける弁護士のジョージ卿とこのデパートメント・ストアの社主であるフーリー氏らによって、女子店員のなかに、米国のコロラドで金鉱を掘り当てた大富豪の遺産相続人が存在するという事実が通知されたことを思い出そう。ジョージ卿らに、亡くなった共同経営者の娘探しを依頼したのが、実は、ブラウン氏であった。紆余曲折はあったものの、ベシーがその相続人であることが判明し、ジョージ卿による二人の結婚への反対も取り除かれ、この祝祭的フィナーレを迎える、ということなのだ。

　この贈与者ブラウン氏の財産は、さてそれでは、どのように築かれたものか、その経緯が語られる「コロラドのブラウン氏（Brown of Colorado）」の歌詞には、次のように提示されている（Dam 71）。

> Brown. In the steerage of a liner, I went to be a miner,
> 　　And in search of gold, proceeded for to roam—……
> 　　I had nothing worth a button but a little tea and mutton,
> 　　And (a pickaxe and) a (copy of the) Miner's Dream of Home.……
> 　　Then without the slightest warning, why, I struck the reef one morning,
> 　　And I left my claim a splendid millionaire!……
> 　　No longer Bunco Brown
> 　　But plutocratic Brown of Colorado.
> 　　Then a company I founded with a capital unbounded

To develop the bananza I had found…

And I sold them an extension, which I quite forgot to mention,

Was located on another party's ground.…

Then I rigged a little corner, like the cure inventing Warner,

（Dam 71 下線筆者）

ブラウン氏は、少しばかりのお茶と羊肉、そして1891年にレオ・ドライデンがミュージック・ホールの舞台で歌った1890年代ヒット曲「鉱夫の夢の家（the Miner's Dream of Home）」の楽譜本以外にはなにひとつもたずに、3等船室に乗船し大西洋をわたり、苦役の末ある日ようやく金脈を探り当て大富豪となった。もはや「いかさまブラウン（Bunco Brown）」ではなくいまや「コロラドの金権家ブラウン（Plutocratic Brown of Colorado）」（Dam 71）として、発見した鉱脈をさらに発展させるべくその無限の資本で会社を設立し、その拡張部分を売却したのだが、実は、その売却部分は他人の土地に帰属していたもので、ちょっとした信用詐欺あるいは買占め操作さえ実行したらしい。このような操作こそが、ブラウン氏によれば、絶大な権力をもつ大富豪になるためのスキルであるらしい。米国にわたり発見した金脈で得た資本をもとに起業し、財産を増やすことに成功したブラウン氏は、その後そのビジネス拡張あるいは成長戦略をたてて、英国に帰国し支配者階級の貴族たちが所有していた土地を原野や森林も含めて買い上げ、さらには、当時の金持ちの流行だった大衆紙のパトロンにのしあがる。英米間の大西洋を横断した劇場経営にかかわるマネーをめぐる交渉やその共存・移動は、この若干出自の怪しげな贈与者ブラウン氏のサクセス・ストーリーに、その断片的イメージに、たどることができそうだ。

　さらにここで興味深いのが、大富豪・金権家にのしあがるためのビジネス上の作戦・操作が、「ワーナーを生み出したような策（the cure inventing Warner）」（Dam 71）とされるところだ。このちらりと名前

だけ言及されるワーナーとはいかなる人物で、いかなる企業にかかわっているのだろうか。この「ワーナー」とは、ロンドン東部と中心部の境界地域スパイタルフィールズ出身——リヴァプール・ストリート駅やブリック・レインの近く——のジャカート紋織の職人ベンジャミン・ワーナーであり、彼が設立した絹織物を主要商品とした織物企業を名指しているようだ。

　早くに父を亡くし幼少期から家業を手伝いジャカート紋織の技能を身につけたワーナーは、スパイタルフィールズ・デザイン学校の夜学で教育を受けさらにその技術を磨いたのち、1857年に紋彫・ジャカート紋織の会社を買収しその規模を拡大させる。1861年には自らが学んだ学校で教鞭をとっていたウィリアム・フォリオットとパートナーシップを結び2年後それを解消、のちに、シレット・アンド・ラム社とパートナーシップを結び、シレット引退後ラムとの関係は1891年まで継続した。1870年代にはワーナー・アンド・ラムは競合する数企業を買収し、見事なまでに美しい織物を生産する企業としての評判を確立していた。さらに、1885年に絹ならびにヴェルヴェットの王室御用達許可証を有するチャールズ・ノリス社買収を通じて、戴冠式や結婚式をはじめとする王室の数々の祝祭における衣装等々を担当することになり、織物業界での地位を確立させていく。その後ワーナーは、ラムとのパートナーシップを解消し、成長した息子たちを迎えてワーナー・アンド・サンズ社を確立することになるが、その企業の歴史は1990年まで継続していたという（"A History of Warner & Sons"）。

　それはともかく、このような *The Shop Girl* におけるワーナー社への言及、すなわち、織物業界においてパートナーシップや買収を繰り返しその経営形態を拡張・変容した企業イメージへのひそかで断片的な言及は、世紀転換期英国において、劇場経営を含む企業の組織形態が変容していくアレゴリーの一部をなしている。エドワード朝の英国演劇を経済・経営的側面から考察するトレイシー・デイヴィスによれば、世紀転換期の劇場経営の形態の変容、すなわち多数の劇場の所有

権と演目の仲介業とが厳格な管理会社に集中するようになったことは、1890年代の新たな企業組織形態の登場と密接にかかわっている。[11]エドワード朝における劇場組織の変容が対応した英国の企業組織の再編とは、どのようなものだったのか。

世紀転換期の英国における企業の所有は、家族からパートナーシップへ、そしてその後有限会社へと移行し、最終的には株式を公開する上場会社・公開会社へと移行した。このような組織の変容の第1段階は、有限会社のパートナーシップから公開会社への変容だ。これは、芸術的・財政的パワーが、一劇場・劇団の一個人の経営者から複数の経営陣や株主たちへと移行することであり、ライシアム劇場やエンパイア・アンド・パレスがその例である。次の組織形態の発展は、合併統合だ。英国における経営合併は、1880年代後期と1897年から1902年の間に活発となっていたが、これは特に醸造業と織物業に顕著だったという。経営合併という組織編制がエンターテインメント産業においても起こっていたことを端的に示すのが、デイヴィスも指摘するように、モス・アンド・ソーントン・エンパイアに取って代わった巨大なエンターテインメント帝国、モス・エンパイアの存在だ（Davis 120-21）。

モス・エンパイアが進めていく資本主義的な組織編制のさらなる変容は、コンビナートあるいは英国でより一般的な持株会社というものだ。それは、多くの場合、多数の単一機能を有する家族経営的な中小企業によって構成されるもので、水平的統合を特徴とする。別の持株会社の形式には、同業種の支配的な家族経営の2社あるいは3社の企業から構成されるものもあり、ハワード・アンド・ウィンダム・シアターズとロバート・アーサー・シアターズ・グループの合併がその例である。このタイプは、垂直的統合を特徴とし、金属工業などがそうした形式をとることが多い。劇場経営においては、配役、リハーサル、管理・経営、台本、巡業について、垂直的に統合された各部門・会社の分業・協働体制による文化的テクストの（再）生産システムを意味

する。もうひとつのより複雑な形式で多角的な持株会社のタイプは、たとえば、デイヴィッド・アラン・シアターズ社という家族経営の演劇関係の印刷会社が、1890年代に劇場経営に進出し、その後1915年までには五つの劇場を（自由保有権で）保有したという例にみられる。アラン社の事業形態は、印刷・広告事業と劇場・不動産所有の事業との垂直的統合の例である（Davis 119-22; Federation of Theatre Unions 20）。家族経営からパートナーシップへ、さらにその後20世紀を通じて拡張したワーナーという織物企業への言及は、こうした英国の企業形態の変容という歴史的契機を指し示していたと解釈できるのではないか。

　また、20世紀米国型資本主義の経営形態の起源にかかわるアルフレッド・チャンドラーによれば、企業形態の変容には三つの段階がみられるという。個人が所有し経営する「パーソナル（personal）」な形態が、その成長・発展にともない、多くの機能や部門とそれを管理する賃金管理・経営者を雇用し会社組織となるが、その株式は会社を興した起業家とその一族が保有する。この第2段階の形態を「起業家的（entrepreneurial）」とよぶ。さらに、拡大し多様化が進展して企業の株式所有はより広く公開されたものになると、さまざまなレヴェルで短・中・長期的な決定を下すのは株式を所有しない経営者の仕事・労働となり、利子生活者となった所有者は、もはや企業の活動ではなく配当にのみ高い関心を示すことになる。このような20世紀前半の帝国主義期の段階にみられた、かつまた、その目覚ましい発展・組織化が米国の場合にみられたいわゆる経営と所有の分離においては、所有者は、会社経営に対して、時間、情報、経験も責任も求められることはなくなるのだが、この経営・管理支配の企業形態は、「経営者的（managerial）」とよばれる（Chandler）。チャンドラーによれば、この企業形態の第3段階の変容「経営者的」は、第一次世界大戦までの米国で一般的であったものだが、英国の場合は、多くの企業は未だ「パーソナル」なままであり、時に「起業家的」な例もみられるものの、「経

営者的」なものは不在なままであった[(12)]（Chandler）。そして、近代的企業の指標となる重要な基準である、生産、販売、そして経営のすべてに同時に投資をおこなう企業の近代的組織化の動き、ならびに、所有者に雇用された「雇われ社長（21世紀の現在なら C.E.O. とよばれる）」であるプロフェッショナルな経営者によってなされる経営決定、いずれの例も英国の場合には観察できない、とチャンドラーは論じている。企業資本主義の歴史的発展において、米国に先んじられている英国の歴史状況は、ひょっとしたら、ブラウン氏がもたらす米国由来のマネーやワーナー社の企業組織の再編の表象イメージに、その痕跡をたどることができるかもしれない。

　別の言い方をするならば、世紀転換期における劇場経営の発展についても、資本主義の経営形態の起源にかかわるアルフレッド・チャンドラーの研究は、有益な判断基準を提供してくれる、ということだ。19世紀半ばヴィクトリア朝の劇場においては、資本主義の起業家は劇場の経営者であり所有者として、劇場経営自体に活発に参加していた。その後、資産家が、芸術家としてではなく、資本家として劇場を支配するようになり、日々の生産活動とは直接かかわらない存在ともなっていった。劇場経営のこうした変化を通じて、現在の企業経済の進化をたどることができ、エンターテインメント産業は、英国経済において中央集権化経営と生産・配給の統合という組織的特徴を明示した最初の業種といえるかもしれない（Chandler; Davis 122）。デイヴィスによれば、第一次世界大戦以前における経営の企業化という歴史的契機を考慮すれば、抬頭するライヴァルとして映画産業をみなし、英国の映画産業につながるエルスツリー・スタジオではなくナショナルな境界線を越えたハリウッド映画産業の支配、より経済的な生産・配給の形式である映画について理解している身振りをする前に、エンターテインメント産業における変容が、新たな資本主義社会における企業の組織形態の変容に対する反応であったと認識することはなにより重要であるということになる（Davis 127）。

世紀転換期のエンターテインメント産業の部分をなす英国ミュージ
カル・コメディは、ひとりの作家の生産物ではなく、作詞家、作曲家、
舞台装置、訳者、制作者、劇場経営者ら集団的な協働作業により産出
されるからこそ、その舞台はさまざまな混淆・共存を特徴とする。エ
ドワーズのもと、米国出身の台本作家 H・J・W・ダム、ベルギー出
身の音楽家イヴァン・キャリルたちを含む制作チーム（Degen 44）に
よる *The Shop Girl* も、こうした協働的分業が産み出す混淆・共存に
よって効果的な舞台を作ることに成功している。たとえば、*The Shop
Girl* では、その舞台となるロイヤル・ストアズが、矛盾を孕んだ表象
として示されているようだ。[13] "The noble institution of financial evolution/
Is the glory of English trade"（Dam 4）として称揚されるのだが、ラパ
ポートも指摘するように、「日々のドレス・リハーサル」がおこなわ
れるこの「誠実（loyal）」で「王者の風格ある（royal）」店舗で売ら
れるのは、"Dress goods, tinned foods,/ Bric a brac and parrots,/Pipe racks
red wax,/ Fishing rods galore"（Dam 4）といった日用品である。この場
面の歌で諷刺されているのは、実のところ、この舞台のモデルとなっ
ているホワイトリー百貨店にほかならない[14]（Rappaport 197）。

　この英国最初の大型小売店のひとつは、多様な商品を低価格で販売
し周辺の店舗を買収するなどして拡張・拡大したのだが、そのプロセ
スにおいて、多くの訴訟を闘うなど近隣における評判は芳しくなく、
1876 年のガイ・フォークスの夜には、ベイズウォーターの肉屋たち
がホワイトリーの像をウェストボーン・グローヴで引きずり回した
のち燃やしたという事件があった[15]（"Whiteley"）。ラパポートによれ
ば、先ほどの歌で彷彿とされるのは、このウィリアム・ホワイトリー
の像のイメージであり、また、この列挙される商品のリストは、ホワ
イトリーが自称する「ユニヴァーサル・プロヴァイダーズ」で販売さ
れている特定の商品の組み合わせのパロディになっている。そうした
ホワイトリーにかかわる陽気な笑いは、第 1 幕のフィナーレにもみら
れる。ロイヤル・ストアズの社主フーリー氏が、女店員エイダをブラ

ウン氏が探す遺産相続人だと勘違いし、彼女を恋人から略奪して結婚するときに、「ワールド・プロヴァイダー（the World Provider）」（Dam 57）と繰り返しよばれるからだ。1890 年代にはすでにその地位を確立したホワイトリー百貨店に対する矛盾したイメージを共存させることによって、その存在を非難せずに、英国の経済的パワーのフィギュアを、上演と快楽の空間として、ふざけた調子で諷刺することを、可能にしているのは、こうした協働作業である（Rappaport 197）。

　The Shop Girl や多くの英国ミュージカル・コメディの結末の結婚において示された階級的差異・対立の想像的な解決の可能性は、舞台の上だけではなく、現実の英国社会や社交界のロマンスにも存在したのだ。そのなかには、たとえば、第 1 章でふれた英国のファッション・デザイナーのルーシー・ダフ・ゴードンのもとで活躍したファッション・モデルのひとりとニューヨーク・ウォール街の金融資本家との結びつきや、セルフリッジ百貨店の創始者ハリー・ゴードン・セルフリッジとミュージック・ホールのスターであったギャビー・デリスとの関係などがある。さらに、The Shop Girl の舞台のモデルとなったホワイトリー百貨店の創始者ウィリアム・ホワイトリーの死を招くことになった情事を挙げることができよう。当時のホワイトリー百貨店の事業自体に影響はなかったものの、その後第一次世界大戦を経て経営不振に陥ったホワイトリー百貨店は、米国シカゴから英国オクスフォード・ストリートに進出したライヴァル店セルフリッジ百貨店によって1920 年代に買収されることになった[16]（Rappaport 198-200）。

　このように 1890 年代にみられた資本主義における経営形態の変容あるいは歴史的進展のアレゴリーとして The Shop Girl を再読・再解釈する試みを続けてきたが、さてそれでは、この英国ミュージカル・コメディの「誕生」のさまざまな始まりのひとつを印しづけるこのテクストの結末はどのような意味をもつだろうか——とりわけ、ブラウン氏はこの上演テクストにおいてどのような機能を担っているのか。The Shop Girl の結末において観客に提示されるのは、実のところ、ブ

1. Waldorf Hotel, 1908/9
2. Strand Palace, 1909
3. Regent Palace Hotel, 1915
4. Piccadilly Hotel, 1908/9
5. Ritz, 1906
6. Carlton Hotel
7. Savoy Hotel
8. Hotel Cecil
9. Claridge's Hotel
10. Connaught Hotel
11. Langham Hotel
12. Great Central Hotel
13. Dickins & Jones
14. Liberty's
15. Bourne & Hollingsworth
16. Peter Robinson
17. John Lewis
18. D. H. Evans
19. Marshall & Snelgrove
20. Barker's
21. Derry & Toms
22. Pontings
23. Swan & Edgar
24. Burberry's, Haymarket, 1912
25. Selfridges, 1909
26. Debenham and Freebody's, 1909
27. Waring and Gillow's, Wigmore Street, 1909
28. Harrod's, Brompton Street, new building 1905
29. Heal's, Tottenham Court Road, rebuilt 1914–16
30. Mappin & Webb, 158–162 Oxford Street, 1908
31. Whiteley's, Queensway, new building 1911

◀ウェスト・エンド　デパートメント・ストアとお昼間のお食事処のリスト（Ross and Clark 243）

▼ウェスト・エンドのデパートメント・ストアはどこに（Ross and Clark 243）

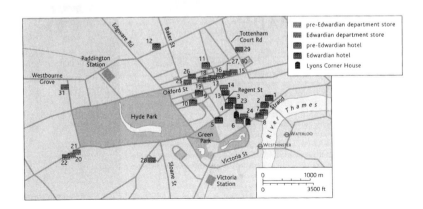

第３章　*The Shop Girl* と消費の帝国アメリカ

ラウン氏の財産によってもたらされたベシーとチャーリーの階級的差異を越えた異性愛的絆ではなく、コロラドで大富豪となったブラウン氏とチャーリーの弁護士の父（とロイヤル・ストアズというデパートメント・ストアのオーナーも含む可能性）というトランスアトランティックに結ばれる男同士の絆にほかならない。英米関係の重要性がこのテクストのフレームとなっているのである。そしてまた、そこにひそかに読み取るべきものこそ、世紀転換期英国における企業組織の変容、すなわち、家内経営からパートナーシップへそして持株会社への歴史的過程を刻印する契機である。そのように再読するならば、The Shop Girl が表象するモダニティは、舞台となるデパートメント・ストアやその消費文化、ショップ・ガールという主人公の女性性や職業によってのみ解釈されるものではない。これらと同時に、ブラウン氏が表象するトランスアトランティックな資本・富の共存・移動とそのプロセスに注目することにより、企業資本主義とそのさらなる発達を経験している米国とのさまざまな関係性を取り結ぶ大英帝国と主人公ベシーをはじめとするショップ・ガールたちを舞台上で演じる少女たちの集団性によって解釈しなければならない。

　言い換えれば、The Shop Girl の上演をもって英国のミュージカル・コメディが「誕生」したともいわれているが、その「誕生」の歴史的契機は、ミュージカル・コメディのナショナルな伝統や系譜においてのみとらえるだけではみえてこないということだ。ポピュラー・カルチャーやジャーナリズムやミュージック・ホールなどさまざまなメディア文化のなかで生産されたショップ・ガールの多様な表象とともに論じる必要があるし、なによりも、消費の帝国アメリカとの関係性においてその歴史的「誕生」・始まりの契機を再吟味してみる必要がある。

　このような本章の結論に加えて、最後に、英国ミュージカル・コメディと消費の帝国アメリカについて、近年の研究とその議論を確認しておきたい。実に魅力的アメリカの高い生活水準とライフスタイルが

いったいどのようにしてヨーロッパのライフスタイルを打ち負かし、グローバルな文化的ヘゲモニーを握るにいたったかについて、ヴィクトリア・ディ＝グラツィア『抵抗できない帝国（*Irresistible Empire*)』は論じている。ディ＝グラツィアは、米国の資本主義市場のロジックと力に主導された帝国主義を、アメリカ的消費社会という偉大な発明によって大西洋を横断した一連の強烈な侵略・侵入を通じて、説明している。

　第一次世界大戦前のハロッズをはじめとする英国の主要なデパートメント・ストアは、ディ＝グラツィアによれば、富裕層の趣味や階級的規範を規定するように設計された制度であった。デパートメント・ストアの空間は、すべての人びとに開かれているものの、社会的差異はあまねく存在しており、そのサーヴィス関係も主従の結びつきといった気配が色濃く残存していた——フロア・ウォーカーは侍従、ショップ・ガールはメイドといったように。したがって、米国型の大衆消費主義は、市場とマナーいずれをも支配しようとするヨーロッパのエリートたちにとって、少なくとも当初は、大きな脅威となった。しかしながら、低価格の標準化された商品によってより多くの顧客を獲得する事業の機会は、新世界の経営者にのみ占有されたものなどではなく、大西洋を横断した旧世界の商人たちの関心もひくことになった。こうして1920年代終りには、英国を含むヨーロッパの流通業のリーダーたちはディスカウントを実施し、1930年代末には、米国型のチェーン・ショップが旧世界ヨーロッパに根づくようになっていった、とされる。

　とはいえ、そもそも工業資本主義によって発展したようにみえる米国が、大量消費を特徴とする文化をどのように産み出したのか。あるいはまた逆に、そのような文化によって帝国アメリカがどのように規定されているのか、こうした難問についても考察することが必要であり、実際、ディ＝グラツィアは、類似の歴史的発展をすくなくとも途中までは分有していたようにみえる工業主義国家ドイツの例と比較し

差異化することからその問いを発している。ヨーロッパの国々が同じことを目指しても、ドイツの第三帝国への歴史的歩みが示すように、実現可能ではなかったようなあふれるばかりの消費に満ちた日々の生活の享受が帝国アメリカには存在したのだが、そうしたことを可能にした歴史的可能性の条件とはなんだったのか。つまり、米国の高い生活水準を可能にしたのは、はたして物質的にそしてまた文化的にいかなるものだったのか。ディ゠グラツィアによれば、通常では考えられない一連の資源、広大な農地となる土地や石油エネルギーだけでなく、南米を含むさまざまな地域からもたらされる食糧・食品、そして、外国人や異人種・女性等々はもちろんのこと、同じ白人アメリカ人であっても社会的に有利な戦闘・交渉能力やもっとも熟練したスキルを備えた労働者たちによるポピュリスト消費主義のほかに、米国の国内市場に広さと深さを背景にもつ米国工業資本主義、その製造業の並外れた規模の重要さを、次のように説明している。巨大な「スケールとスコープ」の消費者志向の数々の事業が、1930 年までに急速に増加した 123,000,000 人規模の人口と 3,000,000 スクエアという広大な土地を有する米国という単一市場に資本を投入した。こうして巨大なアメリカ型製造業は、高い生産性の要となる三つの S、すなわち単純化（simplification）・標準化（standardization）・専門化（specialization）を結合し、製品の範囲を狭め、低い単位原価で大量生産し利益を追求したのだが、最終的な成果は、たえず広くそして深く拡大する世界でもっとも広く急速に発展する米国国内市場から生れるものであった。と同時に、このような物質的条件を、文化的に重層決定しているのが、ヨーロッパあるいは英国の階級構造とそこに内在する格差を水平化し組み替えるような、消費主義の倫理としてのサーヴィス倫理であり、まさにこの新たな米国の資本主義と帝国の特徴から、商品の流通にかかわる絶えざるイノヴェーションが再生産される[17]（de Grazia 97-98）。

　だとするならば、消費の「帝国」アメリカの特異性は、19 世紀以降の大英帝国で生産され流通した「労働倫理」とも、また、ドイツを

中心とするヨーロッパの「プロテスタンティズムの倫理」とも異なる
ような、リベラルな帝国の文化・ライフスタイルあるいはソフト・パ
ワーとなるようなサーヴィス倫理にあったということになるし、その
ような大衆を含むあらゆる階層・階級の人びとに開かれた倫理を産み
出したものこそ、社会主義革命を実現したソ連のさまざまなパワーと
対抗しうるような消費文化だったのかもしれない。

### Notes

(1) このようなミュージカル・コメディの上演は、ミハエル・バフチン
のいう "novelistic spirit" を有している、とプラットは述べている（Platt
23）。

(2) *The Shop Girl* の引用については、LCP からであるが、Dam and Ross
も参照のこと。

(3) *The Shop Girl* の大成功を示す要素のひとつである音楽のなかでも、
チャールズを演じたシーモア・ヒックスが歌った「彼女の金髪」は、
古今稀にみるヒット・ソングで、初演の幕が開いた数日のうちに国中
で口遊まれていたというのだが、この歌はもともと米国から輸入され
たものなのだ。この曲は、ニューヨークのミュージック・ホールで女
性が歌っているのを耳にしたヒックスが取り入れたという（Macqueen-
pope *Gaiety* 325）が、ここにも、トランスアトランティックな共存・
移動の例がみられる。

(4) 自らを劇場のパトロンと称するロンド
ンのシャレ者で「楽屋口のジョニー（the
stage door Johnny）」でもあるバーティ
は、シェイクスピアの悲劇よりもはる
かにミュージカル・コメディを好むと
歌っている。そのときに *A Gaiety Girl*
や 1893 年にシャフツベリー劇場で上演
された *Morocco Bound* が言及されてい
る。

『楽屋口のジョニー』のイメージ
(from Mander and Mitchenson)

(5) ゲイェティ劇場の創設者ジョン・ホリングスヘッドによれば、彼が「最新バーレッタ」あるいは狂想劇とみなしたものをエドワーズは「ミュージカル・コメディ」と命名したという（Hollingshead 444）。

(6) 移転前のストランドのゲイェティ劇場における成功はいうまでもなく、ストランド周辺の道路拡張計画のためにオルドウィッチへ余儀なく移転した後の新たな劇場でもエドワーズは引き続き *Our Miss Gibbs* などで成功を収めた。こうした成功を背景に 1920 年までには、ミュージカル・コメディはウェスト・エンド中の劇場――デイリーズ、リリック、アポロ、クライテリオン、シャフツベリー、プリンス・オブ・ウェールズ、アデルフィ、ヴォードヴィル、ウィンダムズ、ヒズ・マジェスティズ、ヒックスズ、オルドウィッチ――で上演されるようになっていた（Platt 32-33）。

(7) *The Cambridge Guide to Theatre* は、もっとも上演が早い *In Town*（1892）を最初のミュージカル・コメディとみなしていが、*In Town* は、バーレスクとの境界線を印しづけ本格的なミュージカル・コメディとの媒介となってはいても、ミュージカル・コメディのモダニティを特徴づけるまでにその物語の一貫性が発展していないという点で、ミュージカル・コメディの誕生を印しづけるものとしては、不十分とみなされる（Platt 42; Degen 42-43）。

(8) デジャンは、ミュージカル・コメディの衰退期に、エドワーズのゲイェティ・ミュージカルがその後のミュージカル・コメディのプロットを規定したとする。ミドル・クラスに対応した第 1 幕のデパートメント・ストアと第 2 幕のリヴィエラやケンジントンのバザーという設定は、仮に第 3 幕があったとしたら、ホテルなどの舞踏室やスイート・ルームという設定になっていたかもしれない、という米国におけるミュージカル・コメディの受容を、指摘している（Degen 47）。ここにミュージカル・コメディが、単に 20 世紀以降のミュージカル・シアターに規範を示しただけでなく、英国演劇の歴史において、客間劇にも通じるということが読み取れるかもしれない。

(9) ゲイェティ劇場の創始者ジョン・ホリングスヘッドが、米国人デイリーと同様にジャーナリストの経歴をもつということも、劇場文化とジャーナリズムあるいは出版メディアとの関係という点から興味深い。ディケンズやサッカレーのもとで雑誌記事執筆の経験を積む過程で劇場経営に関心をもったホリンズグスヘッドは、かつて記事を

寄稿したこともある『デイリー・テレグラフ』紙の所有者ライオネル・ローソン——彼の父は同紙を買収する前にすでに『サンデー・タイムズ』紙を所有していた——と劇場の賃貸借契約を結ぶ。そして、ローソンもその創設にかかわったストランド・ミュージック・ホール（The Strand Musick Hall）——ミュージックにあえて古いスペリング（Musick）を使うことによってほかの世俗的な音楽（music）との差別化を図る芸術的な演目をその中心とするようにした——を、ローソンと賃貸契約を結んだホリングスヘッドが、ゲイエティ劇場とし再生した（Macqueen-pope *Gaiety* 29-31）。1868 年に設立されたこの劇場で、ホリングスヘッドはポピュラー・ミュージック・ハウスとなるべく、当時流行であったさまざまなジャンルの演目を上演した。1870 年代、ゲイエティ劇場は、定期的にバーレスクを上演する唯一の劇場となり、その旧い形式を好む観客が集まるようになり「ゲイエティ・バーレスク」が生まれた。また、定期的なマチネ公演をゲイエティ劇場に最初に導入したのもホリングスヘッドだ。ゲイエティ・バーレスクのチームが解散した後、ホリングスヘッドは、1885 年にサヴォイ劇場のリチャード・ドイリー・カートのもとで演出家をしていたジョージ・エドワーズを劇場経営のパートナーとして採用した。その翌年、経営権を任されたエドワーズが、1892 年に手がけたのが、*A Gaiety Girl* と *The Shop Girl* に先立つ *In Town* であった（Degen 41-42）。

(10) デイリーが果たした役割について、興行師・演出家と主演女優たちとの関係性を、米国のナショナルな劇場文化の歴史においてではあるものの、「奇妙な二重唱」という観点から論じた興味深い研究として、Marra がある。

(11) 1890 年代初め、たとえば、パヴィリオン劇場はロンドンで最初の主要なシンディケートの一部となったのだが、1907 年には、ロンドンで認可され操業中だった 59 のミュージック・ホールの内 42（すなわち 70 パーセント）が、シンディケート・ホールズ、ストール、ギボンズ、マクノートンという四つの複合企業（コングロマリット）あるいはロンドン市議会（LCC: London County Council）によって所有されていた。

(12) チャールズ・ウィンダム、オズワルド・ストールあるいはチャールズ・コクランに注目することはもちろん必要であるが、英国の劇場文化を特徴づける商業は、デイヴィスの述べるように、劇場経営者・興行師である彼ら、パフォーマンスをおこなう役者・俳優・芸人たち、そして、さまざまなパートナーシップを組んだり吸収合併したりすることによ

る拡張を通じて組織化をおこなう企業家たちの関係性を規定する "the privilege of education, sex, and class status"（Davis 126-27）に注目して理解する必要があるのであるが、より重要なことがある。すなわち、とりわけ企業家たちと金融取引を媒介するブローカーたちとの関係がそれであり、両者は、ビジネス、レジャー、政治の領域で結ばれた絆を通じて独特な共同体を形成することになる。なぜなら、有限責任株式会社が歴史的に存在するようになるとともに、劇場設立・経営の基金となる資本を調達する機会が増大し、マネー・マーケットの構造がますますトランスナショナルにも複雑化していくことになったからである。ここから、カッセル家やロスチャイルド家といったマーチャント・バンカーやグローバルな金融資本家、あるいは、キャドベリーやラウントリーズといった会社の存在と英国のミュージカル・コメディをその重要な部分として含む劇場文化との関係性が、重要な意味を担うことになるからだ。そして、これまたあまり既存の演劇史等には名前が挙がらない存在ではあるが、興行師あるいは劇場経営にかかわった少なからざる女性たちの存在も決して無視してはならないものとなる。デイヴィスは以下のように、さらなる洞察を示している。"The number of women attempting impresarial managements remained steady in the late Victorian and Edwardian decades. In the latter period, a few might arguably be classed as lessee-entrepreneurs: Lena Ashwell at the Kingsway, Annie Horniman at the Gaiety in Manchester, and Mary Moore at the New Theatre, though she would more correctly be called an entrepreneur-proprietor"（Davis 125-26）.

(13) *The Shop Girl* の第 2 幕の冒頭において、資本主義における投資や投機に結びつくイメージが、慈善事業家が主宰するバザーという空間において、提示されている。「チャリティ」とともに、バカラ賭博や競馬、富くじやルーレット賭博といった賭け事が、顧客の「金貨」「ゴールド」を求めてバザーを開催する資本家＝慈善事業家と消費者の関係とともに提示されているが、ここで示されるチャリティの両義性も、ひょっとしたら、協働作業が産み出す混淆・共存にかかわっているかもしれない。

(14) *The Shop Girl* のロイヤル・ストアズのモデルとなっているのは、その著者 H・J・W・ダムによれば、ホワイトリーズとアーミー・アンド・ネイヴィー・ストアズである。

In the early, extremely successful musical comedy *The Shop Girl* (1894-96), the lyrics, plot and mise-en-scène linked consumption, performance, and romance. Its author, H. J. W. Dam, set the first act in the Royal Store, a department store he claimed to have modeled after <u>Whiteley's and the Army and Navy Stores</u>. Dam Picked this locale because he felt audiences liked watching their everyday experiences on stage. (Rappaport 196 下線筆者)

　*The Shop Girl* のモデルのひとつホワイトリー百貨店は、イングランド北部ヨークシャーのウェイクフィールドの小間物店で徒弟をしていたウィリアム・ホワイトリーが、1851 年のロンドンで開催された世界初の万国博覧会を訪れた折に、万博会場のクリスタル・パレスのひとつの屋根の下にあらゆるものが収集され展示されている様子に刺激・感銘を受け、年季が明けた 1853 年にロンドンのシティの小間物屋に就職した後、1863 年ウェストボーン・グローヴに小間物屋を開いたのが始まりだ。この界隈の商店を買収し、売場を広げ、70 年代には「1 本のピンから 1 頭の象まで」をキャッチフレーズに自身の経営方針を「ユニヴァーサル・プロヴァイダー」と称し、従業員 6000 人を抱える百貨店へと成長した（"Whiteley"）。

(15) このホワイトリーの逸話は、ロンドンで起きたデパートメント・ストアと小商店との対立の例としてみなすことができるかもしれない。英国のデパートメント・ストアの歴史的発展・変容については、社会史の立場から論じた Lancaster、また英国における流通業史の古典である Jefferys を参照のこと。

(16) 19 世紀のデパートメント・ストアに関するジェイムズ・B・ジェフリーズの説明によれば、1870 年・80 年代の英国に登場した二つのタイプの「完全なデパートメント・ストア（"full department store"）」があるという。第 1 に、25 年以上前に既に存在し徐々に売場の範囲や種類を増やしていった店舗、そして第 2 に、5 年ほどの間に急速に成長し、デパートメント・ストア・スタイルを基盤に販売を計画・展開した店舗。この第 2 の例のうちもっとも顕著なものが、1863 年に設立され 4 年以内で売場を 10 にまで広げたホワイトリー百貨店であったが、このような完全なデパートメント・ストアへの成長をさらに進展させ近代的店舗を完成させたのが、オクスフォード・ストリートに出現したゴードン・セルフリッジの百貨店であったことは周知のことだ（Jefferys

327)。

(17) 消費の帝国アメリカについては、地方・地域のフレキシブルな企業の存在——たとえば、ウルワースのようなチェーン・ストアのアウトレット店として機能するような小売店——、ならびに、政府やその法的規制の役割についても、注目しなければならないだろう。ディ＝グラツィアも、次のように指摘している。"In turn, these giants' grip on markets was periodically loosened by smaller flexible, regional firms, which, finding outlets in chain-store outlets like Woolworth's, contributed to the precocious growth of mass retailing" (de Grazia 98).

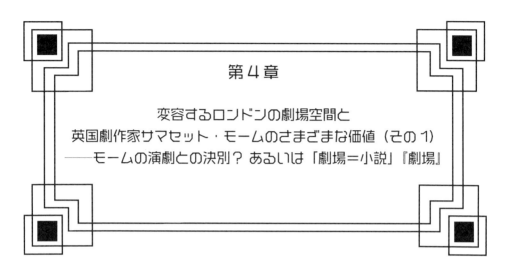

第4章

変容するロンドンの劇場空間と
英国劇作家サマセット・モームのさまざまな価値（その1）
──モームの演劇との決別？ あるいは「劇場＝小説」『劇場』

## 1 戦間期に再編された（変容する）ロンドンの劇場空間

　第一次世界大戦後英国の劇場空間において、ロンドンに存在した商業劇場の所有者の変遷がみられ、またそれとともに、戦時中に生じた観客層あるいは階級の変化に対応して、プログラム・マネジメントの方針も変化した。すなわち、劇場経営の形態やビジネス・モデルに大きな変革が起こった、ということだ。産業としての演劇・劇場を担うエージェントの変革を端的にいいあらわすならば、演じ手とビジネスパーソンを兼ねる俳優兼マネジャーの手から、投資家あるいは金融投機家へ移ったということだ。戦間期のロンドンの劇場空間についてあらためて考えるときに、1918 年から 62 年までのロンドン、ウェスト・エンドの舞台の歴史を女性の視点でとらえたマギー・B・ゲイルによるこのようなまとめと整理から議論をはじめてもよいだろう（Gale *West End Women* 39）。

　そもそも、19 世紀末には、芸術形式としての劇場が、抬頭する中産階級の資本家にとってもアクセス可能なものとなり、またより小規模で親密な空間を求める世紀末の新たな演劇が登場したが、この状況に対応できたのは俳優兼マネジャーであった。だが、第一次世界大戦

勃発後、ロンドンの賃料の高騰により劇場空間の所有も上演の手段も俳優の手を離れることとなった。その結果、マネジャーと観客との避けがたい「乖離 (split)」(Pick 114) が生まれ、芸術としての演劇の発展を目指す劇場と商業的利益を目指す企業として機能する劇場との間に、不調和・矛盾が生じることとなった。こうして、1920年代および30年代の劇場空間には、劇場を所有する劇場マネジメント側と芝居を上演する演出マネジメント側との利害の対立による障害や挫折が存在した。すなわち、ビジネスと美学の新たな分離からさまざまな問題が生じたのが戦間期であったということだ。

　こうした商業劇場のメインストリームにおいて目覚ましい動きをみせたのは、不動産所有側と演劇上演側のマネジメント間の買収・合併・統合という歴史的出来事・事態であった。その結果として1940年代初めまでには、「グループ (the Group)」として知られる小規模の企業連合が成立するようになっていた。ウェスト・エンドの主要な劇場の大半は、この「グループ」の傘下にあり、この「グループ」との連携で芝居を上演していたプロデューサーには、H・M・テナント社、ステュアート・クルックシャンク、トム・アーノルド、エイミール・リトラーそして、C・B・コクランといったそうそうたる顔ぶれがならんでいた (Gale *West End Women* 39-41)。こうした企業連合／カルテルの形成について確認しておこう。世紀末のミュージック・ホール業界を支配した一員であるストール・シアターズ社（1942年）を手に入れたリトラー率いる企業合同プリンス・リトラー社が、さらに劇場不動産連合 (ATP) を買収 (1943年) し、また、同社のリトラーとクルックシャンクが──クルックシャンクはハワード・アンド・ウィンダム社と仕事上の関係があり、老舗のダニエル・メイヤー社にも関心を示していた──、モス・エンパイアの重役に名を連ねることになった。つまりは、リトラー傘下のストールが、ストールとかつては並びたち結合離散したモス・エンパイアの大株主となったということだ。ここに確認すべきは、劇場にとって新たな脅威となり取って代わる存在にみえた

映画産業の勃興——カルテルを形成する垂直統合と、スター・システムを特徴とする米国の古典的ハリウッド映画産業の形成と、歴史的条件を共有し差異を孕んだ同時性を共有するような——と、実のところ、併行・連動しながらウェスト・エンドの演劇産業が再編されていったということだ。

　抬頭する映画産業との関係において、戦間期のあとの 1940 年代初頭に確立したカルテル「グループ」についても確認しておくならば、モス・エンパイアについては、戦間期以下のような動きがあったことを付け加えておこう。1899 年、エディンバラでの創業後、その事業を全国に拡大したモス・エンパイアだが、創業以来役員として参加していたオズワルド・ストールが 1910 年に退社する。そして、エドワード・モスが死去したのち、ウィリアム・ホールディング、ギレスピー一族が事業を担い、1930 年までは外部からの支配はおよばず順調な経営であったものの、世界恐慌による不況と映画産業の抬頭により負債を抱え、1931 年、ジェネラル・シアター社が大株主になりその経営が握られるようになる。ここで見逃してはならない重要なポイントは、このジェネラル・シアター社の親会社が、ゴーモン・ブリティッシュであるということかもしれない。両社はイシドア・オストラーらの支配のもと、直接的に、その後 TV プロデューサーとして ITV 創設にもかかわるヴァル・パーネルとジョージ・ブラックのもと、協力して活動した（Federation of Theatre Unions 14-15）。

　実際、このストール支配下のモス・エンパイアは、ジェネラル・シアター社の 8 劇場を買い取った。こうしたウェスト・エンドの劇場の所有権や生産過程の変化は、プロデューサーたちの動きに注目して、確認しておくことも必要だ。なにより、H・M・テナントとビンキー・ボーモントの存在である。1933 年にモス・エンパイアとハワード・アンド・ウィンダム社の巡業劇団のマネジャーとして参加したテナントとボーモントは、「グループ」によるカルテル形成の発展とともに、のちにウェスト・エンドに多大な影響力をもち産業としての演劇を差

H・M・テナントのビンキー・ボーモント、ウェスト・エンドの黒幕
Angus McBean's photograph of Binkie Beaumont in 1947.
The actors on stage are Emlyn Williams and Angela Baddeley.（from Huggett）

配する。それと同時に、ロンドンの劇場空間の変容を規定することに
なるH・M・テナント社を1936年に創設した（Gale *West End Women*
239）。

　このようにウェスト・エンドを支配した企業の背後に映画会社が存
在するようになる戦間期、劇場での上演においても新たなメディア産
業の影響が顕著になっていく。ファン層というのは目新しいもので
はないが、この時期のロンドンでは多くの劇場が「スター中心（star-
driven）」というシステムを取り入れて成功するようになっていった。
このスター・システムは、かつての俳優兼マネジャーの役割をもとに
構築されている面もあるのだが、映画のチケットを販売するための経
営戦略として、スター俳優の商品イメージをおおいに活用するもので
あったし、このシステムこそ新たに出現した映画産業によって、増強
されたものであった。戦間期の俳優たちは、映画と劇場という二つの
異なるメディア空間を行き来するだけでなく、多様な表現を文化生産

する諸ジャンルや伝達・流通のための複数の媒体をメディア横断的に活躍した。一方で、生の舞台で芝居が売れるか売れないかの重要な要因は、彼ら役者たちの意図や欲望とは相対的に自立し区別された商品価値であり、それと比較するなら芝居を創作・創造した劇作家がだれであろうが関係なかった、と言ってもいいのかもしれない。当時の演劇雑誌も、1930年代半ばまでには、劇場やヴァラエティ・シアターから映画へとその関心を移動したという。こうして、20世紀の戦間期において、映画とりわけアメリカ映画産業あるいはそれに対応し相関するような生産・経営システムが、英国人観客の文化的商品の消費を支配するようになった（Gale "The London Stage" 153-54）。つまり、一連の大規模な合併・吸収と垂直統合によってカルテルを形成した映画産業とそのスター・システムがロンドンの劇場空間の変容を規定していた、ということになる。

　本章は、よくもわるくも「大衆的」とされてきた英国劇作家としてのサマセット・モームを取り上げ、劇場にとどまらずいくつかのジャンルやメディアにおいて異種混交性を備えた諸テクストを産み出したこの文化生産者のさまざまな価値の問題をあらためて考察する。モームという作家・書き手のキャリアは、いま確認したようなロンドンの劇場空間の変容とどのような歴史的関係性を取り結んでいるのだろうか。20世紀資本主義世界の映画産業によって決定的にその全体構造が新たに規定され、産業としての劇場の再編を経験したロンドンの劇場空間の変容は、芸術としての劇場におけるどのような具体的な歴史的革新・変化と相互に規定しあっているというのか。たとえば、モームが1930年代半ば以前に演劇メディアから撤退したことの意味や価値を探る行為が、個々の演劇テクストや劇場文化の解釈とともに、そうした劇場空間の歴史自体を読み直す企図において、かなり重要な手続きの部分を成している可能性を探ってみよう。1930年代初頭にこれまでの劇作家としての成功を生み出した、一連の客間喜劇とは異なる劇テクスト4篇の創作を最後に、演劇と決別したモーム。その

決別を決定づけたのが小説テクスト『劇場（*Theatre*）』の執筆であり、そこでなされた演劇批判の行為だった。サマセット・モームとその大衆性＝ポピュラリティ再解釈の本格的な開始を目論む本書を含む研究プロジェクトにおいて、まずは、本章（その1）では、アメリカの映画産業とそのスター・システムによる英国人の文化的生産物の消費文化の規定という問題を、別の言い方をすれば、消費の帝国アメリカに規定され戦間期に再編された（変容する）ロンドンの劇場空間を、モームのさまざまな価値によって読み直すことを試みる。

## 2 「劇場＝小説」としての『劇場』？

　ロンドンの劇場文化における変化・変容を本格的に取り上げる前に、演劇の「小説化」という19世紀に本格的に生じた出来事、すなわち、戯曲執筆と観劇に対する影響を出発点に増大する演出家の必要性、そしてなによりも、映画とテレビにおける新たなライヴァル関係の問題を取り上げ、演劇と小説の融和性に焦点を当てた新たな小説研究の可能性を示唆したグレアム・ウルフのモーム解釈を吟味してみよう。

　ウルフによれば、1930年代半ば、演出家の抬頭と増長するその優位性、舞台演技のけばけばしさ、劇作の保守化・短命さに不満を述べながら、「孤独な読者」との関係を結ぶ小説の生産へとその活動の場を移行すると宣して劇作の筆を折ったモームは、その行為を完遂すべく、演劇という芸術・産業へのこだわりを描いた小説『劇場』を執筆した。従来認識されることの稀であった「劇場＝小説（theatre-fiction）」としてこの小説を読むことによって、これまで十分な研究対象あるいはサブジャンルとして認識されて分析されることのなかっかかったことが問題とされる、そして具体的には、モームが劇作家であることをやめるひとつの契機となったテクストの再読が試みられる（Wolfe 20）。『劇場』というテクストは、ウルフの提案するような、「劇場＝小説」なのか。そしてもしそうであるならば、はたしてこのテクストの意味や価値はなにか。

『劇場』映画版の DVD のジャケット
Sony Pictures Home Entertainment 2005

　この小説テクストにおいて繰り返し現れるモティーフである「アッ
プステージング（upstaging）」──すなわち、役者が舞台奥に立つこ
とで共演者には観客に背を向けさせて自分のほうに観客の注目を集め
ること──の重要性に、ウルフは特に注目する。絶え間なくスポット
ライトが当たり続けるスター女優ジュリア・ランバートを主人公とし
た『劇場』には、演劇の創造・生産と受容・消費との間の関係に対す
る抵抗、言い換えれば、劇場というメディア＝伝達・流通媒体がス
ター・システムに従属し服従してしまうことへの不安が提示されてい
る──そうしたスター・システムは実のところモーム自身がそれまで
の 30 年あまりの間提供しさらには強化するのを手助けしてきたもの
にほかならなかったのだとしても（Wolfe 20）。こうしたモームの「劇
場＝小説」の解釈に関して本章の解釈・読みが差し出す問いは以下
のとおり。歴史的に勃興・出現してきた新たな問題──俳優兼マネ
ジャーやそうした存在と同伴して地位を確保してきた劇作家が創造す

る劇芸術なるものが、画一化された大量生産・大量消費を特徴とするフォーディズム生産体制とその隠喩であるスター・システムに従属することになるという苦難・困難——に対する、英国劇作家モームが提示した抵抗によって、『劇場』を、十分に、形式的にかつまた歴史的に、解釈することができるのか。

　スター・システムは、ひとつの解釈としては、おそらく大きな希望を胸に創作に励む劇作家の役割や価値の大きな縮減・周縁化として、その陰画（ネガ）のかたちで、描かれていると考えることがあるいはできるかもしれない。主人公ジュリアのために特別に書いたと思われる数々の脚本——小さなテーブルの上に山のように積まれたままになっている "a pile of typescript plays"（Maugham *Theatre* 10）——によって暗示的に指し示されるのは、自分のこれまでのスター俳優としての華々しいキャリアにまつわるサイン入りの写真や古い複製画に夢中のジュリアにその価値を認められず完全にほうっておかれた劇作家のほとんど実体なきステイタス、ということになる（Wolfe 65）。とはいえ、ウルフの解釈・主要な論点にしたがうならば、スター・システムを具体的に表現しているのはもちろん、英国のスター女優ジュリア・ランバートであり、『劇場』において彼女のスター性が中心を占めることは最初から確立されており、決してそれは異議申し立てなどされることもない（Wolfe 67）。たしかに、ほかの脇役の俳優たち、とりわけ若い女優はいうまでもなく、演出家でもある夫も——さらには、愛人となる会計士やパトロンとなる出資者によっても[2]——、彼女が隠喩としてあらわすスター・システムはゆるぎなく確立しているようにみえる。

　変容するロンドンの劇場空間において、劇芸術を商品として提供することでサヴァイヴァルするためには芝居の観客となる大衆に向けた効果的な広告・宣伝がどうしても必要となるのだが、『劇場』の主人公ジュリアは、まさにそのようなスター性がありポピュラーなセレブでもある役者として売り上げのための商品化・（再）ブランド化のプロモーションの機能をはたしている。たとえば、その片鱗を、ドアを

開けてジュリアが登場するテクストの冒頭に確認しておこう。シドンズ劇場という一流の劇場を経営する演出家マイケルの執務室で2、3通の手紙に署名する手を止めさせることで、映画テクストの生産体制におけるテンポとスピードに負けない演劇上演を思わせるかのような簡潔さとエコノミーにおいて、特権化されたスター女優の存在を表現している。

> The door opened and Michael Gosselyn looked up. Julia came in.
> "Hulloa! I won't keep you a minute. I was just signing some letters."
> （Maugham *Theatre* 1）

決して舞台から実質的に退場することのないこの主演女優との関係を取り結ぶことにおいて、この「劇場＝小説」に登場するあらゆるマイナー・キャラクターの描写・物語も展開することになる。メインとなるプロットにはほとんど参与することがないにもかかわらずジュリアとの恋愛という脇筋を通じて重要な存在感を示す会計士トム・フェネルが、プラトニックな愛をささげ続ける貴族チャールズ・タマリー卿とは差異化されて、ジュリアの注意をひき視線が向けられることで何やら意味ありげにスポットライトを浴びる契機が示されるのも、同じ商品化のロジックにしたがっている―― "What's that young man doing here?" (Maugham *Theatre* 1)。

　スター・システムの原型は、ひょっとしたら、17・18世紀の英国劇場文化に遡行して論じることもできるのかもしれない。「英国演劇華やかなりし時代だって、大衆（people）は、芝居を見にいったんじゃなくて、役者（the players）を見にいったんだからね。ケンブルやシドンズ夫人が何をやるかなんていうことは問題じゃなかった。ただかれらを見にゆくということだけが問題だったんだ。いまの時代だってそうだよ。……脚本がまともなものでさえあれば、大衆（the public）が見にくるのは、なんていったって俳優（the actors）なんだ。決して

芝居が目当てじゃないんだよ[3]」(Maugham *Theatre* 9)。劇場における演劇に対する真正の興味と文化的な商品あるいはそのブランド・イメージと「大衆 (the public)」との関係について、俳優の演技がどんなに立派であれ劇作家の良質な脚本がなければならない。言い換えれば、後者の生産こそが、前者の労働に対してチケットを買うことで金を支払う観客の消費よりも重要だといった主張やロジックは、ここでは、無効化され逆転されてしまっているし、そうした消費主義優位への逆転を引き起こすスター・システムは今の時代にかぎったことではないと描かれているようにもみえる。しかしながら、『劇場』の最終章を閉じるジュリアの最後の台詞が示すように、18世紀のシドンズ夫人の劇場と彼女の名前を掲げる劇場のスター女優ジュリアとは、ポーク・チョップとビーフ・ステーキという食の嗜好のイメージつまり狭義の文化的差異にあらわされるように、ちっとも似ているところがない (Maugham *Theatre* 242)。すなわち、ジュリアが隠喩的にあらわすスター・システムは、よりポピュラーにして大衆の欲望や夢を投射するような文化形式となっており、18世紀英国の原型とは一線を画す20世紀戦間期の経済を含む社会・世界の全体にかかわる革新・イノヴェーションを指し示していると解釈されなければならない。

　『劇場』におけるスター・システムは、スター女優ジュリアと駆け出し女優エイヴィスの対立関係におけるジュリアの圧倒的な勝利にも、読み取ることができる。会計士トムをめぐる世代の異なる二人の女性の対立関係は、『今日この頃』の初日の舞台でその勝敗が決着する[4]。ジュリアが勝利することに成功する場面は、『今日この頃』という芝居で「エイヴィスの冷たい現実的な可愛さ (Avice's cold, matter-fact prettiness)」(Maugham *Theatre* 209) に目を付けた演出家マイケルが最初からその効果と重要さを見抜き彼女の見せ場として特別に設定した第2幕である。その美貌だけが取り柄の若手女優とは違って、型にはまった役どころの値打ちをちゃんと発揮するような演技ができ身振りに意味をもたせることができる主演女優は、「まるまる10分も続

く」（Maugham *Theatre* 209）見せ場となるはずの場面を、鮮やかな手つきで転倒・簒奪し、以下のように、「1分もかからない」エピソードに書き換えてしまう。

The episode lasted <u>no more than a minute</u>, but in <u>that minute</u>, <u>by those tears and by the anguish of her look</u>, Julia <u>laid bare</u> the sordid misery of the woman's life. <u>That was the end of</u> Avice.

（Maugham *Theatre* 233 下線筆者）

こうしたいわばフォーディズム生産体制に対応して変容をみせた、きわめてモダンなテンポとスピードを備えた演劇上演の簡潔さとエコノミーは、特権化されたスター女優の存在を舞台にかけている。

　義理の娘役のエイヴィスが舞台の中心でスポットライトを浴びた姿を披露するはずの場面で、ジュリアは、「大判の真紅のシフォンのハンカチ（a large handkerchief of scarlet chiffon）」（Maugham *Theatre* 232）を、たくみな身振りで、小道具として用いることで、アップステージングの効果を生み出してみせる。[5] ここでは、脇役の主演女優が「舞台奥に移動しエイヴィスの背を観客に向けさせる（she moved <u>up stage</u> so that Avice to speak to her had to turn her back on the audience）」（Maugham *Theatre* 232 下線筆者）ことに成功する。彼女のいかにも「自然に」みえる「衝動的な」演じ方は、エイヴィスの羊のような横顔を観客に向けさせ、自分の返答をおっかぶせてエイヴィスの笑いを取る演技を封じこめた（Maugham *Theatre* 232-33）。エイヴィスが演じる旧弊な性道徳を超越したかのようなモダンな娘の「軽薄さ（flippancy）」から受けた辱めと苦しみを物語る「大粒の涙と苦悶の表情」によって、ジュリアは自分が扮した「女性の生涯のみじめさ（the sordid misery of the woman's life）」を「暴露（laid bare）」するだけではない。[6] 言い換えれば、このジュリアの舞台での成功の語りによって「暴露」され「異化」されるのは、劇場空間の劇場性である、ということだ（Maugham

*Theatre* 233)、そして、この劇場性とは、いうまでもなく、スター・システムのことにほかならない<sup>(7)</sup>。

　『劇場』の最終章は、しぶとくも復（ふく）も活力を取り戻した主人公ジュリアの強さと自立が言祝がれており、劇作家モームも結局のところそれを肯定的に描いている、と読めそうだ。たしかに、スター女優としての復活に祝杯をあげるジュリアが、芝居後のパーティを辞してひとりレストランで好物のステーキと玉葱をポテト・フライ付きで注文する行為は、劇場を経営する夫から課された厳しい食餌療法という「煩わしい束縛からの解放（free from the irksome bonds）」（Maugham *Theatre* 238）でもあり、若い恋人に見捨てられた「苦悩（the agony）」（Maugham *Theatre* 239）を克服した強さが描かれているようにみえる（Wolfe 72）。だが、同じ最終章にウルフが探っているのは、スター・システムに対するモームの不安にほかならない。ジュリアの自立・強さと併置されるのが、『劇場』においてもっとも明確な反劇場的キャラクターである息子ロジャーによる彼女に対する非難であり、その返答として、結末のジュリアが自分の頭で新しく作り上げた「プラトンのイデア説（the platonic theory of ideas）」（Maugham *Theatre* 2421）が分析される。レストランのアーチで仕切られた小部屋から、ダイニング・ルームで食事をとりダンスをする人びとを、芝居を観る観客のように眺めながら、ジュリアが導き出した説を開陳する。現実世界の人びとは「幻影（the illusions）」、「影（the shadows）」で、俳優によって意味を与えられる素材にすぎない。人びとの「愚かでとるに足らない感情」を「芸術にし、そこから美を作り出す」「俳優こそが実体ある存在」であり、「みせかけこそが唯一の真実（Make-believe is only the reality）」（Maugham *Theatre* 241-42）なのだ、と。しかしながら、ウルフによれば、ジュリアによるこのプラトニズムの転倒には、集団的な大衆からなる観客というよりは、「孤独な読者」が遂行するように作者モームによって仕組まれたあるひとひねりがあるという。スターにとって、幻影にすぎない現実世界の人びとに実体を与えるのが劇場で

あるというのは、換言すれば、人びとが実体なき存在にみえるのは、ジュリアがあくまで自身の劇場世界に由来したスター・システムを通じて思考し演じ続けているという事実を見過ごしているのであり、ここに巧妙なかたちでなされた劇場世界に対するモームの抵抗が読み取られている（Wolfe 73）。

　だが、本章の解釈が示すように、『劇場』におけるフォーディズム生産体制の隠喩であるスター・システムに対する英国劇作家の抵抗をこのように読み取るウルフのモーム解釈は、なかでも、しぶとい復活力を示すスター女優と彼女から離れ演出家の夫や野心を隠しもった若い会計士と結びつく若手女優との対立を二項対立として措定する分析は、次のように再考したうえで「劇場＝小説」とみなされたこのテクストをあらためて解釈し直すことが必要ではないだろうか。

　はたして、スター・システムの比喩的イメージとなっている女優と対立しているのは、ほんとうに若い女優自体だったのだろうか。最終章の楽屋において提示される『今日この頃』の舞台において、スター女優の恋愛・仕事両面で若きライヴァルの位置を占めるエイヴィスの最大の「ヤマ（one big scene）」である第2幕の「演技を台無しにした（killed a performance）」ジュリアが、勝利の美酒に酔うレストランで「彼女が怨みを晴らした＝負債を生産した（she had settled an old score）」（Maugham *Theatre* 238）として思い起こす当の相手は、エイヴィスではなくむしろ会計士トムのほうであることは、決して見逃すことはできない。また、夫について付け加えるならば、リハーサルの演出において若い女優のほうを贔屓した自分への嫉妬・仕返しと思い込むマイケルの勘違いというかたちで示されることで、一見スター女優と若手女優との対立のようにみえるが、はたしてそうか。ライヴァルとされるエイヴィスの存在は、実のところ、スター女優であるジュリアと彼女が主役を務める『今日この頃』の演出家や会計士との対立を媒介する記号として機能していたのではなかったか。ちなみに、最終章は、一方で、久しぶりに食す大好物の料理を口にする一瞬一瞬を[8]

愛でるかのように祝いの膳を賞味し「ビーフ・ステーキや玉葱と比べたら、恋愛なんてなにになるの？」と食事が恋愛に優るとしながらも、他方、「怨みを晴らした」相手トムとの情事と彼に見捨てられて味わった苦痛をジュリアに思い出させもするといった具合に、テクスト表層においてはいずれか一方の意味を決定することを不可能にしてしまうような矛盾が触知される（Maugham *Theatre* 239）。本章が主張したいと考えているのは、以下の論点だ。英国劇作家モームのさまざまなキャリアは、スター女優ジュリアとのアンビヴァレントな関係性のみならず、彼女の敵役エイヴィスに媒介される、ほかの男性たち、とりわけ、会計士トムとの間のひそかにさまざまに絡み合い捩れた対立関係によっても、解釈されるべきではないのか。

## 3　英国劇作家サマセット・モームのさまざまな価値

　　会計士の存在がその転位され断片的な記号となっている金融資本の意味作用を手がかりに、消費の帝国アメリカに規定された生産体制の再編の問題を考える。そのためには、『劇場』というテクストにおいて示されているのは、スター女優ジュリアと駆け出しの若手女優との単なる対立などではなく、語り手と会計士との隠れた対立こそが、読みの対象として重要な箇所であることをふまえることからはじめなければならない。[9]この対立のひそかな刻印にこそ、英国劇作家に別れを告げなければならなかったモームの不安、言い換えれば、『劇場』というテクストの形式やそこで駆使された旧来の演劇・劇場を異化してしまうような諸テクニックと産業としてのロンドンの劇場との対立・矛盾が、金融資本の移動や交換を含むグローバルな資本主義世界の全体性において、解釈されなければならない。

　　『劇場』というテクストを、劇作家が創造する劇芸術なるものが画一化された大量生産・大量消費のためのフォーディズム生産体制あるいはスター・システムへの従属に対する抵抗として解釈する妥当性を吟味するためには、どうしたらいいだろうか、テクストを閉じるエン

ショップ・ガールと英国の劇場文化

ディングをどのように取り上げたらいいだろうか。ジュリアが最後に
スター女優として復活し、その勝利を享受するかたちで終えている
エンディングを注意深く読み直す必要がある。ただし、そうした再
読・再考は、ジュリアの舞台の成功において駆け出し女優エイヴィス
との対立ではなく、ジュリアが「怨みを晴らした＝負債を生産した」
（Maugham *Theatre* 238）もうひとりの相手、若い愛人トムとの対立に、
われわれ読者のまなざしを向けさせずにはおかない。ウルフは、ジュ
リアと気まぐれで人間性のかけらすらない会計士トムとの対立関係を
モームとその時々の一瞬の流行に左右される観客との不安的な関係の
比喩とみなしている（Wolfe 63）。たしかに、モームの英国演劇との関
係を規定するひとつの要因は観客であったかもしれないし、トムは
ジュリアのスター女優としてのキャリアの浮き沈みを規定している存
在かもしれない。そうだとしても、ウルフが主張するように、トムと
いう個人自体が観客を代表して表象するわけではない。ウルフには観
客の表象とみなされるトムが、会計士であることに、あらためて注目
してみよう。

　『劇場』のエンディングには、エイヴィスに鞍替えしてジュリアに
嫉妬と傷心の苦しみを与えた会計士トムが、スター女優の地位を取り
戻したジュリアの舞台における成功が繰り返し提示される空間である
彼女の楽屋を、祝いの言葉を述べることを口実に、訪れる場面があっ
たことを思い起こそう。ジュリアのファンを気取って彼女に取り入っ
たトムは、彼女を踏み台にロンドン社交界のネットワークに入りこも
うと画策しその結果獲得したチャンスを最大限に生かし、若い愛人
の立場を享受したあと駆け出しの若い女優エイヴィスと関係をもち、
ジュリアに対しては、その演技に悪影響をおよぼすほどの嫉妬と失恋
の苦悩を経験させた。スター女優としての彼女のキャリアに対し脅威
を与えたのは、駆け出しの女優エイヴィスというよりも、むしろ、こ
の会計士であったわけだ。だが、『今日この頃』の舞台でジュリアの
圧倒的なスター女優としての演技を見せつけられ再びよりを戻そうと

楽屋を訪れるトムを、ジュリアはやんわりと、そしてドリー主催の
パーティを口実にきっぱりと拒絶する（Maugham *Theatre* 235-36）。

　この『劇場』のエンディングにおいてジュリアがトムとの関係を断
ち切ることによってあらわにされる対立関係は、戦間期ロンドンの
劇場空間の変容をどのように表象しているのか、別の言い方をすれ
ば、このトムという会計士のフィギュアは、演劇メディアからのモー
ムの撤退にかかわるどのような要因を表象しているのか。『劇場』の
冒頭に一度立ち返り彼のキャラクター設定を確認するなら、「年季契
約の事務員（an articled clerk）」として、劇場経営者の夫マイケルの劇
場で会計事務の仕事をしているのがトムであり、この未だ見習いの声
を通して、劇場経営がすでに「ビジネス・ライク」になされる時代で
あることが示される（Maugham *Theatre* 1）。さらに、この会計士の背
後には、ロンドンの金融街シティから劇場街ウェスト・エンドへと、
彼を送りこんだローレンス・アンド・ハンフリーズ（Lawrence and
Hamphreys）という会計事務所の影が、ちらついている。ひょっとし
たら、ジュリアとトムとの対立関係は、女優という労働をする女と会
計事務の労働をするトムがきわめて断片的なかたちで指し示す金融資
本・投資との対立・矛盾が転位されている、そしてそこにはまた、英
国劇作家モームの不安も影を落としているのかもしれない。

　さらに、戦間期ロンドンの劇場空間におけるグローバルな金融資本
の存在は、『劇場』において、転位された断片的な記号としての会計
士とは別に、スター女優との結びつきにおいて登場する別のフィギュ
アを通じても、読み取ることが可能かもしれない。第一次世界大戦後、
「劇場の賃貸料の高騰」や「俳優の給料」・「裏方の賃金」の値上がり
のため、戦前に比べて劇場経営にははるかに莫大な費用がかかるよう
になり、マイケルの預金と両親の遺産だけでは劇場経営を開始するに
はもはや不十分ということもあり、外部から資金提供を受ける必要が
あったことが語られる。そして、この資金を提供したのが、富裕なユ
ダヤ人未亡人のドリー・ドゥ・ヴリース夫人であった。彼女は、ジミー・

ラングトン──ジュリアの生みの親ともいえるプロデューサーでミドルプールのレパートリー劇場の経営者<sup>(10)</sup>──の援助をしていた縁から彼に頼まれ、ジュリアとマイケルの劇場に資金を提供することになり、以来パトロン兼パートナーとして重要な存在となっている──もちろんのことメインのプロットではスポットライトを浴びることもないとしても（Maugham *Theatre* 51-52）。だとするなら、スター女優として復活したジュリアが最後にこのドリー主催のパーティに出席しないという否定形の行為に、ジュリアの出資者ドリーへの彼女の抵抗、あるいは、気まぐれで安定することなくグローバルに移動し続ける運動をやめることのない金融資本への不安といった意味をこそ、読み取るべきだ、これが本章の『劇場』再解釈の結論ということになる。

　ジュリアが、トムやドリーを通じてひそかに表象するグローバルな金融資本への抵抗を示す空間として前景化さるのは、彼女の楽屋であったのだが、表舞台とは区別されたこのバックステージともいうべき空間はどのような意味をもつのであろうか。この空間は、さまざまな商品、とりわけ劇場性を支える化粧品や衣装が交換され移動する場でもある。最後にスターとして力強く返り咲いたジュリアは、通りやレストランの人びとに気づかれないような目立たない茶色のコートに身を包み、行きつけのそしてとりわけお気に入りのレストラン、バークリーへとタクシーで乗り付ける、単独で自身が手にした成功を心ゆくまで楽しむ欲望を抱いて。

> "Yes. Everything's a success. I feel on the top of the world. I feel <u>like a million dollars</u>. I want to be <u>alone and enjoy myself</u>. Ring up <u>the Berkeley</u> and tell them to keep a table for one in the little room. They'll know what I mean."…<u>When Julia had got her face clean</u> she left it. She <u>neither painted her lips nor rouged her cheeks</u>. She put on again the brown coat and skirt in which she had come to the theatre and the same hat.（Maugham *Theatre* 236-37 下線筆者）

スター女優が食事をする店の名によって喚起されるのはなにか。バークリーといえば、メトロポリス・ロンドンで、1889 年に創業したサヴォイ・ホテル社傘下のサヴォイ、クラリッジズ、ストランド街のシンプソンと肩をならべるピカデリーのバークリー（Assael 37）を思い浮かべることはむずかしくない。この高級レストランを有するホテルは、19 世紀末「ご婦人が付き添いなく食事ができる場所」とみなされていた、という（Assael 199）。すなわち、英国における消費文化の象徴的存在のひとつとなっていたのが、バークリーというレストランだったわけだ。大英帝国あるいはロンドンの生産・流通・消費の多様なネットワークをなす空間の重要な結節点のひとつとなる劇場街ウェスト・エンドにおいて、舞台を降りたのち食事に向かうジュリアが示す身振りは、消費文化と密接に連動する劇場性の否定にほかならない、なにしろ、「舞台化粧を落とし」、「口紅もメーキャップもせずに」、ストリートやレストランに、女優としてではないジュリアの姿があらわされているのだから。

　ジュリアのこの身振りの意味を探るためには、「劇場＝小説」としての『劇場』出版のはるか以前にスター俳優を前面に押し出すことで劇作家としてのキャリアにおいてモームが最初の成功を勝ち取ったとされる『フレデリック令夫人（*Lady Frederick*）』と比較してみることが必要かもしれない。1907 年、つなぎの穴埋めのための演目を探していたロイヤル・コート劇場のオート・ステュアートが、急場しのぎで上演することにしたのが『フレデリック令夫人』であったのだが、劇場経営者らの予想に反して大ヒットとなったこの劇は、劇作家モームの転換点となった、といわれる[11]。商業劇場での成功を求めたモームが、その目的を達するにはスター女優を中心に据えることで観客の興味をひくことが不可欠と考え、そのためヒロインには、貴族階級、浪費家、奔放でも非の打ち所のない美徳を備え機知にあふれたレイディがよかろうと考えて産み出したのがこの劇だった。

スター・システムの観客への提供やサーヴィスによる最初の成功に
もかかわらず、最終幕の場面がわざわいしてそれまで舞台にかかるこ
とがなかったといういわくつきのこの芝居だが、その問題の場面は以
下のとおり。その評判にいささか問題のある妙齢のフレデリック夫人
が、彼女に求婚する若いミアストン侯爵に年の差カップル結婚の不可
能性を認識させるために、わざわざ自分の「化粧室（dressing-room）」
により、素顔のまま登場し、鬘をつけたりメーキャップを施したりす
る行程をつぶさにみせながら「変身」する姿を晒す場面である。これ
では、スター女優がこのヒロイン役を引き受けることを欲望しないこ
とは当然のことだ。第3幕、フレデリック夫人に求婚しようとその滞
在中のホテルを訪れたミアストン侯爵が彼女の自室の「化粧室」に通
されると、当の夫人が登場するのだが、その姿はといえば、以下の引
用が明示するように、「メーキャップもせず、ぼさぼさのもつれ髪、
黄ばんで皺の目立つ」30代女性の素顔を晒しながらのものだった。

> She comes through the curtains. She wears a kimono, <u>her hair is all
> dishevelled</u>, hanging about her head in a tangled mop. She is <u>not made
> up and looks haggard and yellow and lined</u>. When Mereston sees her he
> gives a slight start of surprise. She plays the scene throughout with her
> broadest brogue.（Maugham *Lady Frederick* 322 下線筆者）

「幽霊をみたかのように」驚きを隠せない若い侯爵の前で、メイドに
髪を整えさせ、その後、頬紅、白粉、口紅、アイライナーなどそれら
の商品がそれぞれ生み出す効果を講釈しつつ、侯爵の称える自身の美
しさは「自然＝すっぴん」ではなくこうした努力の賜物と軽口をた
たきながら、愛を切望する当の若者の目の前で、時間をかけてメー
キャップを施してみせるのだ（Maugham *Lady Frederick* 322-26）。若い
侯爵に求婚を思いとどまらせるためにフレデリック夫人が上演した
「楽屋」を利用した渾身の芝居あるいはリハーサルともいえるこの場

面は、『劇場』の楽屋（dressing-room）においてメーキャップを落とすジュリアのものと同様に、女性の美の虚構性・劇場性の表象にかかわるものであるのは疑いのないところだが、しかし、その行為が生み出す効果や目的とする方向性には明らかな差異があり真逆ですらあることにわれわれは注目しなければならない。では、その差異にどのような意味を見出すことができるか。『フレデリック令夫人』は、ロンドンの劇場空間において商業演劇で大成功を収めた英国劇作家モームを産み出すきっかけになった劇テクストであり、他方『劇場』はモームが劇芸術・演劇産業との決別を印しづけた「劇場＝小説」であるとして。

『フレデリック令夫人』というテクストの結末において、ジュリアが負った比喩的な負債とは違い、フレデリック夫人を字義どおりの経済的負債から解放するフィギュアに目を向ける必要があるかもしれない。フレデリック夫人は、化粧品や衣装といった女性の魅力・美を保つために必要な商品を消費する欲望をみたすために散財したことで蓄積した借金を返済する絶好の機会を、侯爵との結婚をあえて放棄することにより、１度は、否定してしまう。こうして負債の束縛をかかえた夫人に、さらなる危機が降りかかる。すなわち、『劇場』の会計士の場合と同じく、成り上がりユダヤ人高利貸の息子で夫人を踏み台にロンドン社交界ネットワークに参入しようと野心をもつモンゴメリー大佐に、負債として夫人の肉体が抱える借金をかたに結婚を迫られるからだ。ただし、まず、この危機は、ミアズトン侯爵の叔父で実はかつて夫人と恋人同士だったパラダイン・ファウルズの援助により、回避される。消費文化の否定の身振りとともに、夫人がプロポーズを拒絶するミアズトン侯爵の叔父を通じて手渡される遺産＝マネーの助け・贈与によって、借金取り・高利貸に対抗し負債の問題を解決することができたからだ。次に、最初の問題すなわち負債を生み出す原因となった消費の欲望のちからについてもまた、結婚することによってその消費文化への欲望は転位される——別の言い方をすれば、モダニティを志向したはずの女の消費への欲望は、異性愛体制の家庭空間の

なかにとりこまれるということかもしれないが。

　このようにして、1890年を時代設定とした劇テクスト『フレデリック令夫人』においては、抬頭する中産階級あるいは資本家のイメージをになって登場する高利貸のモンゴメリー大佐は、アイルランド人貴族としてのフレデリック夫人にとって、一時的に、脅威とはなるものの、その脅威を払拭する機能をになう記号として、フレデリック夫人に手を差し伸べる英国貴族の系譜から移動する遺産、金融資本の存在が表象されているのだ。「大衆性」を十分に備えた英国劇作家モームを誕生させるきっかけとなった『フレデリック令夫人』には金融資本、そして、そのさまざまな投資や交換すなわち流通によって形成される産業の垂直統合・カルテルへの不安が、いまだ、たとえひそかなかたちであろうが何であろうが、表象されていない。ロンドンの劇場空間が映画産業のモデルにしたがって再編されることや俳優兼マネジャーの権威や支配力ならびに彼らと密接に結びついた劇作家自身のステイタスが衰退することへの不安は、ここでは問題とはなっていない、ということだ。『劇場』との歴史的差異においてひそかにわれわれ読者に対して上演＝再演されているのは、『フレデリック令夫人』やそのスター・システムには表面化しないポピュラーな劇作家の不安にほかならず、そしてまた同時に、この不安こそ、金融資本の移動や交換を含むグローバルな資本主義世界の全体性において解釈された、『劇場』というテクストと産業としてのロンドンの劇場との対立・矛盾の兆候である。これが、モームとその大衆性＝ポピュラリティ再解釈に向けて、まずは、開始された本章の結論である。

　アメリカの映画産業とそのスター・システムによる英国人の文化的生産物の消費文化の規定という問題を、別の言い方をすれば、消費の帝国アメリカに規定され戦間期に再編された（変容する）ロンドンの劇場空間を、モームのさまざまな価値によって読み直す作業は、さらに、続けることが必要だ。大量生産・大量消費のシステムと協働する大衆的で民主的かもしれない消費文化や劇場の比喩形象は、『人間の

絆（*Of Human Bondage*）』（1915）というテクストにおいては、どのように再現・表象されていたのか。そしてまた、『劇場』ではどのような反復がなされていたのか、小説テクストと劇テクストの違いを注意深く取り扱いつつ、吟味する必要があるだろう。それらのジャンルやメディアの差異の間にみられる連続性や変異は英国劇作家モームのキャリアの軌跡をどのように示しつつそのさまざまな価値を提示しようとしているのか、具体的な読みの実践を試みていくことになるだろう。念のために、本章の内容に関してもう1点確認しておくなら、「劇場＝小説」の見直しというのは、今回『劇場』解釈の先行研究のひとつとして取り上げたウルフの研究をテクストの形式解釈ならびにその歴史化だけではなく、モームのキャリア全体を見直すことにもつながるということであり、その際、そうした見直しには、グローバルに開かれた解釈空間の布置や配置において何らかの位置を占める日本での受容の歴史をふくむものでなければならないのかもしれない。

## Notes

(1) このように商業的利益と美学的価値との間の矛盾に特徴づけられた戦間期においては、観客のニーズを考慮しながら芝居を書く劇作家（the playwright）と、詩人あるいは言語に関する職人である劇作家（the dramatist）とが区別されるようになり、前者に分類される劇作家として、モームやノエル・カワードが挙げられている（Gale *West End Women* 54）。

(2) 芸術家としての権威をもっていた劇作家に取って代わる演出家、つまり、後者の指示に従わなければならなくなった前者の劇作家の表立って描かれることのない苦難を、ジュリアの夫でもある演出家マイケル・ゴスリンに読み取る分析については、Wolfe 64-65 を参照のこと。いうまでもなく、『劇場』で上演される芝居『今日この頃』における、こうした演出家の権威とコラボレーションの重要度の増大は、周縁化された名前すら与えられない駆け出しの劇作家のポジション、また何

より、主役を務めるスター俳優すなわちジュリアの中心性を産出する
スター・システム自体の効果にすぎない（Wolfe 64-65）。
(3) ここでの引用は、一般に流通しているサマセット・モーム『劇場』（龍
口直太郎訳、新潮社、1960）を一部参考にしているが、適宜筆者によ
る改変を含んでいる。
(4) 『今日この頃』はアーサー・ウィング・ピネロのメロドラマ『第2の
タンカリー夫人（*The Second Mrs Tanqueray*）』（1893）における、「過
去のある女」ポーラの階級差のある結婚によって生じた不幸から彼
女の悲劇的な死にいたる物語が、「モダンな」観点から、喜劇として
書き換えられたものだ。この19世紀メロドラマの現代版では、階級
格差の問題は後景にしりぞき、ジュリアのはまり役ともいえる現代
版ポーラも社交界に進出して上流階級のお歴々と交流し華やかにメイ
フェアの一角で暮らしているし、また、ピネロのテクストではその悲
劇的死を引き起こした継娘の道徳的な堅苦しさも、エイヴィス演じる
若い娘の感情を表にみせない割り切った冷たさに取って代わられてい
る――父親の再婚相手を冷たく「売春婦（tart）」と言い放ち彼女と自
分の婚約者との過去やセックスの問題にも動じる様子をみせない、と
いったように（Maugham *Theatre* 207-9）。
　　ピネロの価値・意味またはその演劇形式と社会編制体との関係につ
いては、英国自然主義演劇の歴史的系譜を形式と物質的／歴史的条件
に注目して、1860年代以降のメロドラマ、問題劇、TVドラマにたど
りながら、支配的なウェスト・エンドのソサエティ・ドラマ（初期モー
ムの芝居も含まれる）との対立・矛盾に探ったWilliamsも参照のこと。
(5) "When they reached the important scene they were to have together <u>Julia
produced</u>, as a conjurer produces a rabbit from his hat, <u>a large handkerchief
of scarlet chiffon and with this she played</u>. She waved it, she spread it out
as though to look at it, she screwed it up, she wiped her brow with it, she
delicately blew her nose. The audience fascinated could not take their eyes
away from the red rag" (Maugham *Theatre* 232 下線筆者).
(6) 「過去のある女」のみじめな人生が、十分に計算された理性的・分
析的な戯曲の読みをふまえて書き換えられた、感情・情動をたくみ
にコントロールしたテクニックにこそ、若い可愛いだけの女優を圧倒
するスター女優の勝利の秘密があり、この演技自体には、派手な暴力
やあっと言わせる結末の効果など問題にならない。"<u>With her exquisite
timing, with the modulation of her beautiful voice, with her command of the</u>

gamut of emotions, she had succeeded by a miracle of technique in making it a thrilling, almost spectacular climax to the play. A violent action could not have been more exciting nor an unexpected denouement more surprising. The whole cast had been excellent with the exception of Avice Crichton" (Maugham *Theatre* 231 下線筆者).

(7) 『劇場』最終章をブレヒトの「教育劇（learning plays）」で用いた異化効果に比較しうるテクニックとして解釈するウルフは、同一の場面が二つの異なるやり方で併置されていることに注目し、スター俳優の抗しがたい魅力に影響を受けやすい観客にとって、必然で「自然に」みえる演技が「偶然性」の意味に異化されることで安易な感情の同一化をブロックする点に価値を見出している（Wolfe 76）。最初に、その場面は、芝居の上演されたときではなくすでにそれが幕を閉じた終演後に時間性が移され、ジュリアの楽屋を訪れてそのスター女優としての資質を再評価・再認識すると同時にその愛すべき意地の悪さをも指摘する夫マイケルとの対話によって提示される。ジュリアが駆け出し女優の「演技を台無しにした（killed a performance）」――"If anyone ever deliberately killed a performance you killed Avice's" (Maugham *Theatre* 231-32)、と。そして次に、これと同一の場面が、回想という語りの形式で提示される。エイヴィスの長台詞に対峙しながら、ほとんど「衝動的にだが大衆にとっては申し分なく自然に」(in an impulsive way that seemed to the public exquisitely natural)」(Maugham *Theatre* 232) なされたのが真紅のハンカチを丸めるという身振りから、ほとんどひとりでに、産出されたひとつの表現、こぼれた大粒の涙とともにみせる苦悶の表情、これを目にする観客＝読者には、感情移入ではなく、理性的な判断すなわち分析的な演劇の受容が要請される。

　このように、上演される『今日この頃』の結末は、理性的・論理的に要約されて示される。「次は何が起こるのか？　最後はどうなるのか？」ということに対して観客が抱くサスペンスと期待はあっけなくずらされて、代わりにその一連の行為の過程と結果の因果関係が分析的に説明されることになる。その演じられる出来事の必然性や「自然さ」のイデオロギー性が異化効果によって暴露され、それに備わっていた偶発性が前景化されるといってもいいかもしれない。その結果、ウルフの解釈が示すように、戯曲テクストが暗黙のうちに表象するような役者とりわけ主人公のジュリアとそれにまなざしを向け同一化しようとする同質性を備えた観客たちという幻想が生み出されるのとは

違って、モームの「劇場＝小説」においてはそうした幻想の共同体とは区別された「孤独な読者」の演劇を読む行為が舞台にかけられることになる、といってもいいかもしれない（Wolfe 76）。

　とはいうものの、「劇場＝小説」としての『劇場』において役者と観客たちとの間の同一化の幻想がブロックされることをめぐる不安が、主題的にも形式的にも、劇場文化における産業と芸術形式との非対称な関係として表象されていることの問題についていうなら、ウルフは、モームのテクストにおける表象は不十分であると結論している——劇場文化の芸術面と産業面との関係に介入し変容する努力がなされていないという点がその根本的な限界だ、と（Wolfe 75）。だが、本章の『劇場』の読み直しが示すように、ひょっとしたら、エイヴィスの見せ場となる場面の劇作家が用意した台詞を本番で変更してしまったこと、さらにリハーサル時においてはマイケルの演出にしたがっていたにもかかわらず本番の舞台においてはその演出を勝手に変更して衣装や身振りそして演技によってエイヴィスの見せ場を奪った行為は、スター女優ジュリアが劇作家ならびに演出家に対して優位な立場に立っていることのみを、指し示していた、というわけではないのかもしれない。

(8) ジュリアというスターと彼女が主役を演じる芝居の脚本を書いた劇作家との対立、あるいは、前者による圧倒的な後者の役割の無効化・無意味化について、一応、確認しておくなら、第2幕の台詞を勝手に主演女優が変更したことに不満を隠せない劇作家に、ジュリアが、アドリブの台詞こそ劇作家が含意させていた真の意味であると言葉巧みに言いくるめる場面を挙げておこう（Maugham *Theatre* 234）。

(9) 資本主義世界における会計の誕生・形成が、金融資本によって——たとえば、J・P・モルガンによって媒介されることによって——取り結ばれる、英国・米国間の投資・産業との決して一筋縄ではいかない関係性において、相互に重層的に規定されていたこと、および、その歴史的過程の概略については、Soll を参照のこと。

(10) ミドルプールは、1911 年にミュージック・ホールからレパートリー劇場となったリヴァプール劇場を思い起こさせるかもしれない。このリヴァプール劇場が会社組織とした設立された際、プロデューサーとして参加したのがバジル・ディーンだったことも注意しておいてよい。ディーンは、マンチェスターでの俳優の仕事を経てリヴァプール劇場でプロデューサーとして成功し、ウェスト・エンドに進出。英国劇場空

間の支配的なフィギュアとなったのち、トーキー映画連盟の設立にかかわった（Dean）。モームとの関係でいえば、ディーンは 1922 年『スエズの東（*East of Suez*）』、1925 年『雨（*Rain*）』そして 1927 年『コンスタント・ワイフ（*The Constant Wife*）』をプロデュースしている（Dean; Rogal）。

(11) モームのキャリアのターニング・ポイント『フレデリック令夫人』は、もともと、『パンチ』誌に連載された短編小説を戯曲化したものであったことも興味深い。

　　この劇は、ロイヤル・コート、クライテリオンを含むウェスト・エンドの 5 劇場での上演回数が合計 422 回となる大成功を収め、主演女優エセル・アーヴィングの演技は劇評家によって満場一致で高く評価されたという。その成功は英国国内にとどまらず、1908 年米国ブロードウェイにおいてエセル・バリモア主演でチャールズ・フローマンのプロデュースによって初演されることになったことにも注意しておいてよい。さらに、1911 年にロンドンで戯曲が出版されその翌年米国版も出版されたことを付け加えておこう。また、この芝居の上演に先立つ 1903 年、モームにとって英国での最初の上演テクスト『信義の人（*A Man of Honour*）』は、英国におけるいわゆる近代劇運動の指導者のひとりハーリー・グランヴィル＝バーカーが深くかかわる舞台協会により上演された。この実験的劇場での上演は劇評家らの間で反響をよんだものの、モーム自身が期待していたようなメインストリームへの進出には結びつかなかったため、商業演劇での成功をねらって方向転換をしたきっかけがこの芝居だったというわけだ。

　　モームの劇作家を含むキャリアについては、Hastings を、またメディアにおける具体的な評価については Curtis and Whitehead を参照のこと。

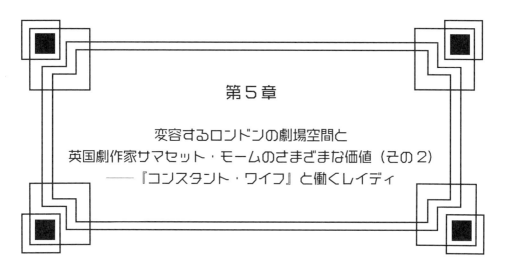

第5章

変容するロンドンの劇場空間と
英国劇作家サマセット・モームのさまざまな価値（その2）
——『コンスタント・ワイフ』と働くレイディ

## 1 英国劇作家モームのキャリア全体の見直しのために
### ——英国演劇をあらためて歴史化してみる

　英国劇作家としてのサマセット・モームのキャリアの軌跡において、商業演劇の作家としての成功とその後の転回を画した『フレデリック令夫人』とは反対の意味で、すなわち、新たな観客層の勃興に対する作者の困難ならびにその後に続く劇作からの引退という意味で、移行期・転換点に位置づけられる『コンスタント・ワイフ』という戯曲がある。モームのキャリア全体の幕を閉じる契機ともみなせるこの劇テクストのニューヨークでの初演は、1926年、マクシーン・エリオット劇場で主演のスター女優エセル・バリモアの好演により約300公演を記録し成功を収めたものの、翌27年のロンドン初演はさんざんなもので、米国での成功とは相反して、70公演で打ち切りとなった。このロンドンでの失敗について、ウェスト・エンドでの演出を引き受けたバジル・ディーンの自伝には、初日の座席をめぐる不幸なひと悶着にまつわる、ある興味深いエピソードが記述されている（Dean 305）。

A Gallery Queue：ギャラリー席を求めてならぶ人びとの列
(from Bason（A Galleryite）)

　『コンスタント・ワイフ』のロンドン初演をめぐり、劇の版権を獲
得しヘイマーケット劇場での上演を企図したマネジャーのホレス・ワ
トソンが演出をバジル・ディーンに依頼したものの、諸所の事情でよ
り小規模のストランド劇場に変更されたこと、このことに失敗の一因
があるようで、その事情は、以下のように説明されている。当時、劇
場のストール席は、最前の数列のピット席（その後観客の地位向上に
合わせてピット＝ストールとよばれるようになる）とはロープによっ
て隔離されていたのだが、ストール席の売行き状況によってこのロー
プの位置は変動した。人気劇作家モームの新しい芝居『コンスタント・
ワイフ』はその前評判あるいは話題性のため予約が殺到し、通常のス
トール席だけでは対応できず、追加のストール席としてピット席を販
売するよう経営側から指示が出されたのだが、その折、現場に対して
同時におこなうべきロープの位置の変更の指示がなされず、劇場空間
の準備が不十分だった。すなわち、劇場のマネジメント側の落度がそ
もそもの原因だった。こうした落度のため、追加ストール席を予約購
入した観客が劇場に到着した頃には、その座席は、先着順に安価な最
前の2・3列のピット席を手に入れんと朝8時から行列していた人び
とによってすでに陣取られてしまっていたのだ（Dean 305）。

ショップ・ガールと英国の劇場文化

こうした新たな観客となるふつうの人びと（The 'pitites'）が、席を譲ることを断固として拒否したため、予約購入した旧来の富裕層観客との激しい口論が生じた。この劇場の観客席の空間でのいざこざに、ロンドンにおける上演の失敗の原因がある、というのが演出家ディーンの視点だ（Dean 305）。この早い者勝ちで最前2・3列のピット席を手に入れた The 'pitites' たちだが、『コンスタント・ワイフ』の序文におけるアントニー・カーティスの解説によれば、彼らが陣取るストール最前列は、「天井桟敷（the gods）」の代替として機能していた―― "the pit available on a first-come-first-served basis as an alternative to a cheap seat in the gods"（Curtis xxvii）――という。『コンスタント・ワイフ』の初演のエピソードに登場するピット席と「天井桟敷」の観客層という新たな存在を手がかりに、戦間期ロンドンの劇場空間における観客の変容から本章の議論をはじめることにしよう。

　『コンスタント・ワイフ』の初演の不幸なひと悶着にかかわるピット席の観客と関連する「天井桟敷」の観客について、まずは、1918年から45年にいたる英国の劇場空間を論じたマギー・B・ゲイルの議論を手がかりにしよう。ゲイルによれば、ロンドンの劇場空間に存在した階級構造は、戦間期に著しく変容したのだが、その変化は、ギャラリー・ファースト・ナイターズ（the Gallery First Nighters）――初日のソワレにきまって天井桟敷を陣取る観客――の集団によって測定することができる（Gale 152-53）。

　ゲイルによれば、ギャラリー・ファースト・ナイターズは、なにも新しい現象ではないのだが、戦間期においては「緩やかに形成されたある種の『クラブ』（a loosely formed 'club'）」のような集団的存在となっていた。天井桟敷の手ごわい観客として承認されたフレッド・ベイスンのような、初日のソワレにきまって天井桟敷の安価な席を獲得する熱心な観客たちは、個々の芝居ときには個々の上演の運命を決するような力を示していた。たしかに、こうした観客はオクスブリッジ出身あるいは特権的な出自の劇評家たちとは異なり、たいていは上層労働

者階級あるいは外国人留学生のような、ある意味ディアスポラ的な人びとだった（Gale 152-53）。新たにその存在を示したこの集団にとって、劇場空間に赴くということは、ストール席の富裕階級の観客にとっての社交目的とは異なり、たとえ居心地の悪い席であろうと純粋に芝居やそれを演じる俳優を見に行くためのものだったのだ（Maugham Foreword xv）。

　1920年代・30年代の英国の劇場空間は、「感傷ではなく知識を求める」批評力のある新たなタイプの天井桟敷の観客を産み出し、そしてまた、こうした観客の存在を通じて、彼らの欲望を満たすような新しいタイプの劇作家が登場した。その筆頭に挙げられるのがノエル・カワード（Bason 15）。カワードは戦間期英国の1920年代の「煌びやかな若者」文化を牽引した。あるいはより適切には彼が斜めから少し距離を取って描いたきらきらと貴族的に輝く華麗な世界は、階級社会の伝統をもとに英国風に味付けされた「大衆的な」消費文化、つまり、社会主義革命後のロシアとともにグローバルに抬頭する消費の帝国アメリカをひとつの典型例とするアール・デコというポピュラーな文化形式をロンドンの演劇世界において提示するものであった。モームのキャリアの終わりを規定した歴史的コンテクストを編制したのは、間違いなくこのように新たに歴史的に編制された文化と観客の存在に違いない。

　ただし、本章が論じたいのは、こうしたロンドンの劇場空間に新たに立ちあらわれた観客の一部を編制していた働く女性とそれに連動する消費文化のイメージが、モームの劇テクストにおいてどのように表象されていたか、という問題だ。『おえら方』にはじまる17世紀以来の英国演劇の伝統を継承したモームの一連の文化的生産物においては、有閑階級のレイディたちがその主人公としてほぼ例外なく登場しているようなのだが、そうしたテクストの最後を飾る『コンスタント・ワイフ』の主人公は、富裕層の主婦でありながら働く女性としても提示されている。本章では、その特異な女性のイメージ、すなわち、働

くレイディの表象の意味を、歴史的に解釈することにより、英国劇作家サマセット・モームのさまざまな価値を探りたい。それはまた、戯曲と小説という二つのジャンルあるいは記号システムの共存・抗争の意味を探った『劇場』の場合と同じように、『コンスタント・ワイフ』というテクストにおける、風習喜劇と感傷喜劇との間の抗争あるいは絶えず反復される差異化の身振りの特異性に注目することになるだろう。

## 2 『コンスタント・ワイフ』の歴史的意味と特異性

　『コンスタント・ワイフ』の歴史的意味と特異性を解釈する前に、このテクストの基本構造を確認しておこう。主人公は、多くの医者が開業し居住するロンドンのハーリー・ストリートで外科医の夫と15年の結婚生活を送る30代半ばすぎの英国人主婦コンスタンス・ミドルトンであり、夫ジョンと親友マリー＝ルイーズとの不倫を母や妹に取りざたされているという設定にまずはなっている。

　プロットは、そのような状況の主人公コンスタンスが、15年ぶりに英国に一時帰国しているかつての求婚者バーナード・カーサルと再会してその変わらぬ愛情を知るものの夫に経済的に依存している立場にあっては彼の束の間の滞在中とはいえその愛に応えることはできないと、女友達バーバラ・フォーセットの仕事のパートナーとなることをジョンに承諾させ、最後は、経済的に自立した働くレイディ（結婚生活と恋愛・キャリアの両方とも欲望・獲得する点においてブレない妻）という選択をおこなうという物語だ。コンスタンスは、マリー＝ルイーズの夫モーティマーによる夫ジョンの浮気の露呈の危機を見事に回避しただけでなく、夫の不貞を許し離婚もしない代わりに、6週間のイタリアでの休暇をバーナードと過ごすことだけでなく、帰国後もジョンの妻として英国の家庭に戻ることを承認させる。それと同時に、ありきたりの恋愛・姦通物語とは違ってバーナードとは不倫関係にいたる代わりに、バーバラとの友人関係すなわち女同士の絆を媒介

にすることによってレイディとしての仕事を獲得・確立するのである。テーマは、結婚制度、あるいは、ジェンダー間の差異と労働・自立を規定するマネーとの二項対立によってあらわされる結婚制度の再編制である。

　一見したところ、結婚あるいは結婚生活における不貞をめぐる性的差異にもとづいた差別あるいは不平等といった常套的な問題を、妻・主婦の倫理性をタイトルにするこの芝居も主題化しているようにみえないでもないが、はたしてそれだけなのだろうか。もちろんタイトルを字義どおりに読めば貞淑な妻ということになるが、『コンスタント・ワイフ』は、夫の不倫にもかかわらず貞淑であり続ける妻を主人公とした単なるテクストなどでは決してない。テクストのエンディング直前、主人公が夫に向ける台詞──「私、あなた一筋じゃないかもしれないけど、首尾一貫していてブレないのよ。それが私のいちばんの魅力だと思っているわ（I may be unfaithful, but I am constant. I always think that's my most endearing quality）」（Maugham *The Constant Wife* 364）──に明示されているように、主人公の特別な資質・性質である「コンスタント（constant）」の意味は、夫に対して貞節なのではなく、自分の信条・欲望に対してブレないという点にある。しかしながら、結婚制度の再編制を実は指示しているとみなしうるタイトルにはモームが仕組んだこのテクストのさらなる特異性と歴史的意味を、読み取ることができる。タイトル『コンスタント・ワイフ』は、歴史的に、二つの異なる英国演劇のタイトルを想起させることが重要だ。17世紀王政復古期の風習喜劇から18世紀の感傷喜劇への移行期にある劇テクストであるジョージ・ファーカーの『コンスタント・カップル（*The Constant Couple*）』（1699）の "constant" と、王政復古期の風習喜劇の範例的テクストともいうべきウィリアム・ウィッチャリー『カントリー・ワイフ（*The Country Wife*）』（1675）の "wife" の双方と共鳴するということだ。

　『コンスタント・ワイフ』のプロットのエンディングを、もう1度、

確認するならば、ファーカーの感傷喜劇の主人公レイディ・ルアウェルが示す裏切られた恋人への実は変わらぬ愛というよりも、マナーやルールを遵守しながらウィットを駆使して自らの欲望を遂げようとするウィッチャリーの風習喜劇との近似性がそこにはみられるようだ。友人のオファーを受けて、1年間の労働の対価と自力で獲得したマネーをもとに経済的自立をしたコンスタンスは、働くレイディとして、6週間の休暇を取ってイタリアに出立する直前になって、実はかつての求婚者バーナード・カーサルとの不倫旅行であることを告げるだけではなく、さらなる欲望を明らかにして、夫ジョンを仰天させる。

> Constance: All right. <u>I shall be back in six weeks</u>.
> John: Back? Where?
> Constance: Here.
> John: Here? Here? Do you think I'm going to take you back?
> ……
> Constance [*at the door*]: Well, then shall I come back?
> John: [*after a moment's hesitation*]: You are the most maddening, wilful, capricious, wrong-headed, delightful and enchanting woman man <u>was ever cursed with</u> having for a wife. <u>Yes, damn you, come back</u>.
> [*She lightly kisses her hand to him and slips out, slamming the door behind her.*]
> （Maugham *The Constant Wife* 365 下線筆者）

このように、コンスタンスは、夫以外の男性と6週間イタリア休暇を過ごした後、家庭に戻ってくる、つまり結婚生活も恋愛のいずれも獲得しようというその法外ともいえる欲望を、ジョンに承認させるのだ——ジョンはショックを隠せず不承不承な身振りをみせるとはいえ。この場面に、ジェンダー間の差異にもとづく差別への異議申し立てどころか撤廃を求めるような新たな女性の欲望、そして、そうした欲望

に対応して新たに再編される結婚制度を読み取ることはさほど難しいことではない。議論を先取りしていうならば、そうした女の欲望をマテリアルに支える労働や自立した日常生活の持続を規定しその可能性の条件となるマネーの問題を読み取ることすら可能かもしれない。それは、戦間期英国で働くレイディの存在を可能にするような「趣味(taste)」を担保し保証するような、大衆的でありながら知的でファッショナブルでもある文化的生産とはどのようなものがイデオロギー的に存在したのか、という問題だ。

　ただし、わがままで気まぐれそしてまた陽気に相手を魅了する魔女のような女でありながら妻でもあり続けようとするコンスタンスにジョンが投げつける "cursed" という言葉は、夫ジョンが抱く魅力と嫌悪のアンビヴァレンスという個人化された心理をあらわすだけでなく、より歴史的な謎やミステリーを示唆しているように思われる。言い換えれば、『コンスタント・ワイフ』が提示する働くレイディの「ブレない欲望」には、英国演劇の歴史的展開・転回における感傷喜劇と風習喜劇の諸価値の混交・抗争がひそかに示されているのではないか。こうした二つのジャンルの混在は、近代・モダニティに移行しつつある初期近代、すなわち、王政復古期から名誉革命期とその後の時期の英国におけるさまざまな抗争——たとえば、絶対王政国家としてパワーを誇示しはじめたカトリック国フランスとそれに対してスペイン・ハプスブルク帝国から独立後パワーとマネーを継承したプロテスタント国家オランダ、そしてまた、前者に結びつく貴族階級と後者とつながる商人階級、といった諸対立関係——によって規定されており、モームのテクストは、実のところ、こうしたイデオロギーや階級間の複雑で矛盾した関係や構造を、大衆化するグローバルな世界が出現した20世紀英国の劇場空間において、再上演しようとした試みである、と解釈できるかもしれない。ひょっとしたら、これこそが、17世紀王政復古期の風習喜劇から18世紀の感傷喜劇への移行期にある二つの劇テクストに共鳴するモームのタイトルの意味なのではないか。

ショップ・ガールと英国の劇場文化

そしてまた、ロンドンにおける『コンスタント・ワイフ』初演の失敗つまり観客席の空間をめぐる抗争もまた、法外な賭け金がかけられたこの再演・再表象のひとつの兆候として読むべき出来事だったのかもしれない。こうした意味を孕むテクストを産み出した劇作家モームの、英国演劇の歴史における価値評価や位置づけについて、まずは二つの異なる議論を確認しておきたい。

　英国演劇における自然主義の問題を論じる際に、かつて、レイモンド・ウィリアムズは、きわめて英国的な風習喜劇の伝統を切断するような亀裂の契機について、言及したことがあった。ほかのヨーロッパ諸国や大英帝国のなかでも政治的には周縁にありながら演劇文化においては近代化の動きがあったアイルランドには、アイルランドには同時期にみられたのではあるが、英国でも、劇場に姿をようやくそしてずいぶんゆっくりではあるがあらわしはじめた新たな種類の観客を必要とする新しい種類の演劇があらわれた。そして、それには、基本的にある種の弾力性・回復力や持続可能性に特徴づけられた貴族的な文化として変容しつつも存続した伝統的演劇の形式とは、ラディカルに異なる可能性が探られる、と。具体的には、独立劇場（the Independent Theatre Society）、舞台協会（the Stage Society）等々。文化を物質的に編制するこうした劇場とその空間を通じて、これまでとまったく異なる形式とタイプの劇芸術、バーナード・ショウの『やもめの家（*Widower's Houses*)』や『愉快な戯曲と不愉快な戯曲（*Plays: Pleasant and Unpleasant*)』、そして最終的には 1904 年から 1907 年にかけてコート劇場におけるヴェドレン＝バーカー体制が出てきた。このように、ウィリアムズによれば、ショウによる二つの演劇テクストやヴェドレンとグランヴィル＝バーカーによる劇場経営は、英国の風習喜劇とはきわめて異質なものであり演劇伝統の亀裂をあらわすものであった。第一次世界大戦が始まる 10 年ほど前にはすでに英国における近代劇はその独立した基盤を備えるようになっていたのではある。しかしながら、このようなポピュラーな近代・モダニティつま

り（さまざまなかたちで戦間期に姿をあらわすことになる社会主義や
ファシズムといった）大衆ユートピアへの可能性に開かれていたはず
の劇場文化の亀裂という歴史的契機があったにもかかわらず、ロンド
ンのウェスト・エンドにおける劇場文化は、消費の帝国アメリカとの
複雑な関係性においてミュージカル・コメディが新たに登場し商業的
にも成功しただけでなく、もちろん依然として、初期のモームの芝居
を典型とするような、ソサィエティ・ドラマによって支配され続けて
いた。たしかに、18世紀にはいるとリチャード・スティールやオリ
ヴァー・ゴールドスミスによる道徳的な感傷喜劇やシェイクスピア喜
劇の伝統の復活があった。そしてまた、19世紀のセンチメンタリズ<sup>(5)</sup>
ム・メロドラマへの変容に続いて、ウィリアムズも指摘しているよう
に、19世紀の半ば以降自然主義を生み出した社会的傾向に対応して
同時代の社会問題を主題化するセンセーショナルでもある「問題劇」
が、すでにイプセンやショウらの近代劇以前に、英国の劇場文化に出
現していた。だとしても、これらの演劇テクストが表象するブルジョ
ワジーまたは市民・商人の階級文化は王政復古期以降の風習喜劇の歴
史伝統を完全に断ち切るものではなく、ソサィエティ・ドラマという
変容した形式で、依然として支配的であった、これがウィリアムズの
分析だ（Williams 144）。

　モームの芝居に対するかかる否定的な評価とはいささか異なる価値
が、第二次世界大戦敗戦後の日本の空間においては、探られていた。
たとえば、英文学を学び自身劇作家でもあった木下順二は、以下のよ
うな二つの問いを提出した。

　　エリオットを筆頭とする現代英國の詩劇運動は、モームやプリー
　　ストリーを含む十八世紀以来の厖大な散文戯曲を否定するところ
　　から生れている。だから当然、詩劇の問題を考えるためには散文
　　戯曲の問題が考えられねばならない。だのに戦後の日本では、い
　　きなりエリオットが問題になって、それにくらべてエリオット以

<u>前があまりに問題にならな過ぎる。</u>（木下 192 下線筆者）

この問題に関しては、「戦後の日本における外国文化移入のしかたの、ひとつの典型のように思われるとだけ云っておくにとどめる」（木下 192）として、モームの評価について以下のように続けている。

　<u>モームのような芝居が日本にかつて殆んどなかったし、また現在</u><u>も殆んどない、これはどういうことなのか。</u>……それはモームの——というより、實はこれはモームをも含めて、だから特にモームと限ったことではないところの、十七世紀以後のヨーロッパ演劇全體の問題として——<u>劇中の事件の起る「場所」がどういうと</u><u>ころに取られているかの問題である。</u>（木下 192 下線筆者）

英国演劇の日本における移殖・翻訳において問題とすべきなのは、劇の舞台となる「場所」すなわち客間劇（drawing-room plays）・「客間喜劇」がキャラクターのアクションや事件を提示する空間だ、ということだ。『おえら方』と『ひとめぐり』にかぎらず、6 巻にわたるモーム選集に収められている 18 篇の戯曲においても、ほとんど例外なしに舞台は邸宅、ホテル、別荘などの客間であり、これはモームにかぎったことではなく、「客間喜劇」という「専門語」が生れてきたほど、客間を舞台にした芝居がヨーロッパには多い、と木下は指摘している（木下 192）。客間が舞台とされる理由について、木下によれば、ヨーロッパの現実の生活のなかで、「客間」が社会のなかのさまざまな事件、さまざまな人物が登場する空間であり、ある意味社会の縮図的存在であり、社会人生のさまざまな相を圧縮して扱い描こうとする劇作家にとって甚だ都合のよい空間であり、観客にとっても説明なくしてすぐに納得できる空間である、とされる（木下 193）。
　この「客間」に匹敵するような「場」が日本の社会にはかつて殆んどなかったし、また、現在もない、ということが、モームのような芝

居が日本には生まれてこなかった原因、と木下は問題にしているのだ
が（木下 194）、なぜそのような問題化が敗戦後の劇場文化・日本の
文化空間においてなされたのか。モームの戯曲テクストが提示する「客
間」こそ、実は、木下が演劇・文学の狭義の枠組みを越えて広く文化・
社会の問題を考える際の賭け金となるものであり、それはつまり、平
田清明、内田義彦、丸山眞男等とともに、アソシエーションによる近
代市民社会を日本に実現する集合的プロジェクトを指し示すもので
あったからだ。「この内田義彦を通じて、『未来』同人との関係が生ま
れるのです。丸山眞男であり、木下順二であり、そしてチェーホフ演
出家であり、そうした中で平田さんはこれらの人と経済学だけではな
しに、文学に、演劇への議論を続けながら、自分の考え方を進めていっ
たように思います。……平田［清明］さんの『未来』同人たちとの接
触の一つが、木下順二のあの『夕鶴』を例にとったものであると私は
考えております（「夕鶴とマルクス」一九六八年五月四日、『朝日新聞』、
『市民社会と社会主義』序にかえて、収録）。……平田さんは……『資
本論』の一巻の冒頭からの展開をこの物語に重ねて自らの言葉で語っ
たのです」（伊藤 281-82）。言い換えれば、経済的近代化を志向する
日本社会に対応する（安易な「近代の超克」を唱えるのではなくむし
ろ前近代から近代への移行をやり直すことで可能になるような）近代
的演劇・文学・文化をこそ、まずは、冷戦期の日本は、目指すべき
だ、ということになるだろうか。それは、反共産主義のイデオロギー
において重要な役割を担った保守主義者福田恆存との政治的・イデオ
ロギー的立場の違いを越えて、社会・文化のモダニティを越えて、共
通性があるということでもある、社会・文化のモダニティをアメリカ
の近代化や消費文化とは別のやり方となるようなオルタナティヴを欲
望する点において。アメリカの近代化や消費文化とは別のやり方とな
るようなオルタナティヴを欲望する点において、共通性があるという
ことでもある。
　以上、木下とウィリアムズの評価・解釈は、本章の観点からするな

ら、肯定・否定の違いにもかかわらず、『コンスタント・ワイフ』という芝居のタイトルの歴史的意味を、王政復古期あるいは名誉革命以降の風習喜劇という単純にブルジョワジーというよりは、プロテスタンティズムの政治文化やヨーロッパ大陸の勢力に対する地政学的戦略により市民・商人と連合した特異な貴族的劇場文化を指し示すものと解釈することができるように思われる。モームの価値をめぐるウィリアムズと木下の評価や解釈をふまえたうえで、「文句なしに面白い」モームの芝居は、あるいは、その通俗性と共存して認知されるこの英国劇作家の「人生」の意味に関する冷たい「眼」によって特徴づけられるポピュラリティは（木下 184-86）、あらためて、どのように読み直したらよいだろうか。お涙ちょうだいの道徳的教訓を主題化する感傷喜劇を想起させるようなタイトルをつけることにより、同性愛的欲望に裏打ちされた男性劇作家が、センチメンタルな異性愛の表象を皮肉たっぷりに冷たく諷刺しているとみなすのはそれほど不穏当とは思えない。ただし、アイロニーによって批判的距離を冷静に保ちつつも18世紀以降、19世紀メロドラマとともに主流になる生真面目な感傷趣味・センチメンタリズムをエンターテインメント仕立てで笑い飛ばそうというモームの目論見は、わがままかつ陽気な魔女のようなレイディとして自立するための職業をもつヒロインというモダンな文化的モードと、さらに、ポストモダニズム以降のチック・リット的な『セックス・アンド・ザ・シティ』の仕事・ワークも結婚・ライフもという欲張りな女（？）の要素と、どのようなかたちで共存・競合関係を形成しているのか。近代化の大衆化が開始された20世紀という時代に、英国のモダニティをそもそも印しづけた王政復古期風習喜劇にそのまま回帰させたり復活させたりすることの不可能性は、あるいはまた、モダンな女性イメージが指し示す可能性のあるジェンダーの問題やフェミニズムとホモセクシュアルな欲望・男性同士のホモソーシャルな社会関係は、「人生」の意味に対する冷たい「眼」をもってかなり曲がりくねったそしてひねくれたといってもいいようなモームの描き

方によって提示されるのだが、そこに、階級社会である英国に立ちあらわれていたはずの敵対性や消費の帝国アメリカを他者とするグローバルな階級再編を読み取ることはできないのだろうか。

## 3　働くレイディの表象とグローバルな消費文化

　このようにモームのテクストの歴史的意味や特異性、英国演劇の歴史におけるモームの価値評価や位置づけを確認したうえで、本章がとりわけ注目してみたいのは、コンスタンスが経済的自立を求めて就く職業とそれを媒介する人物だ。「働くレイディ」あるいは「ブレないコンスタンス」が、同性の友人バーバラ・フォーセットから、ビジネス・パートナーとなることを依頼される場面に注目してみたい。

Barbara:　　Constance, I've got a suggestion to make to you. You know that <u>my business has been growing by leaps and bounds</u> and I simply cannot get along alone any more. I was wondering if you'd like to come in with me.

Constance:　Oh, my dear, I'm not a business woman.

Barbara:　　You've got <u>marvellous taste and you have ideas. You could do all the decorating and I'd confine myself to buying and selling furniture.</u>

Constance:　But I've got no capital.

Barbara:　　I've got all the capital I want. I must have help and I know no one more suitable than you. <u>We'd go fifty-fifty and I think I can promise that you'd make a thousand to fifteen hundred a year.</u>

……

Barbara:　　Of course I hope it won't. But men, you know, are fluctuating and various. <u>Independence</u> is a very good thing, and a woman who <u>stands on her own feet financially</u> can look upon the future with a good deal of confidence.

（Maugham *The Constant Wife* 287-88 下線筆者）

すでに働くレイディとなっているバーバラは、飛躍的に成功したビジネスをひとりで継続することの困難を、コンスタンスをパートナーとして迎えることで解決しようとするのだが、バーバラの事業は、テクストのこの場面においてはビジネスとして言及されるだけで、明示的には語られない。[8] 資本は彼女もち、儲けはフィフティ・フィフティで年収 1000 ～ 1500 ポンドを提示するバーバラの提案によれば、「素晴らしい趣味（taste）と着想」をもつコンスタンスに「デコレーション」の仕事をまかせることができれば、バーバラは「家具の売買」に集中することができる（Maugham *The Constant Wife* 287）。申し出を受けてから 1 年間「浴室、壁紙、台所のシンク、食糧庫の床、カーテン、クッション、そして冷蔵庫」のことで四六時中頭を悩ませたコンスタンス（Maugham *The Constant Wife* 336）は、経済的に独り立ちし自立することが不可欠であるとの助言にそうように、実際に 1400 ポンドを獲得することになる。

　こうした情報からバーバラのビジネスがインテリア・デコレーションであることが推察されるのだが——コンスタンスの趣味は浴室・壁紙・台所など家庭の「デコレーション」の仕事にこそ有用なものとされている——、そもそもこの働くレイディは何者だったのか。夫に先立たれ高級住宅街メイフェアに居住する 40 代の彼女は、ミュージカル・コメディ観劇かトランプ遊びに興じることに 1 日 8 時間労働の癒しを求め、恋愛や恋愛遊戯への関心は示さない（Maugham *The Constant Wife* 280）。バーバラがその観客の一部分でもあるミュージカル・コメディについて言及しておかなければならないだろう。ショップ・ガールというフィギュアや消費の帝国アメリカとの関係性において英国の劇場文化を再解釈する本書のプロジェクトの観点からすれば、この 19 世紀末から 20 世紀初頭にかけて生産された英国ミュージカル・コメディへの言及を見逃すことはできないからだ。米国の

A BAY WINDOW CORNER IN THE DRAWING ROOM. PALE PINK WALLS SET OFF AN ECLECTIC MIX OF FURNITURE WITH
APPLE GREEN AND RED UPHOLSTERY. THE IVORY DAMASK CURTAINS WERE TRIMMED WITH DEEP BALL FRINGE. ABOVE THE
WINDOW WAS MOUNTED A PLASTER STAG HEAD WITH BOW-AND-QUIVER. CREATED BY OLIVER MESSEL.
WATERCOLOR BY VICTORIA NEEL.

客間のインテリア・デコレーションのイメージ1（Metcalf 90）
A Bay window corner in the drawing room. Pale pink walls set off an eclectic mix
of furniture with apple green and red upholstery. The ivory damask curtains were
trimmed with deep ball fringe above the window was mounted a plaster stag head
with bow-and-quiver. Created by Oliver Messel. Watercolor by Victoria Neel.

　ミュージカルの抬頭もあり 1920 年代には「時代遅れ」となっていた
とされるエドワード朝英国の文化様式に対するモームのこの言及はど
のように解釈するべきか。ロンドンの劇場空間の観客の変容を論じる
ゲイルによれば、戦間期ロンドンにおいてフラッパーという新たに自
立を獲得した若い女性の観客が存在感を示すようになり、初日のソワ
レに劇場を訪れる彼女たちの好みに沿った芝居が生産されるように
なった（Gale 151-52）。ミュージカル・コメディと結びつけられるバー
バラは、かつてこの舞台を飾ったショップ・ガールのイメージを彷彿
させる働く少女フラッパーのイメージを転位してねじれたかたちで表
象しているのだろうか。あるいは、かつて、収入を得るためであれば
ゲイエティ・ガールズの生みの親であるジョージ・エドワーズの申し
出でも何でも引き受けた（Hastings 117）モームにとって、劇作家と

しての退場の契機となった「郊外家庭劇」とならんで[9]、もしくは、それよりもさらに劣る文化生産物として、ひそかに否定的なイメージと結びつけられたのが、バーバラという働くレイディであり、英国劇作家モームの嫌悪と不安がないまぜに表出されているのかもしれない。

　それはさておき、このテクストにおいてバーバラやコンスタンスなど働くレイディたちが展開するビジネスは、インテリア・デコレーションであるという暗黙の了解が存在しているようなのだが、この職業でプロとして成功し金銭的に自立するために必要な才能をコンスタンスが有することを、すでに冒頭のト書きが示していたことを、ここで思い出してみてもよい。

> *Scene: Constance's <u>drawing-room</u>. It is a room furnished with singularly <u>good taste</u>. Constance has <u>a gift for decoration</u> and has made this room of hers both beautiful and comfortable.*（Maugham *The Constant Wife* 275 下線筆者）

劇の舞台となるコンスタンスの「客間 (drawing-room)」は、「デコレーションの才能」を有する彼女の手で、たしかに、「際立って優れた趣味 (taste)」でしつらえられ、美しく居心地のよい空間として提示されていた。コンスタンスが女友達バーバラの媒介により獲得するインテリア・デコレーションの空間として、「客間」が重要な意味をもつということも、こうして冒頭に示唆されていたことになる。

　さてそれでは、インテリア・デコレーターというプロフェッショナルな職業の歴史的意味はなにか。まずは、コンスタンスの経済的自立を可能にしたビジネスがホームのインテリア・デコレーションに結びつくこと、言い換えれば、この仕事が富裕層の女性がつく職業として市民権を得ていたという歴史的コンテクストについて、モームの伝記を著したセリーナ・ヘイスティングスによる記述を確認しておこう。ヘイスティングスは、第一次世界大戦後の不況下において多くのレイ

客間のインテリア・デコレーションのイメージ 2 （Metcalf 102）
"Portrait of a Room of Beauty, chez Syrie Maugham."
Watercolor by Francis Rose, 1939.

ディたちが商いをはじめるようになった当時のトレンドを、『ヴォー
グ』誌の記事のコメントを引用しつつ、以下のように、説明している
──「最近の女性は幸福な結婚をしているかインテリア・デコレーター
のいずれかだ（"Someone once said that a woman is either happily married
or an Interior Decorator…"）」と（Hastings 291）。

　注目すべきことに、女性とマテリアル・カルチャーとの関係性を主
題化してみせたデザイン史家ペニー・スパークは、アール・デコすな
わちグローバルな転回をみせた大衆文化が、戦間期の英国において
は、どのような状況や動向にあったのかという問題を探る作業におい
て、シリー・モームに言及しながら、以下のような示唆的なコメント
をしている。

　戦間期 1930 年代の英米社会において、ソサイエティ・インテリ
ア・デコレーターたちは、ミドル・クラスの女性が切望しあまつさえ
彼女たちにしてみれば模倣するのだと思ったような、「貴族的な趣味
（aristocratic taste）」のモデルを提供したのであり、英国の場合につい
ていうならば、シリー・モームとレイディ・シビル・コウルファック

スこそが、フラワー・アレンジメントの仕事で著名にして王室の祝婚にもひと役買ったコンスタンス・スプライの援助を受けながらも、もとは米国でなされた仕事を継承・発展させたのだった。シリーたちの仕事が出現したコンテクストとしては、第一次世界大戦後ヴィクトリア朝的な過去の栄光がしおれたことに失望したミドル・クラスの女性たちが、さらにそれ以前の華麗な時代に歴史的連続性と美学的インスピレーションを求めるようになっていた、ということもあったかもしれない。スパークによれば、彼女たちのような装飾家によって提示されたヨーロッパあるいは英国の 18 世紀的な気品と優美さは、戦後英国の文化空間に、過去と現在のきわめて適切に思われたバランス、すなわち、懐古趣味とモダニティの結びつきを許容可能なやり方で提供したのだ（Sparke 150）。

　戦間期のデザイン業界においてもっとも女性的あるいはフェミニンなステレオタイプを生産したのは、人びとが生活するホームのインテリアを扱うプロの女性デザイナーであった、ということになるかもしれない。1930 年代の英国においてこうした仕事に影響を与えたのは、ヨーロッパの建築モダニズムではなく、むしろ米国のインテリア・デコレーターであったのであり、いわゆる建築モダニズムの文化あるいはモダナイゼーションを志向する「インテリア・デザイン」とは違い、「インテリア・デコレーション」は、贅沢とエリート主義に満ちた明白に女性的な世界に特徴づけられたものであった。その代表例は、イーディス・ウォートンが建築家オグデン・コッドマンと出版した書物やエルシー・ド・ウルフの仕事ということになるかもしれない。しかし、「プログレッシブ・モダニティ」とは必ずしも結びつかないフェミニズムの可能性を探るスパークの研究は、さらに、このようなモダンな要素を実は取りこみながらも伝統的で貴族的な文化のステレオタイプに規定されてもいるインテリア・デコレーターのデザインを、文化史研究者アリソン・ライトが「保守的モダニズム」としてそのイデオロギーを批判的に検討した、きわめて英国的な文化のありように結

びつけている（Sparke 147-50）。

　こうして、「趣味（taste）」に関する女性の観点からの文化政治学を論じたものでもあるスパークの研究は、ライトに倣い、ロンドンの郊外が家庭空間における理想として立ちあらわれるきわめて女性的な趣味を編制するのに特別な役割を担ったものでもあったことを指摘している。戦間期においては、米国だけでなく英国においても、郊外化が急速に拡大したのであり、それにともない庭付き一戸建ての家すなわち「ホーム」を居場所にする新たな階級の勃興がみられた。そして、このような郊外という空間にこそ、保守的モダニティというミドルブラウ文化の存在が、たしかに蝕知され位置づけられた（Sparke 159）。

　いうまでもなく、シリーは英国劇作家モームの妻であり文化生産におけるパートナーとみなしてもよい存在であるが、『コンスタント・ワイフ』またはそのカップルの場合と同様、ことはそれほど単純ではない。シリーのインテリア・デコレーターというキャリアの契機は、ロンドンでバローズ・ウェルカム製薬会社——現在のグラクソ・スミスクラインの起源——を創立した米国人ヘンリー・ウェルカムとの結婚生活の破綻によりロンドンに移り住んだことにあった。ロンドン社交界でのデビューを果たしそのネットワークに参入しようとしたシリーは、自らの存在をアピールするために、ファッショナブルな衣装や装飾品を身に纏うだけでなく、趣味とセンスでデザインされたロンドンの居住空間——リージェンツ・パーク近くのヨーク・テラスの住居——で人びとをもてなしたという。ヨーク・テラスの空間の装飾はロンドンの老舗のデパートメント・ストアであるフォートナム・アンド・メイソンのアンティーク部門の主任アーネスト・ソーントン＝スミスが手掛けたものだが、シリーは、彼の下で無給の見習いとして家具や美術品や骨とう品の修復、顧客の扱い方、商いのコツについての教えを請い、社交界ネットワークでの存在誇示に役立てようとした。そして、注目すべきことに、そうしたシリーの欲望達成に少なからず貢献したのが、米国人ハリー・ゴードン・セルフリッジであった

働くレイディのイメージ、執務中のシリー・モーム
Syrie at her desk, drawn by Cecil Beaton, 1930s.（Metcalf 52）

し、彼が創設したロンドンのオクスフォード・ストリートのアイコン
であるデパートメント・ストアにディスプレイされたグローバルな数
多の商品であった。ただし、社交界における存在維持という欲望を物
質的に可能にしていたマネーとの関係つまりセルフリッジとの関係が
不安定になるにつれ、シリーは、モームとの関係性に公私にわたる立
場の安定をもとめ、この著名な英国劇作家との結婚を契機にインテリ
ア・デコレーターとしての地位を確立していった。モームとの結婚
後5年たった1922年、ベーカー通りに自分の店をオープンし、即座
に成功を収めたシリーのビジネスは、さらに、大西洋もドーヴァー海
峡をも横断することになった。その後20年にわたり、シリーは「優
雅なモダニティ（elegant modernity）」と結びつけられ、その芸術的手
腕とスタイルのセンス、とりわけ「著名な彼女の白尽くしの部屋（her
famous all-white room）」は、英米のインテリア・デコレーションに多
大な影響を与えた（Hastings 291-92）。

　シリーの働くレイディとしての成功については、以下のように、ヘ
イスティングスも説明している。

She was fortunate in her timing: up until 1914 it was almost unheard of for a respectable lady to go into retail, with interior design the preserve of the big stores such as Fortnum & Mason, Liberty's, Whiteley's and Waring & Gillow. But with the post-war economic decline a number of ladies had set up in trade, opening smart little shops selling hats or dresses or ornamental knick-knacks, thus bringing about an important change in attitude. (Hastings 291)

1914年まではれっきとしたレイディが商売をするなど稀有なことで、インテリア・デザインについてもホワイトリーなどデパートメント・ストアのような大型店に限られていたが、第一次世界大戦後、レイディたちが帽子・ドレス・装飾用小間物などを商う洒落た小規模なショップを経営するようになり、働くレイディに対する人びとの態度も変化したのだが（Hastings 291）、こうした歴史的状況が、『コンスタント・ワイフ』における新たな女たちと結婚制度の再編制を規定した歴史的条件をなしているのは間違いない(10)（Hastings 174-190; 199-200）。

　20世紀とりわけ戦間期の英国におけるアメリカの消費文化を、きわめて英国的な保守的モダニティの文化によって、リ・デザインしたのがシリー・モームであり、言い換えれば、『コンスタント・ワイフ』において表象される特異な働くレイディとグローバルな消費文化に探ることができるのは消費の帝国アメリカであるのだが、それでは、夫ジョンの "cursed" という呪いのことばに触知される英国劇作家サマセット・モームの不安はどのように解釈できるのか。まず、少なくとも従来のようなモームの解釈や受容、すなわち、通俗性はあるが人間性の真実を見事に描いた職人的作家モームという解釈ですますことはできないだろう。次にまた、1990年代からゼロ年代にかけて盛んになされたモダニティをめぐる議論によってもモームの歴史的意味を決

定してしまうことはむずかしい。それは、近代西洋の「シンギュラー・モダニティ」あるいはアメリカニズム・ポストモダニズム・新自由主義の文化・文明の価値観に対して、新たに経済成長を遂げ文化的価値観や新たな歴史的ルートへの自信を根拠に BRICs などについてかつて提唱され評価された「オルタナティヴ・モダニティーズ」を、戦間期英国の「保守的モダニティ」に応用してみる試みとなるかもしれない。だが、『コンスタント・ワイフ』に先立つモームのいくつかの主要テクストにおけるインテリア・デコレーションやデザイナーのイメージを担う男性キャラクターたちの姿を拾ってみるだけでも、これら二つの解釈によってモームの価値を判断することは適切ではないことがわかる。[11] そうしたやり方ではなく、むしろ、「シンギュラー・モダニティ」の批判すなわち 20 世紀アメリカの消費文化を批判しながら英国的にリ・デザインしたシリーの「オルタナティヴ・モダニティーズ」に対するさらなる批判や書き換えの試みと解釈できるのが、英国劇作家サマセット・モームのさまざまな価値ではないだろうか。

## 4　劇場空間の変容とモームのさまざまな価値

　「大衆性」を十分に備え「通俗的」にもみえた英国劇作家モームの誕生を印しづけた『フレデリック令夫人』には金融資本やあらたな流通システムによって形成される演劇産業の垂直統合・カルテルへの不安が不在であるのとは違い、スター・システムには表面化しなかったポピュラーな劇作家の不安を露呈する『劇場』という劇場＝小説テクストには、産業としてのロンドンの劇場との対立・矛盾の兆候すなわち敵対性を読み取ることができることは、すでに前章で論じた。[12] 消費の帝国アメリカに規定され戦間期に再編された（変容する）ロンドンの劇場空間を、モームのさまざまな価値によって読み直す作業を、さらに続けた本章では、小説テクストと劇テクストの違いを注意深く取り扱いつつ、それらのジャンルやメディアの差異の間にみられる連続性や変異が英国劇作家としてのモームのキャリアの軌跡をどのように

印しづけているのか、『コンスタント・ワイフ』に注目することにより、探ってみた。

　モームのさまざまな価値は、なによりも、消費の帝国アメリカの文化を批判的にまた「貴族的」にリ・デザインした妻シリーのインテリア・デコレーションが提示する「保守的モダニティ」とその「趣味」へのさらなる批判において再評価される必要があったのではないか。また、そのような再評価・再解釈が示唆するモームのキャリア全体の見直しは、敵対性に印しづけられた諸階級の表象可能性、あるいは、グローバルに再編される階級の問題と、切り離すことはできないものであったのであり、英国の社会主義やリベラリズムの系譜にある文化とは異なるユートピア的な可能性をロンドンの変容する劇場空間にとらえる試みだった。

## Notes

(1)　*The Constant Wife* とモームの劇壇退場との関係については、たとえば、Taylor が以下のように論じている。

> With *The Constant Wife* Maugham might reasonably think that he had carried his sort of theatre as far as he wanted it to go. Anyway, it seems that he did in fact think so, for shortly after its production he embarked on a strange and unexpected group of "last plays" written entirely to please himself.（Taylor 106 下線筆者）

さらにモームの退場と観客との関係については Barker が以下のように指摘していた。

> For various and usually undisclosed reason, other playwrights well-established in the 1920s disappeared in the 1930s or were driven from the stage by poor response, to be replaced by another generation.... Somerset Maugham...gave up very early in the 1930s in the belief that he had lost

his audience. (Barker 32 下線筆者)

　Taylor および Barker によれば、モームの英国劇作家としての退場の契機は、『コンスタント・ワイフ』であり、それは、観客を失ったことが大きな要因だ、ということだ。
(2)　こうした、結婚生活における不貞・不倫については、モームはすでにエドワード朝期のテクスト『ペネロピ（*Penelope*）』（1908）でも取り上げているのだが、第一次世界大戦以前の『ペネロピ』は、夫の浮気の原因を妻ペネロピの夫に抱く普遍の熱愛だとする数学の教授である父親のアドヴァイスにしたがって、ペネロピがウィットをはたらかせ、夫の浮気に対してだけでなく、夫そのものに対する無関心を演じることで、夫婦の立場を逆転させ夫の愛情を取り戻そうとする物語だ。この点で、『ペネロピ』は感傷喜劇ではなく風習喜劇の系譜にあるとみなせよう。ただし、『コンスタント・ワイフ』とは違って、主人公ペネロピが職業を得て経済的に自立することにより、その立場を逆転させるということはない。
(3)　モームの『コンスタント・ワイフ』のタイトルが、戦間期に非常にポピュラーでありベストセラー小説であったマーガレット・ケネディ『コンスタント・ニンフ（*The Constant Nymph*）』（1924）にインスパイアされたことは従来よく知られており、たとえば、Meyers 190 も言及している。また、近年では、この「フェミニン・ミドルブラウ小説」の「原テクスト」は、Alison Light の「保守的モダニティ」という解釈の系譜におおむね沿いながら、評価されており、たとえば、Nicola Humble は、再編制された英国中産階級のふつうの人びとのホームのガヴァナンスを担う主婦でありながらそうした「家庭的であること（domesticity）」とは異なる「性的におませな少女性（sexually active adolescent girls）」を通じて表現される「ボヘミアニズム（bohemianism）」を体現しているテレサの表象を論じている。また、マテリアルな文化の重要な要素であるインテリア・デザインのイメージについていうなら、ル・コルビュジエ的な白さやディアギレフのロシア・バレエのモダニズムに結びつけられるあまりにも優等生的なフローレンスとは区別されて、この自然児としてのコンスタント・ニンフ、テレサは彼女がショッピングで購入し作品世界でその価値が承認される "an orange lustre bowl" が注目されている（Humble 136; 143-45; 151-52）。
(4)　モームのテクストとファーカーやウィッチャリーのタイトルとの共

鳴についてはこれまでにも指摘されている。たとえば、ファーカーについては Curtis を、ウィッチャリーについては、Meyers を参照のこと。

(5) これらの演劇を「英文学の特質」において位置づけた福原を、たとえば、みよ。また、スティールの感傷喜劇 The Conscious Lovers や the Tatler や the Spectator などのジャーナリズムではなく、ラディカルなスティールのポピュラー・ポリティクスに注目し直した近年のイングリッシュ・スタディーズの例である Marshall も、参照のこと。

(6) 同様の議論として、笹山によるものがある。

(7) 木下が批判的に言及した「中間演劇」の掘り起しと再評価の試みには、横田がある。

(8) バーバラのビジネスについては、2 幕の初め、バーナードとコンスタンスの会話で言及されている。コンスタンスの夫ジョンの浮気を知り二人の結婚生活を憂えるバーナードに、コンスタンスは、バーバラからの仕事のオファーはあるものの幸せな結婚生活を送る自分は受けるつもりはないと告げるのだが、その際バーバラの仕事はデコレーティング・ビジネス（"the decorating business"）であり非常に成功していること（"making quite a lot of money"）を打ち明けている（Maugham *The Constant Wife* 305）。そして実際、コンスタンスはそのオファーを 2 幕末で受けることになる。

(9) 「郊外家庭劇」については、第 6 章「戦間期英国演劇と『郊外家庭劇』——ドゥディ・スミスとはだれだったのか？」をみよ。

(10) シリー・モームをめぐるモームとセルフリッジの関係性、さらに、ウェルカムとセルフリッジの友愛関係については、Woodhead を参照のこと。また、シリーが働くレイディとして地位を確立する過程でモームはウェルカムが起こした離婚訴訟において共同被告人として起訴される苦い経験をした、ということもひと言付け加えておきたい。

(11) 本論では具体的には論じないが、モームの傑作とされている『ひとめぐり』において夫の親友と駆け落ちして 30 年ぶりに帰国した母をまじえた親子 3 人の家族団欒の奇妙な場面があるが、インテリア・デコレーターのイメージが『コンスタント・ワイフ』とは異なるかたちで表象されている（Maugham *The Circle* 233）。また、大量生産・大量消費のシステムと協働する大衆的で民主的かもしれない消費文化や劇場に対するモームの複雑にアンビヴァレントな比喩形象は、彼の代表的な小説『人間の絆』にも再現・表象されている。

(12) 本書第 4 章「変容するロンドンの劇場空間と英国劇作家サマセット・モームのさまざまな価値（その 1）」を参照。

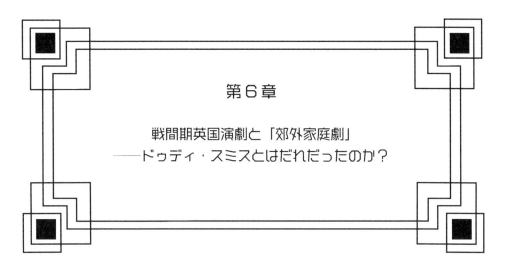

# 第6章

## 戦間期英国演劇と「郊外家庭劇」
### ──ドゥディ・スミスとはだれだったのか？

## 1　劇場を読む──戦間期英国の劇場文化の歴史

　従来の英国演劇史によれば、戦間期の英国演劇は、第一次世界大戦に起因する社会的・経済的変化が英国社会に与えた多大な影響を必ずしも受けているわけではなく、保守的で周囲の文化的大変革を反映し損ねているものだ、とされてきた。つまり、現実逃避と商業主義への迎合という見解が、大方の評価であった。近年、このような従来の評価を見直す動きがみられるが、クライヴ・バーカーとマギー・B・ゲイル編集による戦間期英国演劇研究『戦間期の英国演劇 1918 年−1939 年』は、演劇と政治社会的変化との関係を、単なる主要な劇作家と主要な劇団の表層的な概観といったものではなく、これまで劇評家や演劇史家たちから十分に注意を払われてこなかったもしくは無視されてきた、いくつかの特徴的なジャンルの演劇テクストを上演した劇場文化あるいは劇場自体を解釈の対象として取り上げることにより、それよりはるかに込み入った状況や関係性によってとらえることが可能であることを提示しようとしている（Gale "Introduction." 1-3）。このような読み直しの試みが企図するのは、戦間期英国の劇場文化の

歴史をとらえるために、いわゆるアレゴリーとして劇場を読むということになる、かもしれない。

　まず、第一次世界大戦が引き起こした社会変化の見直しについて、クライヴ・バーカーは、戦後の社会と文化産業としての劇場の発展・変化との関係をたどり直した『戦間期の英国演劇 1918 年−1939 年』第 1 章において、実のところ戦前に根をもっていた劇場の政策や制作の変化に注目している。たしかに、戦間期英国が経験したのは、マス・コミュニケーションの発展──とりわけラジオと映画の流行──、アメリカナイズされた文化の流入、1926 年のゼネストに集約される労働運動勢力、経済不安、男女平等参政権（1928 年）、教育機会開放、貴族階級の衰退であった。だが、文化的生産・経営政策すなわち劇場文化における変化に注目するバーカーが強調するのは、劇場に足を運ぶ観客の階級再編である。上層階級から下層階級への変化はたしかに生じていることではあったが、この変化の過程はそれだけではなく、単純に上層・下層というカテゴリーに収まりきれない新たな階級が形成しつつあったのだ。たとえば、1930 年代になっても人気のジャンルのひとつであった逸話的な歴史・伝記ものの芝居は、観客の社会・経済的構造における変化を、その複雑なありようにおいて、指し示すものかもしれない。そうした変化がまさに起こりつつあることは芝居の書き手のほうでも知覚されていることを印しづけているような芝居が書かれ、そこでは、新たな階級が自らのアイデンティティを構築したいと欲望するとき依拠する文化的イコンを繰り返し上演することになった（Barker 23）。別の言い方をすれば、戦間期とりわけ 1930 年によって下位区分される 1920 年代・30 年代の期間の後半いよいよ本格的に観客の階級が再編された契機・瞬間において、新たな階級はその階級性が文化的に規定されるのだが、その重要な機能を担っていたものこそ劇場空間にほかならなかった、ということだ。[1]

　バーカーによれば、新たな観客の登場にかかわる階級再編制の原因となるさまざまな要素のうち第一に、戦後になる前にすでに進められ

つつあった税制制度の革命的な改変を挙げている。所得税、累進付加税、相続税が大幅に増額されることにより、社会的役割の再配分が起こり新たな職業が登場した。次に、1920年代初頭、南東部における住宅建設と中産階級の郊外への移動、労働者階級の公営住宅への移住がみられた。かくして、1920年代・30年代の階級構造は、小規模の家族経営の産業の成長と経営管理部門の必要性、それにともなうホワイトカラー労働者の増加や、ラジオ放送のような小規模でも重要な産業の誕生とそこに求められる新たな「技術者、作家、アナウンサー」などという「社会的には、従来の階級に分類されないあるいは分類することができない労働者たち」の登場、等々によって、特徴づけられる（Barker 24）。そして、新たな観客としてみなされたのが、新たに教育を受ける機会に恵まれるようになった労働者階級と働く女性・少女であった。1920年代の社会の構造の変容とともに劇場空間に姿をあらわすようになった、このような新たな階級を構成するそれぞれ異質な観客たちは、階級に関するさまざまな価値観における変化を端的に示す存在ではあった一方で、こうした新たな観客がなによりも優先したのは、社会を根底からひっくり返すような革命的な変化ではなく、安定した雇用と理想的なホームを基盤にして安心・安全に毎日の生活を送ることであった（Barker 23-28）。

このように戦間期英国の劇場文化における変化を劇場に足を運ぶ観客の階級再編という観点からとらえたうえで、バーカーは、劇場経営について、次のように論じている。1880年代以降、長期興行による収益性が、金融資本家の利害・関心を演劇上演に向け、俳優兼マネジャー（actor-manager）がその収益で自前の劇場を建設するという、第一次世界大戦勃発までには定着していたプロセスに、戦間期には、二つの重要な変化が起こった。まず、劇場所有者であり経営も担っていた俳優兼マネジャーの死後その遺産である劇場が、演技にも劇の上演にも関心のないウェスト・エンドへの進出をねらう投資家の手にわたり、その結果、劇場が経営者に賃貸し・リースされるというシステ

ムが生まれたこと。さらに、劇場所有と劇場経営の発展において、トラスト——米国のシューベルト兄弟のように経営者が数々の劇場を買収し劇場チェーンを確立したような米国発の企業合同——が、形成されるようになったことだ。

　19世紀末に始まり戦間期にいたる英国の劇場状況の変化は、ロングラン・システムとアメリカや大英帝国の植民地の市場開拓によって起こったものであり、芝居も価値ある資産とみなされるようになったのだが、そのリース契約は、劇場のような不動産リース契約と同様の管理が必要になり、演劇の流通の支配・管理にかかわる投資によって生まれる潜在的利益は莫大なものとなっていった。そして、こうして生まれたシステムにおいて、純粋に利益追求を志向するアジェンダや政策が採られた[(2)]（Barker 7-8）。1920年代においては、劇場を所有する劇場経営＝劇場主と上演に資金を出し興行する制作管理＝興行主という二つの機能が分離しており、これが当時の産業としての劇場が抱えていた問題であった。しかしながら、1930年代には、この二つの機能が統合され垂直統合を可能にする経営・マネジメントに変容していった。この結果、適者生存の法則が働きウェスト・エンドの劇場は限られた興行主の手にゆだねられることになった。かくして戦間期英国演劇は、ウェスト・エンドを支配する企業が運営する劇場と、地方や郊外の小規模の劇場——たとえばハマースミスのリリック劇場やスイス・コテージのエンバシー劇場——とに分化するようになった（Barker 18）。

　『戦間期の英国演劇1918年—1939年』が取り上げるいくつかの特徴的な演劇ジャンルのなかでも、とりわけ、戦間期英国におけるミュージカル・コメディの変容にかかわる演劇がたどる歴史的軌跡は、この時期の劇場文化の意味や価値を探るうえで重要であるとともにきわめて興味深い。ジェイムズ・ロス・ムーアの章「ガール・クレイジー——戦間期のミュージカルとレヴュー」は、ひとつには、歴史的コンテクストとなる政治的・経済的に過酷な現実からの逃避主義を特徴と

する演劇であるという理由で、もうひとつは、旧来の研究の枠組みが演劇史上の古典やキャノンへの代案として周縁的な作家・作品を取り上げることに力を注ぐあまり、商業的に「成功した」劇場文化の実践には目もくれないために、いまだに過小評価され続けているミュージカル・シアターの存在に注目した。そこでは1920年代のミュージカル・コメディやレヴューに始まり戦間期後期にはより明白に政治化される小規模な「親密なレヴュー（intimate revue）」にいたる軌跡がたどられている。ムーアによれば、戦間期のウェスト・エンドのミュージカル・シアターは、「ガール・クレイジー」と名指される現実逃避のエンターテインメントとして、従来は、ハイ・カルチャーとしての演劇あるいは社会的・政治的メッセージを伝達する演劇とは差別化されあまつさえほとんど完全に無視されてきた。言い換えれば、英国の演劇史からは排除されてきたということだ。ムーアは、こうした従来の価値評価を、レヴューという新たなエンターテインメントの形式に注目することで読み直そうと試みている。[3]ミュージカル・シアターというこれまで埋もれていた領域を掘り起こすことにより、戦間期英国の劇場のある意味大胆な読み直しを試みたムーアの研究は、英国の劇場文化の歴史化と劇場空間のマッピングの新たな可能性を切り開く出発点となるかもしれない。

　たしかに、第一次世界大戦後になると、エドワード朝ミュージカル・コメディの衰退とよばれるものが、ジョージ・バーナード・ショウやグランヴィル・バーカーの良質のリアリズム演劇の消滅とともに、みられた。ただし、それは、ミュージカル・シアターの衰退やその劇場文化の価値がなくなってしまったことを、決して意味するわけではない。エドワード朝ミュージカル・コメディの衰退の原因は、女性の社会進出の影響、すなわち、事務員やタイピストとして教育を受けた「働く少女」たちにとって結婚願望はもはや魅力的な階級上昇の要因とならなくなったことらしい。とはいえ、ウェスト・エンドでは、ばかげたプロットに駄洒落、お決まりの登場人物に前世紀の出し物より

も薄手の衣装を纏い敏速な動きをするコーラス・ガールズたちが花を添える「ガール・クレイジー」ミュージカルをどんどん制作することで、利益を生み出すというアジェンダが推進されていた。そのうえ、戦間期のミュージカル・シアターにおいて注目に値するものが、掘り起こしの対象となり読み直しが開始されている。すなわち、ヴァラエティとその部分的な分派であるレヴュー。とりわけ後者のレヴューは、きわめて重要で、革新的かつまた影響力のある形式であった、とムーアは論じている。また、このようなレヴューにキャリアの出発点をもつ作曲家たちは、戦間期、英国的主題内容のミュージカルを産み出しただけでなく、レパートリー・グループの実験演劇やノーマン・マーシャルがのちに「別の劇場（The Other Theatre）」と名指した動きを組み入れるようになった。こうして、ばかげた見世物の要素を徐々に排除したレヴューは、スタイリッシュで洗練された英国のミュージカル・シアターへと変貌していった（Moore 88-89）。

　ムーアが注目する「親密なレヴュー」の始まりは、資金不足ゆえにC・B・コクランが小規模のアンバサダー劇場で上演を余儀なくされた少人数による舞台装置もないこじんまりしたレヴューが成功したこと、ライヴァルであるアンドレ・シャルロがその「親密さ」をレヴューの将来とみなし新たなスタイルとして取り入れたことにあった（Moore 91-93）。初期の舞台に欠けていた社会的・政治的論評を含むレヴューへと洗練されていくひとつの契機は、1926年の『リヴァーサイド・ナイツ（*Riverside Nights*）』初演だ。まず注目しておいてよいのは、このレヴューが、ウェスト・エンドの商業主義から分離されたロンドン郊外の空間、ナイジェル・プレイフェア所有ハマースミスのリリック劇場で上演されたということだ。そして、とりわけそのスケッチの大半を執筆したのがのちに無所属の国会議員となるA・P・ハーバートであったのは、注意しておかなければならないだろう。ロシアの「蝙蝠座」にも刺激を受けたこのレヴューのスケッチは、ロシア演劇の哀切な調子をおびながらも、設定は、同時代のハマースミス

であるかのようになっていた（Moore 101）。『ミー・アンド・マイ・ガール（*Me And My Girl*）』のセンチメンタリズムやクレイジー・ギャングのシュールレアルなヴァラエティ・ショウが大劇場で人気を博すなか、その後「意欲のない憂鬱さ（the lackadaisical gloom）」という同時代の若者の特質を提示した『バリーフー（*Ballyhoo*）』（1932）という新たな方向を示すレヴューが生まれたのも、「親密なレヴュー」が発展する過程を示す一例であった。だが、より重要なのは、実験演劇が実践されていた大学都市における「別の劇場」——演出家・プロデューサーの視点から概観した演劇上演史においてマーシャルがよんだメインストリームとは異なる——の影響である、ということだ。1920年代末にケンブリッジ・フェスティヴァル劇場で産み出された革新的なレヴューは、「親密さ」を更に一歩進めるレヴューの「知性化」であったからだ（Moore 107）。

　このフェスティヴァル劇場で演出の仕事に携わったマーシャルが、その後ロンドンの小規模劇場をリースしてゲイト劇場を立ち上げ、最初のレヴュー——オーケストラは2台のピアノ、コーラスもない少人数による『今年来年（*This Year Next Year*）』——を初演する。この「親密なレヴュー」は、自由貿易を不条理的に批判する一方で、「白いニグロ」というオリジナルのバレエ演目を含むもので、「鋭い社会批判の場」の可能性を示したものとして評価された。その後、ゲイト劇場ではそれぞれ1年にわたるロングランとなる4本のレヴューが次々に上演されただけでなく、こうしたゲイト劇場のレヴューやその成功に刺激を受け近隣でリトル劇場が立ち上げられ、そこでは剃刀のように鋭い諷刺のきいた演目が用意された。この二つの劇場はいずれも1941年に空爆で焼失するのだが、1938年に両劇場それぞれにおいて上演されたレヴューが重要だ。リトル劇場で上演されたレヴュー『9時きっかり（*Nine Sharp*）』には、無情な立て直しを唄った「ロンドンの取り壊し」やニジンスキーの時代へのノスタルジアを台無しにする歌が含まれる。ゲイト劇場で初演されその後アンバサダー劇場に移動

した一連のレヴューは、劇場の名を冠する『ゲイト・レヴュー（*The Gate Revue*)』となった。このショウにはラジオでのクラシック音楽の大衆化、平和な日々への惜別などの歌やスケッチなどが提示されていたが、開戦後は、戦争協力活動だというのに上等の服を身に着けているケンジントン在住の特権階級の少女たちを辛辣に描いたり、ハリウッドに「逃亡した」英国人をひどく批判したスケッチが付け加えられたりした。こうした「親密性」をさらに進化させた「親密にしてかつまた親密なレヴュー（intimate intimate revue)」の重要性はなにより、社会的・政治的コメンタリーにあったのであり、このような要素を有したレヴューはより知的に劇場はより小規模にそして観客はより限定されていったのである（Moore 108-10)。戦間期に、米国の革新的な生産体制へのさまざまな対応をおこなう過程において英国でも合理化が推し進められ、さらに金融資本によって商業化されることになった大劇場のミュージカル・シアターとは、別の進路を進む可能性が、実は、あった、そして、そこに新たに誕生しスタイリッシュに洗練されていった「親密なレヴュー」の歴史的価値と意味があった、ということだ。

　戦間期英国演劇のこのような読み直しをふまえつつも、消費の帝国アメリカとの関係性において英国の劇場文化を解釈する研究プロジェクトの一部をなす本章では、「郊外家庭劇」とかつてよばれたサブジャンルを取り上げたい。その際、ロンドンという大英帝国のメトロポリスとその劇場というよりは、むしろ、戦間期英国の郊外という空間とデパートメント・ストアの表象が、グローバルな帝国の共存・競合という視座から、読み直されることになるだろう。具体的には、ドゥディ・スミスが産出しその数々の上演が絶大なポピュラリティを獲得したいくつかの演劇テクストに注目することにより、近年の解釈において「客間劇からプロフェッショナル劇への移行」とよばれるものの歴史化あるいは地政学的な規定の解釈を試みたい。

郊外へ拡張するロンドン It's a Change You Need –Move to Osterley: A London Underground Poster of 1926 by Victor Hembrow ©London Transport Museum（Saint Back Jacket）（オスタリー：現在はアウター・ロンドンのロンドン西部ハウンズロー区に含まれる。戦間期に郊外都市として開発された地域のひとつ。）

## 2 フレイザーの英国演劇の歴史やその歴史の全体性を支える区分・区別──「郊外家庭劇（suburban domestic drama）」とは？

　かつて、「郊外家庭劇」というサブジャンルが発明されたことがあった。1950 年代現在の「現代の英文学」において、G・S・フレイザーが、1890 年代に復活したとされる英国演劇のその後の約 50 年間の歴史をたどる過程で、このサブジャンルを発明した。その議論が指し示すのは、英国散文劇はこの「郊外家庭劇」によって終焉を迎えた、ということらしい。従来の英国演劇史においてまず目にすることのないこのサブジャンルは、戦間期に盛期を迎えた、とされる。まずは、戦間期英国演劇についてざっと概観したいま、英国のドメスティックな空間である郊外に展開・転回されるこの一連の劇テクストにかかわる議論をはじめることにしよう。

「郊外家庭劇」をその「現代的問題」としての「現代の英文学」において発明したG・S・フレイザーは、その起源を、まずはヴィクトリア朝期における演劇の不振、すなわち、文学的価値を有する劇テクストの不在ならびに王政復古期のコングリーヴや18世紀のシェリダンのような「正しい社会批評を与えうる」劇作家の不在にたどる。このように衰退した英国演劇を、1890年代に「不死鳥のごとく」蘇らせたのが、アイルランド出身の二人の劇作家、オスカー・ワイルドとジョージ・バーナード・ショウであった。かくして再生された英国散文喜劇を、フレイザーは、技巧的喜劇あるいは王政復古期以来の風習喜劇というワイルドの系列と、社会喜劇や思想劇というショウの系列とに分類し図式化する。ワイルドの直系にあたる「現代」の劇作家としては、W・サマセット・モーム、ノエル・カワード、フレデリック・ロンズデイル、テレンス・ラティガンが、ショウの系譜にはジョン・ゴールズワージー、ジェイムズ・ブライディ、J・B・プリーストリが挙げられているが、いずれもその「父」の高みに達する劇作家は結局のところ生まれていない、と手厳しい。1950年代初頭現在において、英国の演劇をこのようにとらえるフレイザーは、20世紀英国演劇における二つの系譜、すなわちショウを父とする思想劇もワイルドを父とする純粋娯楽の喜劇のいずれも十分にアピールしなかった英国の典型的な郊外居住者に言及しながら、「郊外家庭劇」を散文劇の終焉あるいは末路として、発明している、ということだ。[4]

　フレイザーによれば、「郊外家庭劇」とは、戦間期英国の郊外のドメスティックな空間、典型的なイメージとして「郊外のヴィラの居間、庭に向けて開いたフランス窓（the living room of a suburban villa, with French windows opening out on to the garden)」(Fraser 234) を前景化しながら、アジア・太平洋を含むグローバルな地政学的空間──「日焼けして今もハンサムなかつての恋人の極東からの帰還（the return of some old admirer, bronzed and still handsome, from the Far East)」(Fraser 234)──をも指し示す一群の芝居テクストである。具体的には、た

ぶん美しくて、賑やかでよく行き届く母親・日々の生活における家事労働をマネジメントする主婦を主人公として、彼女の過去のロマンスが物欲しげに蘇ることで一波乱起こりそうになるものの、結局は、御恵のうちに郊外のドメスティックな空間に自分の居場所を再確認するというのが、よくある物語範型である（Fraser 234-35）。

　このように「郊外家庭劇」を定義し、その特徴を、台詞も機知や鋭い批評ではなく楽しく自然なおしゃべりの効果をねらったものだとみなすフレイザーは、このサブジャンルすなわち「郊外家庭劇」を「戦間期における独特な現象の一例（a special instance of a phenomenon of the interwar years）」で、ヴァージニア・ウルフが「ミドルブラウ文学（middlebrow literature）」とよんだ現象であるとする。この言葉でウルフが意味したのは、ほどよくしかもかなり骨を折って書かれているが、秩序を乱すような煩悶も鋭い衝撃も一切含まず、したがっていかなる人のどんな感情や信念もかき乱すことのないように書かれた夥しい書物や劇のことである。また、ミドルブラウ文学の流行は、「郊外人種」がその芸術鑑賞眼をある限界内でしかもちえないことと関係がないでもない。優れた戯曲や文学は、完成度においては貴族的なものであるが、他方、深く民衆文化のなかに根差している。そうした貴族性からも一般民衆の生活からも、郊外生活が孤立しており、そうした孤立は、多くの場合、空虚を感じさせるものだが、「郊外家庭劇」にはそうした空虚さは反映されていないし、あるいは意識的には反映されていないが、より批判的な観客は、ある種の空虚さに気づくものなのだ。郊外生活は、普通の人びとにはとても楽しく、心地よい慰めになり元気づけるようなものであろうが、より批判的な観客にとっては数日過ごすだけで気が変になりそうなものなのだ（Fraser 236-37）。

　「郊外人種」とりわけ女性が、「郊外家庭劇」を好むのは同種の小説を好むのと同じ理由で、それは郊外生活による内面の空虚感や疲労感を紛らわせるためであり、現実の生活には存在しないが白昼夢のなかには存在するかもしれないような理想的な生活を、「郊外家庭劇」が

彼女たちを嬉しがらせるように描いてくれるからだ（Fraser 236-37）。ここでこのサブジャンルの代表的なあるいは成功した劇作家として挙げられているのは、A・A・ミルン、ドゥディ・スミス、エスター・マクラッケン、ジョン・ヴァン・ドルーテン。劇作家を個別に挙げているとはいえ、この種の芝居は、何度観ようと、劇作家がだれであろうと、地方色や力点がその時どきで変わろうとも、それらは「実にいい芝居」であることに変わりはなく、プロットはときに少々お寒いようなこともあっても、演技は中産階級の礼節のお約束事におさまって、一等席の観客は安心感を再確認した気になり（a reassuring sense of safety）悠々とくつろいで座っていられる（Fraser 235）。

　フレイザーによれば、「英国最近 50 年間」の散文劇には、もっとも広い意味での「雰囲気（atmosphere）」や「実感でとらえられた生活（the quality of 'felt life'）」の要素が欠けており、人生に対するより深くいわくいいがたい感情が舞台化されることはなかった。この顕著な例こそが「郊外家庭劇」であり、こうした散文劇の悲惨な状況に楔を打つべく開始されたのが、T・S・エリオット等による詩劇運動である、ということになる。言い換えれば、こうしたエリオットやオーデンらによる「近年の詩劇復興」は、「たしかに正しい方向への第一歩」であり、これが、演劇の真髄は言葉すなわち「詩」とみなす、そしてまた、詩人でもあるフレイザーの見解である（Fraser 229-30）。

　本章は、フレイザーの解釈を確認したうえで、ただし、その解釈や評価にはあえて逆らって戦間期英国演劇を再読することにより、その歴史的意味を再考する可能性を探る。最終的に取り上げることになるのは、まったく評価されないドゥディ・スミスの、だが「郊外家庭劇」とは異なる、劇テクスト『サーヴィス（Service）』（1932）になるのだが、その前に、フレイザーによる「郊外家庭劇」の定義や物語範型にあてはまるあるいは近似しており、当該サブジャンルの代表的作家として挙げられているスミスの『今日はこれまでにしましょう（Call it a Day）』（1935）について、フレイザーの解釈図式にとりあえず従い

ながら再確認してみなければならない。

　スミスによって書かれたこの劇テクストは、ロンドンの郊外を舞台にしている。そしてまた、ヒロインが、「トロピカル（tropical）」（Smith *Call it a Day* 59）な「大英帝国のバックボーン」（Smith *Call it a Day* 61）といったイメージに結びつけられるゴム栽培に携わった（rubber planter）東洋帰りの男性と恋に落ちそうになるが、最後は、20年添い遂げた夫（若い女性と浮気しそうになった）と和解する物語を描いている。なるほどたしかに、戦間期英国国内で穏やかで平穏な毎日を送るドメスティックな空間に姿をあらわし侵入するゴムのプランテーションをおこなう中年男性が登場するとはいえ、「郊外家庭劇」とみなしうる『今日はこれまでにしましょう』というテクストの主要な舞台となるのは、海を越えた国外のそれも極東の植民地と思しき場所やその地政学的状況などではなく、すでに確認したように、ロンドンの郊外にあるごく普通の家庭である。この「温かみのある多くを求めないリアリズム」を観劇に訪れる公衆や大衆たちに提供する劇テクストは、ユーモアやときにちらりとのぞかせるウィットなどをともなう観察で味付けされて不思議なマジックをみせられているようであるとはいえ、「芝居を見に来るであろう何千もの家族と同様に、同じ時代に、ごく普通の環境でごく普通の生活を送るごく平凡な家族」を描いたものであった[5]（Huggett 171-72）。

　『今日はこれまでにしましょう』の作者スミスは、デビュー作『秋スイセン（*Autumn Crocus*）』（1930）により一夜のうちに名声と成功を手に入れたのだが、当時の新聞報道は「ショップ・ガール作の芝居が大成功」と素人のまぐれ当たりで2匹目のドジョウはいないといわんばかりの反応だったらしい。その後3年以内に続けて二つの成功作を産み出し「ショップ・ガール作の芝居」という誤った伝説を覆していたのがスミスであり、ほかのどんな劇作家たちにもまして、彼女が産み出したいくつものテクストは、「1930年代の縮図であった」（Huggett 171）とみなされる。というのも、内容においてもスタイル

においてもオリジナリティがあるわけでもなくパイオニアでもなかったものの、なによりも、彼女が得意とした題材や主題が、すなわち、新たに編制されたモダンなしかしあくまで英国的なライフスタイルの舞台となるホームあるいは家庭生活が、重要な歴史的意味を帯びていたからだ。

　興味深いことに『今日はこれまでにしましょう』の興行を、スミスはビンキー・ボーモント（当時はまだ彼のメンターであるハリー・テナントと協働であったが）に任せることになる。ボーモントと彼が率いるH・M・テナント社は、第二次世界大戦後の英国演劇界すなわちウェスト・エンドにおいて「黒幕（eminence grise）」といわれるほどに支配力を獲得するようになるのだが、1930年代半ばにH・M・テナント社を立ち上げるひとつの契機ともなったのが、このドゥディ・スミスの成功であった（Huggett 171-89）。スミスの芝居の興行が成功した1年後、ボーモントは再び彼好みで商業劇場向きの芝居の書き手スミスによる新しい劇を2本興行することになる。女優志望の3人の少女と芸術家志望の3人の若者との間の型にはまらない無鉄砲ともいえるロマンスを描いた1本目『ボンネット・オーヴァー・ザ・ウィンドミル（Bonnet over the Windmill）』（1937）は、芳しい結果をえられなかったが、間髪入れずスミスが得意とする家族を主題に執筆された2本目の『ディア・オクトパス（Dear Octopus）』（1938）は、スミスのキャリアのクライマックスで最大そして最後のヒット作となった（Huggett 227）。この劇テクストが描くのは、エセックス北部すなわちロンドンの郊外のカントリーハウスを舞台に、70代のランドルフ夫妻の金婚式のお祝いにその子ども・孫が集うファミリー・ユニオンの物語である。郊外に住む主婦を主人公として彼女をとりまく家族が抱えるさまざまな問題がドメスティックな空間で解決されるさまを提示したこの劇テクストも「郊外家庭劇」の一例であることは明らかであろう。たしかに、「郊外家庭劇」のパターンに合致しているこの劇テクストは、フレイザーの評価によれば、英国17世紀以来の散文劇の

終焉を印しづけるものであるが、20世紀とりわけ戦間期のウェスト・エンド劇場文化の変容・転回を示しているものである、ともいえるのではないだろうか。

　具体的には次のセクションで論じることになるが、ここで問題にしたいのは、もうひとつ別の、現在の英国演劇研究でも文学・文化研究でもまったく評価されないドゥディ・スミスの、だが郊外家庭劇とは異なる劇テクストの存在だ。ロンドン郊外のカントリーハウスで家庭生活を送る家族を主要キャラクターとしつつも、倒産による店じまいの危機に晒されているロンドンの老舗デパートメント・ストアを主題化した『サーヴィス』というテクストを、いわば戦間期英国の劇場のアレゴリーとして、どのように解釈するかということだ。

## 3　客間劇からプロフェッショナル劇への移行の歴史化あるいは地政学的な規定の解釈

　流通業において黄金時代にあったといわれる戦間期の英国デパートメント・ストアに挑戦しその覇権を脅かす新たなライヴァルとしてウルワースをはじめとするチェーン・ストアや協同組合運動が出現しつつあるときに、セルフリッジ、あるいはハロッズ、デベナムのような「スケールとスコープ」を基盤にした科学的なマネジメントを導入し広告費にも多額の資金を投資することができた場合とは違い、決して大規模でもなければモダンでもなさそうなファミリー・ビジネスをソーホーで経営するロンドン郊外の家族の物語をどのようにとらえ直したらよいのか。フレイザーによる　「郊外家庭劇」の定義に近似し[7]ウェスト・エンドで商業的に成功したテクストの存在を一応、確認したうえで、本章の以下の議論では、フレイザーの演劇の歴史とその価値評価にあえて逆らうような再読を試みたい。言い換えれば、「郊外家庭劇」の物語範型やパターンからある種の特異で興味深いズレや差異を提示するスミスの『サーヴィス』を取り上げることにより、ホームあるいは家庭生活を舞台にかけたスミスの演劇テクストの歴史的意

味や価値を、ナショナルな空間だけでなく、ヨーロッパのリージョナルな空間をも含むグローバルな地政学的関係性においても再考する可能性を探りたい。

　まず、ドゥディ・スミス『サーヴィス』の基本構造を確認しよう。タイトルの「サーヴィス」は、主人公の名前であり、そしてまた、彼が経営する老舗デパートメント・ストアの店名でもある。主人公は、先妻との間に長男マイケルと長女キャロラインの二人の子どもがあり、数年前に、20歳年下のイゾベルと再婚した50歳の英国人男性ガブリエル・サーヴィスで、ロンドンのソーホーで18世紀に反物小売業ガブリエルと家具職人マイケルの二人のサーヴィス兄弟によって創始され20世紀初頭までに5階建てのデパートメント・ストアに拡張・発展し200年にわたって継承されてきた老舗「サーヴィス」の人望ある現社長である。世界大恐慌の影響で、経営難に陥っているという商売上の問題だけでなく、年下の妻の不倫をはじめとして、家族間の問題も抱えている。住まいは、バークシャーのカントリーハウスであることも、忘れずに付け加えておこう。

　プロットは、世界大恐慌の影響で、老舗のデパートメント・ストアの経営難さらには倒産の可能性に直面したガブリエル・サーヴィスが、安売り戦略を武器に近年郊外から地方都市へと拡張する新興商店主ストーナー氏による企業買収のオファーを受けようとするものの、家庭を顧みない仕事人間であったために距離ができてしまった年下の後妻との別離・夫婦関係解消をきっかけに、先妻の子どもたちとの絆を結び直すことにより──（跡継ぎとしての自覚の欠如に対して失望していたが）不況を乗り切るためにモダンな家具をデザインしていた息子マイケルのひそかに有していた店と商売に対する真摯な情熱を知る、と同時に、（贅沢慣れしているとみなしあてにしていなかった）娘キャロラインの会社業務に対する協力も得る──、ストーナー氏からの買収というオファーを断り、最後は、古い大型定期船のレジャー用クルーザーへの改装とともに息子デザインによるモダンなスティール家

具の注文を受け取る可能性とともに経理担当者から財政回復の兆しを提示され、苦境を乗り切る物語である。この最後の注文受注は、主人公の老舗デパートメント・ストアが苦難を乗り越え存続することになるハッピー・エンディングを可能にするという点で、Ａ・Ｊ・グレマスの物語論でいうところの「贈与者」の機能を担っている、といってもよいだろう。テーマは、英国の流通業・サーヴィス業における労働ということになろうか。また、テクストの基本構造あるいは主題構造を規定する二項対立は、老舗のデパートメント・ストア vs 郊外から地方都市へと拡張する新興商店と、とりあえず、みなすことができそうだ。

　冒頭のサーヴィスとその秘書ジェフリーとの会話には、店の拡張の軌跡と、さらなる発展、ハロッズやセルフリッジの規模にもいずれは到達する願望・可能性が示されている。

> GEOFFREY:　　It's fascinating to think of. Two little bow-fronted
> 　　　　　　　growing into a great departmental store.
> SERVICE:　　Oh, come, Geoffrey—we're not as large as all that. You
> 　　　　　　　talk as if we're Harrods and Selfridge's rolled into one.
> GEOFFREY:　　No reason why we shouldn't be one day, sir.
> 　　　　　　　　　　　　　　　　　（Smith *Service* 131-32 下線筆者）

この店舗の歴史が振り返られるノスタルジアは、共同経営者ジェイムズ・フェルトンにより示される店の予想以上の窮状とリストラの必要性、リストラ候補のリストの提示によって妨げられ、サーヴィスは長年勤務した忠実な従業員ティモシー・ベントンに解雇を言い渡すことを余儀なくされる。１幕１場で提示されているのは、セルフリッジやハロッズにも匹敵するかという時代と世界大恐慌の時代との、先妻の時代と後妻の時代との、対立だけではない。そうした時代やジェネレーションの差異・対立を通じて表象されるのは、老舗デパートメン

ト・ストアと郊外から地方都市へと拡張する新興商店との間の階級関係の矛盾あるいは階級再編の問題として提示されている。

　老舗デパートメント・ストアと郊外から地方都市へと拡張する新興商店との対立・矛盾は、表面的なレヴェルでは、後者の経営者についてとても肯定的とはみなすことのできない姿やイメージに読み取ることができるかもしれない。経営不振に直面するサーヴィス百貨店に「方策（scheme）」があると面会に訪れるストーナーが経営する店舗は、テクストにおいては「金儲け（making money）」を専らとする「いまや郊外から地方へと広がる（spreading from the suburbs to the provinces now）」サーヴィスにとって「忌み嫌う類の店（one type of shop I abominate）」として（Smith *Service* 184）、さらにサーヴィス百貨店を解雇された従業員の声を通じて「安物で利益をねらう節操のない成り上がりストーナーのような店が200年も続く老舗を飲みこむ（A cheap-jack mushroom shop like Stoner's swallowing a firm that's been going over two hundred years）」行為は「冒涜（sacrilege）」以外のなにものでもない（Smith *Service* 219）というように、非常に否定的なイメージで提示されている。老舗デパートメント・ストアを脅かす郊外から地方都市へと拡張する新興商店のイメージは、さらに、次のように描かれる。サーヴィス百貨店のような有名な老舗が新興スーパーマーケットに買収されるという情報を、自分の店の宣伝となるように確定前に各種新聞にリークし、このニュースをポスターとして表沙汰にするようなあざとい行為をするような輩、すなわち、「腐ったにやつき顔の小僧」としても舞台にかけられるが——"The rotten grinning little tyke—he's given the news to the papers. They've got a poster out—'Famous old Firm changes hands.'"（Smith *Service* 229）、これはどのように解釈することができるであろうか。

　米国型のスーパーマーケットやチェーン・ストアが、戦間期英国において、新たな流通業界のプレーヤーとして抬頭・発展し、デパートメント・ストアに対する脅威となっていたことはすでに言及した。

デパートメント・ストアとスーパーマーケットとを、階級という視点から、比較するレイチェル・ボウルビーによれば、デパートメント・ストアでのお買い物は、有閑中産階級が大都会の空間でおこなうものである一方で、20世紀の流通業の大変革であるスーパーマーケットとセルフ・サーヴィスは、正反対の方向から訪れた。贅沢に変わって、提示されたのは「機能性と標準的な製品（functionalilty and standard products）」、サーヴィスを受ける快楽に変わって、消費者は「自分で労働することで節約できること（on saving money by doing the work themselves）」に喜びを感じるようになった。デパートメント・ストアが中産階級にファッションの魅力をもたらすのに対して、「スーパーマーケットは大衆に安価な食料品を届ける（supermarkets brought cheap food to the masses）」（Bowlby *Carried Away* 7-9）。

　一方、英国のデパートメント・ストアの歴史を、社会史的にとらえようとするビル・ランカスターによれば、チェーン・ストアの激増は疑いもなく、デパートメント・ストアに対する「主要な脅威（undoubtedly posed the major threat）」となっていたのはたしかだが、この現象は決して新しいものではない。W・H・スミスがかの新聞販売と書店のチェーンを設立したのは完全なるデパートメント・ストアが数々登場した1880年代であったし、ウルワースが、米国から単価制の商店という概念を取り入れたのは、1909年にリヴァプールに1号店を開店したときだった。ただし、これらの動きはいずれもデパートメント・ストアの脅威とはならなかった。ウルワースが影響をおよぼしたのは、マークス＆スペンサーのような市場の最下層部に絞って商売している英国内の店舗であった。このようなウルワースの侵略に対抗したマークス＆スペンサーは、その低価格取引をやめ、上層労働者階級や下層中産階級の顧客をターゲットとして質のよい商品に特化することによって、市場に劇的なかたちで店を再配置させた。この戦略は、20世紀英国においてもっとも成功した店舗の例であり、この成功こそ、デパートメント・ストアに対する深刻な挑戦であった。というのも、

マークス&スペンサーの新たなイメージ戦略の中心的商品である婦人・子ども服は、デパートメント・ストアにとっても核となる部門であったからだ。この脅威は、C&AやBHS（British Home Stores）といった衣料品チェーン店のハイ・ストリートへの登場によって、さらに増すことになった（Lancaster 85-86）。

　戦間期、とりわけ1925年以降、婦人服業界においてチェーン・ストアやその支店の数が比較的急速に増加したが、これは、これらの店舗が生産や需要の変化をうまく利用して成功したことにあった。チェーン・ストアは、「ストッキング、レイヨン製の下着、そして豊富な種類で低価格でファッショナブルな既製服をお直しの必要がないようさまざまなサイズ（fully-fashioned stockings, rayon underclothing and a wide selection of low-priced and fashionable ready-to-wear outer clothing in stock sizes）」で、消費者に提供した。外衣についていえば、チェーン・ストアが特に成し遂げたのは、「労働者階級や下層中産階級の収入範囲内で入手できる仕立てのいいファッショナブルなドレス、スカート、ジャケットやコート（well-cut and fashionable dresses, skirts, jackets and coats within the range of working-class and lower-middle-class incomes）」の提供だ（Jefferys 341-42）。

　流通業を前景化したこのような歴史をあらためて階級再編という観点から振り返ってみるなら、どのようにまとめることができるだろうか。ひょっとしたら、スーパーマーケット、チェーン・ストアの抬頭は、19世紀末から20世紀にかけて、労働者階級や下層中産階級の若い女性が選択する職業が変容したこと、事務員やタイピストなど労働市場に姿をあらわしその存在価値をましつつあった「働く少女」たちの増加と無関係ではないのではないか。

　本章は『サーヴィス』と「郊外家庭劇との関係性」について再考することを最終的な目的としているが、そうした作業をはじめる前に、この劇テクストに関する近年の解釈に言及しておくのも無駄ではないだろう。プロフェッショナル劇としてスミスの劇作家としての仕事を

英国戦間期に位置づけなおすという試みだ。「郊外家庭劇」というジャンルは、その後、英文学史のなかで継承されることはなかったものの、20世紀末から21世紀にかけて、あるいは、ポスト冷戦期、戦間期英国演劇の再評価が開始された頃――もしくは、ミドルブラウの読み直しが始まった頃といってもいいかもしれないが――、「プロフェッショナル劇（professional plays）」という別の衣を借りて、再登場することになる。

　エドワード朝の遺産を探りながら、劇場と社会の関係性という視点から、戦間期英国演劇の再解釈を試みるバーカーは、その時代にみられる社会構造の変容を、劇テクストの「場」あるいは物語が展開する「空間」の変容に、別の言い方をすれば、「格下げ」に、探っている。すなわち、サマセット・モームの劇テクストの舞台になったロンドンのメイフェアの客間や株ブローカーのカントリーハウスの「客間」から、多種多様な女性の労働の表象をともなうさまざまな職場――ウェスト・エンドのドレスメーカー、ロンドンの弁護士事務所、ロンドンのデパートメント・ストア――への移動。こうした格下げは、新たなジャンルの演劇「プロフェッショナル劇」の登場と連動している、とバーカーは述べている（Barker 24-25）。言い換えれば、そうした変容・格下げに炙り出されるのは、下層中産階級があらたに取りこまれナショナルに再編される階級の問題を孕んだ関係性ではなかっただろうか。そして、そうした社会構造や階級再編の際に重要な媒介や翻訳の機能を果たしたのが、すでに王政復古期から18世紀にさらにヴィクトリア朝中期に上層中産階級との「妥協」をはたして「和解」を遂げていた貴族的な上流階級あるいはエスタブリッシュメントの「文化的形式」にほかならなかったのではないか。

　また、『ケンブリッジ英国演劇史』において1918年から25年にかけてのロンドン演劇の章を担当したマギー・B・ゲイルは、「プロフェッショナル劇」というセクションにおいて、フレイザーが「郊外家庭劇」の劇作家のひとりとしてドゥディ・スミスに続いて名前を挙げて

いたジョン・ヴァン・ドルーテンに言及し、ロンドンの法律事務所という職場の男女の関係を描いたテクスト『ロンドン・ウォール（*London Wall*）』（1931）という彼の芝居を取り上げている。ゲイルによれば、この劇テクストは、1930年代の多くの女性劇作家たちが用いた「家庭喜劇の定式（the formula for domestic comedy）」を借用しながらも、職場・職業という要素を前景化しており、ロンドン大学のイタリア語教授で英国演劇に関する研究書の英語翻訳を出版したカミロ・ペルッチが1930年代当時提示した職場・仕事の特質・職業生活と職場のヒエラルキーに焦点をあてた「プロフェッショナル劇」に分類される、[8]としている（Gale "The London Stage" 162-63）。ヴァン・ドルーテンのテクストを、多くの下層中産階級の女性にとってはロマンスが実を結ぶ空間として職場を描きながら、恋愛やセックスから階級・職業生活の問題へと主題を拡張しているものと、ゲイルはみなしている。その一方で、「プロフェッショナル劇」のなかでも「働く少女」あるいはその集団性という点で、女性の職業空間に提示される階級、ジェンダー、そして、仕事、権力と経済的なものとの関係に疑問を呈しながら、多様な階級の女性間の集団性を提示するファッション業界を主題としたエイミー＆フィリップ・ステュアート『9時から6時まで（*Nine Till Six*）』（1930）にも注目していることにも注意しておこう（Gale "The London Stage" 162-63）。

　フレイザーの「郊外家庭劇」と重なりながら完全に一致するわけではない一連の劇テクストを「プロフェッショナル劇」として提示するゲイルは、スミスの『サーヴィス』を、「郊外人種」として姿をあらわした下層中産階級のみを問題にするフレイザーとは違って、異なる二つの階級という視点から解釈していることは、見逃してはならないポイントだ。ゲイルによれば、スミスの『サーヴィス』のもっとも興味深い点のひとつは、二つの異なる階級の家族が経済危機を乗り切る様子であり、そして、それが彼らの生活に与えた影響の表象のやり方である、という。百貨店経営者サーヴィス家の場合は、一家が直面し

最後には乗り切る買収の危機が家族の個人それぞれに影響をおよぼすさまが描かれる一方で、百貨店から解雇された古株の従業員ティモシー・ベントン一家では、下層中産階級の家計を切り盛りするベントン夫人が、夫の解雇により生じた窮状に晒されるだけでなく、一家の雑役婦に残業を提供することもままならなくなるほど苦悩するのだが、やはり、サーヴィス家とは異なるかたちで乗り切る結末が提示されることになる。居間を改装してはじめたカフェで、ベントン夫人のシェフとしての料理の才能に敬意を払いながら、店の経営を取り仕切る息子ウィリーは、いずれは店をサーヴィス百貨店の縮小版のようなチェーン・ストア（a chain of stores）——たとえば、ライオンズのような——に拡張する大志を抱いている[9]。ゲイルは、異なる階級の家庭の女性が家族の危機に際し、労働力として加わるか否かという点にも目を配ることで、階級の再編あるいは階級間の和解を論じている（Gale *West End Women* 100-1）。

ライオンズ・コーナー・ハウス
1909 年第 1 号店コヴェントリー街に開店（Ross and Clark 243）
『サーヴィス』のベントン家長男ウィリーの大志？

このように、ゲイルによる『サーヴィス』再考は、二つの階級に目を配りながら、異なる階級が和解・協力し、危機を乗り越え、ラディカルな階級編制を回避し、既存の社会階級秩序を保持したままナショナルな結束を言祝ぐというものであり、ノエル・カワードの『カヴァルケード（*Cavalcade*）』（1931）や『幸福なる種族（*This Happy Breed*)』（1942）に通ずるナショナルなポピュラー・カルチャー（Esty）やふつうの「『人びと』表象」（武藤・糸多）と同様の立場からの解釈とみなせるかもしれない。

## 4　『サーヴィス』の地政学的な解釈のために

　『サーヴィス』の結末において、サーヴィス百貨店は、「グレイ・ファネル・ライン会社（the Grey Funnel Line）」所有の古い大型船舶のレジャー用クルーザーへの改装の注文をいわば贈与として受け取る可能性によって、新興スーパーマーケットによる合併・吸収を回避して危機を乗り切ることができるのだが、その改装にあたっては息子マイケルがデザインしショウ・ウィンドウにディスプレイされていたスティール家具を取り付けることが要望されており、そしてまた、この特別な注文・取引を交わす相手としてアメリカ人インテリア・デコレーターが姿をあらわす。こうした結末を可能にした歴史的状況とはなんだったのか、言い換えれば、『サーヴィス』で展開・転回される物語の内部にひそかにコード化され刻印された地政学的関係とはいかなるものだったのか。

　『サーヴィス』の3幕3場は、主人公サーヴィスが、スーパーマーケットの脅威を回避し、後妻イゾベルとの別離により先妻の子どもたちとの絆を結び直し家庭内の問題も解決したことに加えて、サーヴィス百貨店にとってのさらなる吉報を得る場面である。

> BIRKENSHAW:　…　(*He pauses a second.*) I've had a bit of an enquiry. <u>Gentleman</u> wants <u>to furnish a liner</u>.

ショップ・ガールと英国の劇場文化

MICHAEL:　　What!

SERVICE:　　A bit of an enquiry! My dear good Birkenshaw, you're not seriously suggesting that someone wants to furnish a liner here?

BIRKENSHAW:　　That *was* the gentleman's idea.

SERVICE:　　I'm too old a man for shocks like this. What gentleman— what liner?

BIRKENSHAW:　　It's the Grey Funnel Line, sir—they're fitting out some of their older boats as pleasure cruisers—got to make them a bit showy. That's the gentleman's card. (*Hands it.*)

MICHALE:　　But shall we get it? Isn't this type of job terribly competitive?

BIRKENSHAW:　　We shall have to cut our prices a bit—but we've a good chance. You see, they've taken a fancy to some of our steel furniture. Saw it in the big window—the one some of us old-fashioned ones have been having a bit of a laugh at.

SERVICE:　　So much for laughter, Michael.

MICHAEL:　　(*excitedly*): I say, who is this man?

SERVICE:　　*hands him the card.*

BIRKENSHAW:　　He's an interior decorator, in charge of the whole job—an American. I think, sir. Of course when he said it was a liner I took it for granted he'd want to do it up Tudor or Jacobean or something suitable, but he seemed to want it to *look* like a liner. (Smith *Service* 238 下線筆者)

この場面で、サーヴィスは、百貨店の家具営業部のバーケンショウから、ある紳士からの大型客船の内装の装備に関する問い合わせについて連絡を受ける。問い合わせの内容は、グレイ・ファネル・ライン会社が、古い客船の何隻かを「少しばかり人目をひくような（a bit showy）」タイプの「レジャー用クルーズ（pleasure cruisers）」に改装

①

②

③

① "Cunard Line—To All Parts of the World," poster, printed by Thos. Forman & Sons Nottingham, United Kingdom, 1920s, Chromolithograph. Gift to the American Friends by Leslie, Judith and Gabri Schreyer and Alice Schreyer Batko. V&A: E. 1829-2004 (Finamore and Wood 14)

② "Empress of Britain," poster for Canadian Pacific Railways, designed by J. R. Tooby, printed by Sanders, Phillips & Co. London, United Kingdom, 1920-31 Colour lithograph Given by the Canadian Pacific Railway Co. V&A E. 2215-1931. (Flood 36)

③ "Normandie: Le Havre—Southampton—New York," poster for the Compagnie Générale Transatlantique, designed by A. M. Cassandre Paris, France, 1935 Colour lithograph Gift of Stephen S. Lash, 2006. Peabody Essex Museum: M27778. (Flood 37)

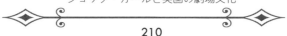

することを希望しているということだ。競争は激しい(competitive)が、若干の割引で商売獲得の見こみはかなりあるらしい、この問い合わせの内容について、われわれは、注意深く吟味してみなければならない。

　百貨店の危機を乗り切る契機となっているのは、サーヴィス百貨店経営者の長男マイケルが、国内の「ポリテクニックだけでなくベルリンやパリで（At the Polytechnic and elsewhere）」（Smith *Service* 172; 225）学んだ、モダンなデザインがそれだ。すなわち、「テューダー様式やジャコビアン様式がふさわしい（Tudor or Jacobean or something suitable）」と考える旧世代には笑いの対象にしかならなかった、「ショウ・ウィンドウに飾られたスティール製の家具（some of our steel furniture... in the big window）」（Smith *Service* 238）が、重要な意味をもっていることがわかる。

　グレイ・ファネル・ライン会社という架空の企業から想起されるのは、英国の大手海運会社やそうした企業が運営する大型客船であり、「人目をひく」ものとしてスティール家具がその内装に採用されるのは、いったい、なぜなのか。その歴史的条件を、1930年代のヨーロッパ諸国における造船計画とそのデザインに関する状況に探ってみよう。

　第一次世界大戦後、ヨーロッパ各国において、産業復興のための造船計画が促進された。1929年のウォール街大暴落による中断にもかかわらず、戦間期には大型客船建設に多大な投資がなされ、大西洋航路に富裕層を引き付け造船会社は財を増大させた。この大西洋航路をめぐり繰り広げられた国家間での激しい競争により、大型客船の傑出したデザインとして確立されたのが、アール・デコとよばれることになる工業デザインあるいはきわめて特異な歴史的契機を刻印したポピュラーな文化形式であった（Wood 120）。豪華な一等船室の旅を人間的に楽しむことを機能的に可能にする一方で船の機械的な諸要素をひたすら追求するというダブル・スタンダードが、大型客船に取り組むモダニストたちが抱いた見解の特徴であり、こうした難問を解決す

るために考案されたのがアール・デコあるいはモダン・デザインの概
念であった。つまり、旅行者たちが心地よい芸術的美や贅沢さを経験・
享受するために必要な機能と物質的素材とはどのようなものでなけれ
ばならないのか、船の工学・設計という観点からとらえ直されたとい
うことだ。そして、それに対するひとつの答えが、1933 年にフラン
ス鋼鉄技術斡旋事務局（=OTUA：建設・デザインにおけるスティー
ル製品の潜在的能力を斡旋する産業団体）が多くの建築家、デザイ
ナー、建設会社に対してなしたすべてスティール製の船室デザインの
委託であった[11]（Benton 237）。このような完全スティール製の船室建
設は、G・A・ハーヴェイ社、ロネオ・オブ・ロンフォードやアート・
スティールなどによって実験的に試みられたが、より実践的なレヴェ
ルでは、フランスの OTUA のチーフ・デザイナーが遮音と耐火機能
のあるスティール製の衝立の詳細な設計図をまとめた。また、アール・
デコから分派し UAM（現代芸術家連盟）を結成したアール・デコと

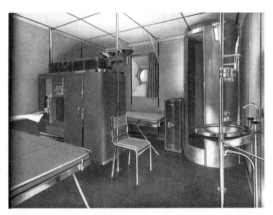

サーヴィス百貨店の救世主？スティール製の一等船室用家具のイメージ
（Benton 241）
First-class cabin for the OTUA competition for all-steel cabins,
by Réne Herbst with Établissments Paul Brés,
Krieg et Zivy and Matériaux légers Calex,
from Acier（1935/8）
Phillips Library, Peabody Essex Museum.

ショップ・ガールと英国の劇場文化

モダニズムの境界線に位置するデザイナーたちはスティール製のパイプ家具のデザインを試みた。デザイナーや建築家が直面したのは、すべてスティール製で耐火性のある船室をいかに船の乗客たちに魅力的に見せるかという問題だった。その問題解決の試みの一例として、UAM 会長のマレ＝ステヴァンスによる三等船室のエレガントなデザインが挙げられている。戸棚を「作り付け」にし、ほかの装備、ベッドも洗面台も、すべてステンレス・スティール製にしたそのデザインは、機能的かつエレガントな船室を実現した。こうしたデザイナーたちが、モダニストの見解から大型客船に関する美学的ならびに技術的な双方の問題解決にもっとも近い位置に到達したことになる（Benton 237-41）。

　英国についていえば、ヨーロッパ諸国で造船計画が進行するなか、1920 年代には、「船のための船」のデザインではなく、「巨大な海に浮かぶホテル（gigantic floating hotels）」のような壮麗な内装デザインを志向していたが、1930 年までには、英国の船舶デザインは、より冒険的な試みを実践する他国に後れを取るようになっていた。ドイツでは、度を越した贅沢な趣向は純粋なフォルムとしゃれた外形にとって代わる傾向にあった。そのようななか、アート・パトロンとしてのオリエント・ラインの船舶を運営する海運会社の一族であるコリン・アンダーソン卿は、オリエント・ラインの船舶のデザインを近代化しようと試みた。バウハウスを称賛し、1930 年にはいまだ概念としてほとんど認識されていなかった現代建築とデザインに精通していたアンダーソンは、船舶デザイン史におけるランドマークともいわれるオリエント・ラインの『オリオン号』のデザインにかかわった。アンダーソン卿が採用したのは、モダンで実用的な内装の家の建築を実践していたブライアン・オロークというニュージーランド出身の若い建築家だった。1934 年に完成した『オリオン号』は、船体の輪郭を生かしながらその美しさを高めるべく完全に調和されモダンでユニークかつ革命的な船舶となった。これに続いて 1937 年に完成した『オルカデ

ス号』は『オリオン号』同様、「心地よさ」（comfort）に重きが置かれ、そのパンフレットに「不要な贅沢はそぎ取ったデザインと内装」をうたっており、一等船室のバーは光沢あるスティール家具（bright steel furniture）と鮮やかな色彩で輝いていたという（Sekules 22-24）。

　ここでもう少し長期的ならびにグローバルな視座から、アール・デコの歴史をとらえ直してみたい。英国戦間期とりわけ1930年代のアール・デコとは原則的に区別されさらに対立するとされるモダニズム建築の機能主義は英国においてどのように受容されただろうか、あるいはむしろ、どのように歴史的・空間的にナショナルな境界を横断して展開・転回したのか。

　アール・デコ期の英国における工業デザインやモダニズムについての古典的テクスト・基本文献である『アートと産業——工業デザインの諸原則』で知られるハーバート・リードは、モダン・デザインについて提言や意見を示した著作やインスティテュート・オブ・コンテンポラリー・アーツ／ICA の創立・制度化をした人物であるが、彼によれば、近代のもっとも典型的な金属はスティールであった。スティールは、鉄に少量の炭素を配合したものであり、用途は建築その他の構造的な方面にあるけれども、いろいろな種類の道具や器具を作るためにも用いられる（Read 69）。また、ステンレス・スティールやクローム鍍金法の発明で、特に家具や建築の部品に金属を使用する範囲が非常に広がったらしい（Read 75）。鋼鉄やコンクリートの家屋や橋梁の構成と、機械生産による椅子・テーブル・スーツケースなどの装飾の美しさも重視した組み立ての間には、程度の差があるにすぎず、規範的・合理的な範疇でも直観的なそれでも、同一の原理が適用されている、とリードは述べている。たとえば、モダンな椅子のデザイナーは、極端な例をとれば、一定の寸法の鋼管というような、規格化された材料で仕事をするが、デザインの美というよりも機能を重視する建築・建設技師は、規格された型の鋼鉄の桁で仕事をする、規模は異なるが、それぞれのデザイナーと建築・建設師技師は、本能と知

性で仕事を進めていることに変わりはないのだ（Read 101）。

　ひょっとしたら、劇テクストにおいて息子マイケルがデザインしたというスティール家具は、モダニズム建築家で家具デザイナーのマルセル・ブロイヤーや彼の移住先のロンドンで文化的労働に従事した企業アイソコン等々、いわゆるモダン・デザインのイメージやその歴史性と結びついて表象されているのかもしれない。ブロイヤーの出身国ハンガリーの戦間期の状況についてもふれておくなら、1919 年ハンガリー革命によりわずか 133 日でハンガリー・ソヴィエト共和国が倒れたのちホルティ・ミクローシュ将軍のもと政府が右傾化し、ハンガリーはヨーロッパで孤立し、1925 年パリで開催された展覧会のような国際外交から切り離されていた。さらに、ハンガリー革命を支持したアヴァンギャルドな芸術家たちの多くは、亡命を余儀なくされ、そうしたなかにブロイヤーもいたのだ（Crowley 199）。その後、ブロイヤーは、1920 年にドイツのバウハウスで学び「ワシリー・チェア」（モデル B3 チェア）として知られるスティール製パイプ椅子で有名になった。さらに、チューリッヒでドルダーサル・アパートメント建設にかかわった後、1935 年に移住したロンドンで英国の建築家 F・R・S・ヨークと協働して 1936 年に開催された理想的住居博覧会（Ideal Home Exhibition）において未来のガーデン・シティ（the Garden City of the Future）のモデルを設計したり、ブロイヤーの重要な転機ともみなされるゲイン・パヴィリオンを協働でデザインしたりした[12]。さらにまた、アイソコン社のジャック・プリチャードに雇用され、ローン・ロード・フラット（Lawn Road Flats）のバーいわゆるアイソバー（Isobar）やレストラン、有名なアイソコン製「ロング・チェア」のデザインなどの文化的労働をおこなった[13]（Powers 54）。

　また、このアイソコンが手がけた継ぎ目のないモノリシックなコンクリート構造の著名な建築ローン・ロード・フラットは、富裕で自由気ままな住人向けの食事・掃除付きの集合住宅であったのだが、ロンドン、ハムステッドにあるこのフラットは、ドイツからの政治亡命者

が英国に到着しはじめるまさにその時期に完成した。この機能主義的アパートメントには、ブロイヤーはもちろん、そのほかにも、ドイツのモダニズム建築家でありバウハウスの創立者でもあるヴァルター・グロピウス、ユダヤ系ハンガリー人写真家モホリ＝ナジ、美術史家E・H・ゴンブリッチ、ル・コルビュジェ、そして、戦間期英国の「保守的モダニティ」あるいはまた近年のミドルブラウ文化研究においてもおなじみの名前であるアガサ・クリスティーが居住していた（Weber 55）。

　アール・デコとは異なる建築において機能主義を追求したモダニズムは、英国では限られたかたちでしか成功しなかった、もしくは、ほとんどそのままのかたちでは受容されなかった、といわれる。建築家のなかにはクラシカル・モデアン（classical moderne）からモダニズムへと進む者もいたが、ヨットクラブの建築に蒸気船のスタイルを使用したり、サミット・ハウスの建築やオリンピア見本市会場の新たなファサードを建設したりしたジョゼフ・エンバートン、折衷的でファッショナブルなオリヴァー・ヒルらもいる。機能主義者たちの多くは社会主義に動機づけられ、公的住宅供給計画にかかわったが、その一方で「おしゃれ好き」向けの機能的なヴィラの建設をおこなう者もいた（Weber 53）。第二次世界大戦後は、英国のみならず世界の大半の諸国において、低価格と効率性という含意もあって、機能主義はアール・デコに完全に取って代わることとなった。主要な機能主義者たちの多くは、間もなく、米国へと大西洋を越えて移動する——最終的には渡米するブロイヤーもそのなかに含まれる——、他方、より厳格な機能主義者たちは、いかなる装飾の名残も剝ぎ取り、そのデザインは社会主義のイデオロギー的な表現になった（Weber 55）。

　このような、1930年代のヨーロッパの造船業における船舶デザインの歴史的状況を確認したうえで、劇テクスト『サーヴィス』で展開・転回される物語の内部にひそかにコード化され刻印された地政学的関係を解釈してみたい。言い換えれば、ロンドンの老舗デパートメント・

ストアを主題化したこのテクストは、どのようにこの時期の劇場文化のアレゴリーとなっているだろうか。

　アール・デコの契機あるいは「起源」とされる 1925 年のパリにおける装飾芸術展覧会は、フランスが、ドイツ工作連盟の功績に対抗して、自国の装飾芸術のイノヴェーションを国際的な優位性と国際市場における強いナショナル・アイデンティティの地固めとみなした、といわれる。すなわち、20 世紀前半の独仏の政治的・軍事的対立は、その集合的な社会ヴィジョン・規格化されたデザインの原型をもっていたドイツと趣味・テイストやエレガンスの概念を基盤にした独自性・流行・目新しさそしてさらに装飾芸術ならびに純粋芸術の二つの世界の密接な関係の卓越を誇示しようとしたフランスとの、二項対立によってコード化されている (Sparke 124)。この文化的なコードや記号によって媒介される政治的・軍事的歴史状況あるいは地政学的関係は、ロシア革命以降の 1920 年代・30 年代のイデオロギーのレヴェルにおいてとらえるなら、もちろん、共産主義とファシズムとの間の差異・抗争であることはいうまでもないだろう。20 世紀の歴史の展開・転回は、とりわけヨーロッパにおいては、共産主義あるいは社会主義革命が近代工業社会の負の遺産を克服するユートピア社会の代案を提示するとともに反革命のもっとも先鋭な形態としてのファシズムを産んだ——そしてまた、第二次世界大戦後に一応実現・制度化されることになる英国型の福祉国家と変容したリベラリズムの存続への道を用意した——、というエリック・ホブズボームの「短い 20 世紀」の見取り図を思い出しておいてもいいかもしれない。このような歴史的展開・転回こそ、結末のハッピー・エンディングをもたらすスティール家具という記号またコードによって、「郊外家庭劇」のいわば「内部の内部」あるいはマージンに位置づけられるスミスのロンドン郊外のホーム・ドラマが媒介する戦間期のグローバルな地政学的関係にほかならない。具体的には、そうした関係性は、英国のロンドン郊外にあるカントリーハウスに生まれ育ち家族経営するロンドン市内のソーホーの

デパートメント・ストアに働く息子が、ベルリンとパリへグローバルに移動することで獲得したスティール家具を含む工業デザインに関する経験あるいは実践的な教育を経て、帰国後、ロンドンにおいて破産・買収の危機にあるデパートメント・ストアを救済する、という歴史的軌跡として提示されている。ほぼ完全に忘れ去られ現在にいたるまでなお十分な研究対象として取り上げられ評価されてこなかったにもかかわらず実のところ英国文化において特異な様態においてポピュラーであった『サーヴィス』というテクストは、単なるポピュラー・カルチャーあるいはミドルブラウ文学として再評価されるというよりは、むしろ、このように戦間期英国の劇場のアレゴリーとして、読むことができる。別の言い方をするなら、極東の植民地やアジア・太平洋の地政学的空間を指し示すのとは異なるやり方で、「郊外家庭劇」の「内部の内部」から差異化され分派した『サーヴィス』というスミスの劇テクストは、戦間期にグローバルに転回した芸術・デザイン運動によってこそ、解釈されなければならない。

　また、いうまでもないことだが、いわゆる「世界戦争と革命の時代」のその後の歴史的過程で出現するのが、冷戦あるいは資本主義と社会主義というイデオロギーの二元論的な対立の時代にほかならず、覇権国アメリカの冷戦イデオロギーとしてのリベラリズムは、文化冷戦においては、非政治的なモダニズムというハイ・カルチャーによって代理表象されたことも、周知のとおりだ。しかしながら、『サーヴィス』という劇テクストが指し示す米国は、戦間期米国のアール・デコおよびそのマス・ユートピアの可能性を孕んでいる。それと同時に、そうした米国とのトランスアトランティックな空間に転回・拡張される商業的・文化的絆を結ぶ英国は、「保守的モダニティ」という新たに定義されたイングリッシュネスに味付けされた、ごくごくありふれたどこにでもあるようにすら錯覚してしまうような、ロンドン郊外のホーム・家族というきわめてドメスティックな空間によって、チャーミングに表象されるもしくは舞台にかけられているのではないか。新興

スーパーマーケットによる合併・吸収という危機を乗り越える際に、サーヴィス家のマイケルにいわばグローバルな空間において贈与されたグレイ・ファネル・ライン会社のレジャー用クルーザーの改装とりわけそこに装備されるスティール家具のモダンで機能的なデザインには、たとえ断片的であれ、結局のところ保守的にしかみえないリベラリズム──「おしゃれ好き（fashion conscious）」（Weber 55）あるいは「贅沢の民主化」（Sparke 127）という「趣味」によって提示されるような──が読み取れる。また、そうしたきわめて英国的なイデオロギーと、モダニティという歴史性を共有しながら、抗争したり矛盾を孕んだりしながら共存した、無駄な装飾を省いた機能優先かつまた低コストと効率性を追求することで集合的なヴィジョンを表現しようとした社会主義のユートピア的衝動が歴史的に存在したのだ。言い換えれば「縮小した島」に再定義・再表象された平穏でのどかなふつうの英国・イングランドというあり方自体が20世紀のグローバルな地政学のうちに存在しており、そうした英国・イングランドがモダナイゼーションや断片化・機能分化・物象化への対応にほかならなかった、と解釈することができる。

　戦間期英国演劇は「郊外家庭劇」によって再考されるべきだ。たしかに、ソ連の社会主義リアリズムや中央ヨーロッパのファシズム芸術とは違って、英国の場合には、それまでの大英帝国とブリティッシュネスからの離脱の動きを開始するアイルランドやスコットランドと同時にただし異なるやり方で離脱を模索し、そのナショナル・アイデンティティすなわちイングリッシュネスを再定義しようとしたのかもしれない──突然の死を迎えたというよりはひそかにその姿の変容を成し遂げたリベラル・イングランドとして。ドゥディ・スミスといういまでは忘れ去られたかにみえるが、戦間期当時にはきわめて特別なポピュラリティを誇った劇作家のいくつかのテクストはそのようなイングリッシュネスを表象していることは間違いのないところであろう。ただし、スミスが文化的生産した『サーヴィス』というテクストをあ

らためていま取り上げ読み直してみるならば、「郊外家庭劇」と働く少女・女性に注目することによって、グローバルな消費の帝国アメリカとの関係を探ることがわれわれに要請されていることがわかる。『サーヴィス』を再読することによって指し示されるのは、大英帝国のマネーとパワーと共存・競合しいずれ取って代わることになる消費の帝国アメリカをめぐるナショナルならびにローカル／グローバルな地政学的関係にほかならず、そこには二つの帝国の関係性に代理表象される歴史的移行が表象されていた、ということだ。言い換えれば、戦間期英国演劇の歴史的過程においてみられたショップ・ガールから郊外の主婦への変化・変容は、客間劇からプロフェッショナル劇への移行を示すだけでなく、グローバルに同時多発的に出現したアール・デコというマス・ユートピアともつながっていると解釈されなければならない、ということでもある。

Notes

\*本章は、日本ヴァージニア・ウルフ協会３月例会（2018年３月３日於同志社大学）における東京学芸大学教授大田信良との共同発表「ポスト帝国の『英文学』とG・S・フレイザー——『現代的問題』としての『現代の英文学』の発明」「『郊外家庭劇』と劇作家モームのさまざまな価値——客間劇からプロフェッショナル劇への移行？」に一部負っている。

(1) 観客の変容に注目したバーカーは、1920年代に活躍した劇作家の多くが30年代には姿を消し次の世代に取って代わられたことも指摘してその議論を閉じているのだが、そこでは具体例として、G・S・フレイザーがワイルドの系譜として挙げていたサマセット・モームとフレデリック・ロンズデイルであること、モームが劇作の筆をおいたことを、『シェピー（*Sheppey*）』（1933）の主人公を従来より低い階級に設定し観客の関心を失ったことと関連付けて、言及している。

(2) ノーマン・マーシャルによれば、第一次世界大戦中、劇場は、工場、ホテル、チェーン・ショップ、集合住宅と同様に実業家が所有する財産リストの1項目とみなされるようになったという。こうした演技や演劇を理解しない経営者の手にわたった英国演劇に「恐るべき単調さ」つまりパターン化され画一化された制作・上演が到来し、一見大衆が望むとされる出し物の上演が可能になった、というよりも、ほかの選択肢がなくなってしまったということが指摘されている（Marshall 15）。

(3) ムーアは、王室が後援する慈善公演「ロイヤル・ヴァラエティ・コマンド・パフォーマンス」——ヴァラエティやレヴューを「リスペクタビリティ」をともなう出し物として再生したチャリティー・ショウ——の第1回公演が開催された1912年を、レヴューの始まりとみなしているが、彼が契機とするその年は *The Shop Girl* や *A Gaiety Girl* などゲイェティ・ガールズものに代表される英国ミュージカル・コメディを産み出したジョージ・エドワーズが心臓発作で倒れた年であり、その3年後の彼の死とともに彼が産み出したジャンルも衰退し、それと入れ替わるように、レヴューの担い手であるC・B・コクランやそのライヴァル、アンドレ・シャルロが抬頭してきた（Moore 91-93）。

(4) フレイザーが、ワイルドの直系とよんだモームと「郊外家庭劇」との関係について、自身も劇作家でもあったシューエル・ストークスは、「モームがなんとか長年にわたって維持してきた類の劇テクスト」すなわち、風習喜劇は、「英国に姿をあらわした『家庭劇 (domestic drama)』なるものによって、ついに、舞台から排斥されることとなった」と述べているが、その「家庭劇」の代表としてドゥディ・スミスの名を挙げており、「スミスの芝居の郊外の主婦が舞台に上がり、モームの優雅なレイディたちが舞台を去った（Miss Smith's suburban housewives walked on the stage, Mr Maugham's elegant ladies would walk off.)」ということになる（Stokes 429）。

　ストークスが指摘するようにモームの芝居を退場させたあるいは取って代わったとみなされる1930年代の文化テクスト「郊外家庭劇」であるが、モームの最後の芝居とよばれる一連のテクスト、なかでも（上流）中産階級家庭の主婦を主人公とする『聖火（*The Sacred Flame*)』（1928）と『むくわれしもの（*For Services Rendered*)』（1932）のプロットは、その新たな文化テクストに対する批判あるいはパロディであるとも解釈しうる可能性があるのではないか、このことにつ

いての議論は、別の機会に譲りたいと考えている。

(5) ビンキー・ボーモントの伝記を書くことで、その「黒幕」の存在を通じて第二次世界大戦後にいたる戦間期英国の劇場文化とりわけウェスト・エンドの劇場空間についてのインフォーマティヴな情報を提供してくれる Richard Huggett によれば、魅惑とユーモアと洞察に満ちた『今日はこれまでにしましょう』は、スミスのものした最良の芝居であるだけでなく、階下のキッチンで働く使用人たちの生活を決してえらそうな素振りもみせず共感をたたえて描く点で、間違いなく「民主的」なものでもあった。また、その概要は以下のように要約されている。この芝居で描かれるのは、ロンドンの郊外で、五つの寝室と三つの浴室のある庭付き一戸建てに暮らす、上品な中産階級ヒルトン家のお定まりの日常。物語は、両親が家政婦の出す早朝のお茶で目覚めるところから幕が上がり、この二人が同じ寝室で真夜中に一日の出来事を振り返りながら幕が降りる。父親は、金融街シティの繁盛する事務所で職に就いている会計士、母親は、ハロッズでお買い物、ゲイティ劇場でマチネ観劇、リッツでお茶という一日を送る。詩が大好きで歴代の英国王を崇拝しピアノが得意な女学生の娘は、劇のなかで数少ないウィットにとんだ台詞をいう――「お気に入りの王様がチャールズ2世であるような人間に、ショックを与えることなんてできないわ」――、10代の卒業間近の息子は、自動車に夢中で隣家の娘に恋心を抱いている。そして、19歳になるもうひとりの娘がいて、彼女は肖像画のモデルをしている既婚の画家との恋愛に苦悩している。また、おしゃべり好きなメイド、堅実で信頼できる料理人、そしてさらに、愚痴っぽくふさぎこみがちな雑役婦たちも登場する（Huggett 172）。

(6) とはいえ、ジョン・ギールグッドの猿真似しかできない役者としてはそれほど才能はなかったが、親密な友愛関係を継続しいずれ H・M・テナントの役員の職に就けることにもなるジョン・ペリーと、ビンキー・ボーモントが生活を共にした場所が、（ピカデリーにあったビンキーのフラットのあとで）エセックスのフィンチングフィールドにある邸であったこと、そして、それが実のところドゥディ・スミスから10年の期間借りていたものであったことは、注意しておいていいかもしれない（Huggett 220）。

(7) 戦間期英国のデパートメント・ストアの生産性や国際競争力について、数値的比較をおこない Chandler *Scale and Scope* 等の解釈を吟味した研究としては、たとえば、Scott and Walker "Advertising, Promotion,

and the Competitive Advantage of Interwar British Department Stores." があ
る。Scott and Walker "The British 'Failure' that Never Was?" も参照のこと。

(8) 戦間期の演劇におけるリアリズムの動きとして "professional" drama"
の流行を指摘した Pellizzii も参照のこと。"A last palpitation of pre-war
dramatic realism has been felt in the past years, with the arrival of the fashion
for 'professional' drama" (Pellizzii 282).

(9) ベントン家の長男ウィリーの大望は、以下のように語られる。"Well,
take this shop—how do I see it? As it'll be in the future—a great concern with
branches all over the provinces. And how do you see it—just as a few cakes in
our own bay-window….Why, it's the same thing, only a bit different. It's all a
question of ideals….where'd the world be without ideals? Take the merchant
service, take the romance of commerce,…" (Smith 215 下線筆者). ウィリー
がその夢を語るなかで、興味深いのは、ハリー・ゴードン・セルフリッ
ジが執筆し 1918 年に出版された *The Romance of Commerce* へのひそか
な言及がある点だ。

(10) 『サーヴィス』最後に登場しこの老舗を救出するかもしれないグレ
イ・ファネル・ライン会社からは、英国の大手海運グループのひとつ
オーシャン・トランスポート・アンド・トレーディングの中核をなす
船会社ブルー・ファネル・ラインを想起することも可能かもしれない。
ブルー・ファネル・ラインは、創業者アルフレッド・ホルトが、1864
年に中国・極東への航行を開始し、1865 年にリヴァプールに創設した
オーシャン・スティーム・シップ会社を起源とし、以来英国の主要定
期船会社として発展してきた。同社はオランダに支社をもち、シンガ
ポールを基盤とする東インド・オーシャン・スティーム・シップ会社
を 19 世紀末までに結成。China Mutual Steam Navigation Company を買
収し、第一次・第二次世界大戦中に英国の海運業において重要な役割
を果たした後、1988 年にその役割を終えた (Swiggum and M. Kohli)。
ひょっとしたら、グローバルな海運会社と流通業のパートナーシップ
の可能性が指し示されているともいえるかもしれない。

(11) これは、1929 年の暴落からフランス鉄鋼産業を死守するためであり、
再三起こった船舶火災に備える目的でもあった (Benton 237)。

(12) ブロイヤーとヨークが協働した、Ideal Home Exhibition ならびに the
Garden City of the Future については、Jeremiah も参照のこと。

(13) アール・デコをグローバルに広めていくのに重要な役割を果たした
のは、パリの装飾芸術展覧会だけでなく、ドイツや東欧のデザイナー

たちの仕事であった。同時代のドイツ・モダニズムとりわけ純粋主義的な芸術美学を掲げたブロイヤーとミース・ファン・デル・ローエのステンレス・スティール製パイプ椅子（chromed-steel tubular chairs）は、視覚的にも座り心地の点でもより快適な水準に適応されたし、数多のデザイナーたちがバウハウス・モデルをほどよく適度に変更しようと努めた（Meikle 350）。

# おわりに

## 21 世紀の「ショップ・ガール」？

　メアリー・ポータスの自伝『ショップ・ガール（*Shop Girl: A Memoir*)』が 2015 年春読むべきノンフィクション・リストの 1 冊として推薦されていたのは、本書のプロジェクトにとりかかろうとしていた頃だ。その年 3 月に訪英したおり、ロンドンの常宿にしているホテルで読んでいた新聞に掲載された記事をたまたま目にしたのだった。その記事を（ぼんやりと）記憶にとどめたまま、実際、ホテルから徒歩で数分ほどの距離にあるオクスフォード・ストリートのイコンとしてその存在を誇示するデパートメント・ストア、セルフリッジ百貨店にぶらぶらとでかけてみると、『ショップ・ガール』が地下の書籍売場の目立つコーナーに、平積みになっていた。ポータスの愛車トライアンフ・スピットファイヤと同色のオレンジ色のひさしとショウ・ウィンドウを背に、やはりオレンジ色に染めたボブカットのヘアスタイルに 70 年代ファッション風花柄ワンピースを身に纏いうつむきながらたたずむ若きポータスらしき女性のイラストが描かれたポップなデザインが印象的だ。その表紙に惹かれ手にとり裏を返してみると、前をしっかりと見据えた現在のポータスの凛とした横顔写真が目に飛びこんでくる。その表裏のデザインは、ショウ・ウィンドウのデザイナーからファッション業界を皮切りにショッピング・小売・流通業界のカリスマと名指されるまでのポータスのキャリアの軌跡を提示しているようだ。

　少女時代をグレーター・ロンドンの北に位置するハートフォードシャーの小都市ワトフォードでアイルランド系大家族のもとで過ごし

たポータスは、幼い頃営業職の父親につれられ訪れた商店でその商店主と父親とのやりとりを目撃したことを回想しながら当時の商店が果たしたコミュニティとしての役割について以下のように述べている。

Most of all, they are places where people chat and collect news, exchange gossip and advice, meet, greet and love—or sometimes hate—their neighbours. Even as a six-year-old, I know there is a world enclosed in the four tiny letters of the word 'shop.' (Portas 2)

ハイ・ストリート再生をコミュニティ再生とみなすポータスの視座の原点は、このようなローカルな商店街における経験にあるのかもしれない。だが、その後成長したポータスは、ジョン・ルイス百貨店でのパートタイム勤務からそのキャリアをはじめ、高級デパートメント・ストアであるハロッズでのパートタイム雇用を経てショウ・ウィンドウのデザインの職をフルタイム勤務で得る。『ショップ・ガール』の物語は、職場における女性差別を目の当たりにしたポータスがハロッズを去りフリーランスとして新たな道を切り開いていくところで一旦幕を閉じているのだが、その後は、60年代にマリー・クワントらのデザイナー・ブランドなども取り扱った女性ファッションの人気店トップショップのディスプレイ・マネジャーの仕事を認められたこともあり、故ダイアナ妃御用達ともいわれたハーヴェイ・ニコルズでクリエイティブ・マネジャーの地位を得る。

　ポータスのキャリアの転換点は、このハーヴェイ・ニコルズでの仕事とみなされる。とりわけ、その革新的なショウ・ウィンドウのディスプレイは、ロンドンのツアーガイドの一部にもなっていたらしい。当時古くさいイメージでとらえられたナイツブリッジの老舗百貨店ハーヴェイ・ニコルズを、若いデザイナーを起用するなどして1990年代のファッション・リーダーとしてブランド化したというのがその功績だ。さらに、BBCのシットコム『アブソリュートリー・ファビュ

ラス（*Absolutely Fabulous*）』（『アブファブ（*Ab Fab*）』として親しまれ
ている）の脚本を担当し主演も務めたジェニファー・ソーンダースと
の「コラボ」でこの百貨店のブランド・イメージをフランスの高級
ファッション・ブランドであるクリスチャン・ラクロワと結びつける
などして一新しその知名度を上げることに成功したということだが、
これがポータスとメディア文化との結びつきの始まりといえるだろう
か。

　近年ますます喧伝される「女性リーダー」の自伝『ショップ・ガー
ル』の著者、ショウ・ウィンドウのディスプレイの達人あるいは百貨
店の仕掛人（？）であり、ファッション業界のカリスマであるポータ
スが、2015 年はじめに注目されたのははたしてなぜか。さまざまな
メディアを横断して（再）生産され続けるショップ・ガールの表象は、
グローバルな資本主義世界の流通の問題や消費文化の帝国アメリカと
いう問題機制とどのように関連づけられ解釈されるべきか。本書のプ
ロジェクトを開始した当時、ポータスのメディア・イメージやそのマ
テリアルな存在を取り上げることは、「英国のハイ・ストリートを通
じて見る地域社会再生」というテーマにもかかわるものであった。[1]

　コミュニティ・地域社会の再生と連動するハイ・ストリート再生の
状況を実際にこの目で見てみようとしたのは、2015 年秋のことだっ
た。その場所はポータスのその番組に取り上げられたロンドンの東部
に位置するローマン・ロード・マーケットだ。ロンドンの金融街の中
心バンク駅近くのバス停から 8 番のバスに乗りこみローマン・ロード
に向かった。このバスに乗って意外な思いをした、というよりも、ロ
ンドンがいかに観光客やツーリズムを意識した都市に変容したかとい
うことに驚いた。かつてのロンドンのバスはこのメトロポリスのバス
運行事情に精通してかなり慣れていないと乗りこなせないというイ
メージがあったからだ。新しいバスの内部ではデジタル表示で次のバ
ス停の名が示され、オイスター・カードという東京のスイカのような
カードを乗車時にタッチするようにとの指示がドアに記されている。

そういえば地下鉄にも次の駅名がデジタル表示されていた。かつて「大人の国」イギリスではそのような面倒見のよさは必要ないのだという説もあったが、ずいぶんと様変わりしたものである。バスの窓から、21世紀、とりわけ2012年のオリンピック招致が決定した頃から活発化したロンドン東部の再開発地域を眺めながら、目的地を目指した。オリンピック会場を遠目に臨むその地域は、マーケットがもっとも賑わうという週末ではなかったせいか、インターネットなどで紹介されるその場所の映像イメージとの間には、かなりの齟齬がみられた。コミュニティの再生、たとえば新たにこのエリアに移り住んできた若者をよびこむ戦略の成果を探すのは少々困難であったといわざるを得ない。たしかにポータスと政府とのパートナーシップ事業については、すでに批判的なまなざしも向けられており、補助金は活性化にひと役買っているとする政府の見解に対して、現実には空き店舗の解消率は必ずしも向上していない、という現場の声もあったようだ。

　こうしたポータスと政府とのパートナーシップによる仕事に向けられる批判のまなざしや現場の不満の声は、華やかなメディア・イメージを担うポータスによって提示されるハイ・ストリートやマーケットの商品化されたイメージが十分に活用されていないということを示しているのか、あるいはそうしたロジック自体がもう立ち行かなくなっているということなのだろうか。ハイ・ストリート再生をめぐるパートナーシップの試み、異なる分野間の結びつきの可能性を別のかたちで、すなわちヴィクトリア朝まで「時計の針を戻し」歴史的に提示したものとしてBBCの『ターン・バック・タイム——ハイ・ストリート（*Turn Back Time: The High Street*)』（2010）を挙げることもできるだろう。

　グローバル化する小売業・流通業とハイ・ストリート再生を通じたコミュニティ・地域社会の復興の物語について考える際に、『エコノミスト』誌の記事「空っぽの中心街（"Empty Centre")」を一読することは意味があろう。記事が指摘するように、「英国の都市は二極化し

ている」ということを考える必要があるのではないか。ロンドンをはじめとする英国の大都市は中央部が成長し周縁に向かうにしたがって衰退している一方で、多くの地方都市は中心が空洞化するという傾向を示しているということだ。ロンドンの中心部の活況については同じ『エコノミスト』誌の「日ぐれたあとで（"After Dark"）」に興味深い指摘がある。ロンドンは「眠らない街」になりつつあると紹介されている。とりわけ、ロンドン東部の再開発を背景に、ニューヨークやベルリンのような24時間活動する「グローバル・シティ」に仲間入りしつつあるロンドンのナイトライフの現状が紹介されているのだが、重要なことは、「グローバル・シティ」ロンドンの勃興には、イースト・ロンドンの再開発がセットになっていることだ。ポータスがTV番組でハイ・ストリート再生の試みをおこなった空間ローマン・ロード・マーケットは、そうしたグローバル・シティのイメージに連結される東部のイメージからは、当時すでにして、取り残されてしまっていたのかもしれない。<sup>(2)</sup>

21世紀の「ショップ・ガール」のイコンたるメアリー・ポータスと関連する英国におけるイースト・ロンドン再開発と流通、不動産とジェントリフィケーション、種々の交通網とツーリズム等々については、セルフリッジ百貨店かマークス＆スペンサーかといったウィンドウ・ディスプレイをめぐる当時のマテリアルな抗争とともに、すでに論じたことがあるので、これ以上の議論ははしょりたい（大谷「ショップ・ガール、流通、消費文化の帝国アメリカ」）。また、ポータス自身のその後のキャリアや再生プロジェクトの「失敗」の歴史的意味について、現在に至るまで喧伝され続けている持続可能な成長／SDGsやレジリエンスなど、次から次へとコスメティック・チェンジされて繰り出されるタームで再生産されるネオリベラリズムとユーラシアの空間に現在出来しつつあるグローバル資本主義世界の地政学との緊張・亀裂を孕んだ関係とともに、論じたいところであるが、それについてはまた次の機会に譲りたいと思う。

本書『ショップ・ガールと英国の劇場文化——消費の帝国アメリカ再考』は、これまで論じられてきた消費文化を、あらためて「長い20世紀」あるいは「20世紀文化空間のリ・デザイン」という視点から、見直す試みをはじめる最初の作業でもあった。これは、また、これまで英国社会・文化を、ロンドンのウェスト・エンドを中心とする演劇、そしてその劇場文化と連動する米国ハリウッドを含む映画・TVドラマという多種多様なメディアを通じて読み解いてきた試みを継続し、さらに転回するプロジェクトへの準備といってもいい。本書の前の出版である英国戦間期から第二次世界大戦後のミッドセンチュリーにかけて活躍した劇作家テレンス・ラティガンを論じたモノグラフは、ロンドンのウェスト・エンドでの上演のみを特権化することなく、英国にとどまらず大西洋を越えてその文化テクストを受容したブロードウェイやハリウッドのトランス・メディア空間との関係性からこそ、戦後英国演劇を読み直すことを提示したものであった（大谷『秘密のラティガン』春風社、2015）。本書で私がおこなってみたのは、マテリアルな基盤や歴史条件において、福祉国家・フォーディズム生産体制とセットで論じられがちであった消費文化が、21世紀のグローバル資本主義世界とネオリベラリズム以降の現在、そしてそのトランス・メディア空間においてどのように変容・転回してきたかを解釈し直す作業であった、という言い方もできるだろう。こうした作業において注目してみたのが、20世紀初頭に大西洋を横断して英国ロンドンに革命的な変革をもたらした米国発のデパートメント・ストアとショップ・ガールのフィギュア、そして、そうした少女を上演＝表象する英国ミュージカル・コメディの「誕生」であった。そのような労働する少女のさまざまな表象を、19世紀末のロンドンあるいはまた戦間期ロンドンやその郊外に探ってみたのが、*Our Miss Gibbs*、*The Shop Girl* についての議論であり、ドゥディ・スミスの「郊外家庭劇」の解釈であった。そのうえで、旧来の英国演劇史とはちょっとちがった角度から、消費の帝国アメリカとの関係性に規定されて必ずしも明確には可

視化されることもなく変容しつつあったロンドンの劇場空間における英国劇作家サマセット・モームのさまざまな価値を再解釈してみたりすることになった。また、本書の「はじめに」で、ナショナルという看板を掲げながらもグローバルなマネーや商業性との錯綜性に満ちなかなかとらえどころのない存在様態でロンドンのサウス・バンクに長すぎるともいえる期間を経て誕生することになったナショナル・シアターを少しばかり斜めにみてみたりもした。このようにして、英国の劇場文化と帝国アメリカの大衆化されていく消費文化という両者の存在の亀裂や矛盾を孕んだ共存・競合によって、グローバルな20世紀文化空間をあらたにデザインし直そうとしてみたのだが、こうした試みの意味を少しでも本書を手に取ってくれた読者に提示できることを願いつつ、ひとまず、筆をおきたい——われわれが幸せを夢みながら毎日を生きて働いて楽しむ21世紀の現在と未来のために。

\* \* \* \*

本書の出版には、『アール・デコと英国モダニズム——20世紀文化空間のリ・デザイン』（小鳥遊書房、2021）およびスピン・オフの論集『ブライト・ヤング・ピープルと保守的モダニティ——英国モダニズムの延命』（小鳥遊書房、2022）を準備してきた「リ・デザイン研究会」のメンバーのみんなとの協働作業が大きな力となった。感謝したい。また、この企画の実現には、小鳥遊書房の高梨治さんにご配慮いただき、また実際の構成・校正では、編集の林田こずえさんに真摯にそして丁寧に対応していただいた。ありがとうございました。

### Notes

(1) ポータスとハイ・ストリート再生プロジェクトについて、当時の状況を振り返っておこう。以下の箇所を含む「おわりに」の内容は、本

書のプロジェクトの準備・試論として作成した大谷伴子「ショップ・ガール、流通、消費文化の帝国アメリカ——英国のハイ・ストリートを通じて見る地域社会再生」*Kyoritsu Review* 44（2016):1-14 に、一部を負っている。

　1990 年代に成功を手にした「ショップ・ガール」ポータスは、21世紀に入って、そのキャリアをさらに推し進めることになる。2007 年、自らの名を冠した BBC ドキュメンタリー番組『メアリー、クィーン・オブ・ショップス（*Mary, Queen of Shops*）』（2007-2010）が放映されることになったことがそれを明示している。この番組のフォーマットは、メアリーが、商売が立ち行かない小売業の個人商店（最初はファッション・ブティックがそのターゲットで徐々に異なる職種にも広がっていく）にビジネスのアドヴァイスをしたり店の改装などを手伝ったりすることにより、さまざまなショップの立て直しの手助けをする番組である。（かつて、TV 東京で放映されていた『貧乏脱出大作戦』で司会みのもんたと助っ人となる達人の両方の役をポータスが引き受けている、というイメージになるだろうか？）このフォーマットは、次の『メアリー、クィーン・オブ・チャリティ・ショップス（*Mary, Queen of Charity Shops*）』（2009）においても踏襲されている。これらの TV 番組で提示されているのは、英国のハイ・ストリートにおいて 21 世紀のグローバル化する資本主義世界にうまく対応できずに四苦八苦するショップの集合体であるローカルな商店街の姿のようである。ポータスというフィギュアが重要なのは、実は、そのキャリアの軌跡においてハイ・ストリートとその再生にかかわるメディア・イメージを担っていたからではないか。だからこそ、2011 年、ポータスは、当時の連立政権の首相デイヴィッド・キャメロンから、ハイ・ストリートの将来に関する民間の立場からの報告者に正式に任命された。こうして 28 の奨励項目から成る報告書「ポータス・レヴュー」が提出されたのが 2011 年 12 月のことである。ポータスの報告書に提示されたハイ・ストリート再生、いかにタウン・センターの衰退をくいとめるかというアイディアを実行に移す試みが、ビジネス・イノベーション・技能省によってなされたが、この試みのハイライトが「ポータス・パイロット地域」である。

　このようなハイ・ストリート再生にかかわる仕事は、政府とのパートナーシップにとどまらず、公共放送の BBC から半官半民の Channel 4 にも広がっていく。『メアリー・ポータス・シークレット・ショッ

パー（*Mary Portas: Secret Shopper*）』（2011）は彼女が変装して訪れた
ショップのサーヴィスの問題を指摘する番組であり、これに続く『メ
アリー、クィーン・オブ・ザ・ハイ・ストリート（*Mary, Queen of the
High Street*）』（2013）は、メアリーが自らの奨励項目を活かしつつハ
イ・ストリートの商店を活性化し再生する様子をとらえたドキュメン
タリー番組である。政府に報告書を提出した2年後に始まったこの番
組の冒頭でポータスは、ハイ・ストリート再生にかかわる政府との仕
事は「経済」や「ビジネス」にフォーカスを当てたものであったが、ポー
タス自身は、それが「ソーシャル」なものでありコミュニティの再生
にかかわる作業なのだ、と主張した。

(2) 大谷「ショップ・ガール、流通、消費文化の帝国アメリカ」を参照
されたい。

(3) 大谷「リ・デザインされる美しさ」は、「20世紀文化空間のリ・デザ
イン」が、ヘルス・ケアとビューティ・ケアとの錯綜した関係性の21
世紀現在にいたる歴史的過程や空間的拡張において、論じられている。

戦間期あるいはこの論集の特に第1部が取り上げたアール・デコの
時代のグローバル化の動きは、冷戦期においては凍結していたよう
にみえて、実は、ひそかに蠢いていたのではないか。このような問
いを、美しさとそれを産み出す諸科学との関係性から19世紀から
20世紀にかけて産業として産出された、ビューティ産業の歴史を
たどることで探ることになるだろう。また、ジョウンズ『美しさは
想像された』は、19世紀にビューティ産業を産み出した起業家た
ち、美しさの市場の構築、そして正統性という三つのレンズを手が
かりに、ビューティ産業のさまざまな始まりを探り（Jones）、そし
てまた、同じ主題をよりコンパクトに論じヴァージョン・アップし
たもうひとつ別の論文の結論として、ビューティ産業の意味を、21
世紀現在の資本主義世界におけるグローバル化の矛盾のエピセン
ター（epicenter）としてとらえている。そのような解釈は、どのよ
うに意味のあるやり方で、問題化されるべきか。たしかに、20世
紀の文化空間を「長い期間」という視座からとらえ直し政治・経済
だけではなく文化のレヴェルにも注目する必要があるなら、政治・
経済とひそかに密接に結びついたビューティ産業こそが、グローバ
リゼーションあるいはグローバル化する資本主義の矛盾のエピセン
ターであるということに注目する必要があるのかもしれない。とは

いえ、それはどのような意味で「グローバル化の矛盾」なのか、慎重に理解・判断しなければならないのではないか。(大谷「リ・デザインされる美しさ」193-94)

　20世紀以降にさまざまにデザインされた美について論じたこの論文は、本書とゆるやかに連携・協働する過程で書かれたものであり、問題意識および問いのたて方において共有する部分があることを、付記しておく。

(4) 1973年のオイル・ショックを契機に英国を含む世界経済全体が不況に陥り戦後の高成長を支えてきたフォーディズムの成長力そのものが限界に達していたのであり、サッチャー政権誕生時ではもはや「フォード主義経済を完成させること」では英国経済の衰退を逆転させることはできなくなっていたことを、二宮は以下のように論じている。「ここで重要な点として指摘しておきたいのは、資本のグローバル化によってフォード主義経済の成長を支えていた諸前提が大きな意味転換を迫られるようになったことである。フォード主義経済のもとでは、労働者の高賃金や福祉国家の社会支出は、大量生産される耐久消費財を吸収・消費するために必要な大衆消費市場を拡大するものとして、資本蓄積にとっても積極的な意味をもっていた」(二宮 225)。また、米国の主としてヨーロッパへのグローバルな進出とその資本主義の労働・流通・消費を含む生産体制・分業体制の編制については、de Grazia も参照のこと。

　メアリー・ポータスがかかわるハイ・ストリートならびに地域社会再生のプロジェクトや英国小売業がかかえる諸問題は、少し大きな歴史的スパンでとらえてみるなら、もともとは消費文化・福祉国家と連動していたフォーディズム生産体制の終焉あるいは大きな変容の兆候だったかもしれない。

# Works Cited

"After Dark : London is Becoming a 24-Hour City." *The Economist* 4 Oct. 2014: 62.

"All the World's a Stage." *The Economist* 6th May 2017. 67-68.

Anderson, Stuart. *Race and Rapprochement: Anglo-Saxonism and Anglo-American Relations, 1895-1904.* London: Associated UP, 1981.

Arrighi, Giovanni. *The Long Twentieth Century: Money, Power, and the Origins of Our Times.* London: Verso, 1994.

Assael, Brenda. *The London Restaurant, 1840-1914.* Oxford: Oxford UP, 2018.

Bailey, Peter. "'Naughty but Nice': Musical Comedy and the Rhetoric of the Girl." *The Edwardian Theatre: Essays on Performance and the Stage.* Ed. Michael R. Booth and Joel H. Kaplan. Cambridge: Cambridge UP, 1996. 36-60.

Barker, Clive. "Theatre and Society: the Edwardian Legacy, the First World War and the Inter-war Years." *British Theatre between the Wars, 1918-1939.* Ed. Clive Barker and Maggie B. Gale. Cambridge: Cambridge UP, 2000. 4-37.

Bason, Fred. *Gallery Unreserved: A Collection of Experiences, Opinions and Stories Connected with the Gallery and Galleryites.* London: John Heritage, 1931.

Bennett, Eric. *Workshops of Empire: Stegner, Engle, and American Creative Writing during the Cold War.* Iowa: U of Iowa P, 2015.

Benson, John. *The Rise of Consumer Society in Britain 1880-1980.* London: Longman, 1994.

Benton, Tim. "Modernist Architecture and the Liner." *Ocean Liners: Glamour, Speed and Style.* Ed. Daniel Finamore and Ghislaine Wood. London: V &A, 2017. 228-43.

Billington, Michael. "Dorfman or Cottesloe? Does it matter what a theatre is called?" *The Guardian* 28 Oct 2010. Web 20 Jul. 2021.

Bowlby, Rachel. *Carried Away: The Invention of Modern Shopping.* London: Faber and Faber, 2000.

---. *Just Looking: Consumer Culture in Dreiser, Gissing and Zola.* New York: Methuen, 1985.

Brown, Mark. "National Theatre's Cottesloe venue to be renamed after £10m donor." *The Guardian* 28 Oct 2010. Web 20 Jul. 2021.

Bunnett, Rex, and Brian Rust. *London Musical Shows on Record, 1897-1976*. Harrow: General Gramphone Publications, 1977.

Burt, Philippa. "Granville Barker's Ensemble as a Model of Fabian Theatre." *New Theatre Quarterly* 28.4（2012）:307-24.

Chandler, Alfred. "The Development of Modern Management Structure in the US and UK." *Management Strategy and Business Development: An Historical and Comparative Study*. Ed. Leslie Hannah. London: Macmillan, 1976. 23-51.

Crowley, David. "*Art Deco* in Central Europe." *Art Deco 1910-1939*. Ed. Charlotte Benton, Tim Benton and Ghislaine Wood. London: V& A, 2003. 190-201.

Curtis, Anthony. Introduction. *Plays: One*. By W. Somerset Maugham. London: Methuen, 1997. xiii-xxxi.

--- Introduction. *Plays: Two*. By W. Somerset Maugham. London: Methuen, 1999. xiii-xxix.

Curtis, Anthony, and John Whitehead. *W. Somerset Maugham: The Critical Heritage*. London: Routledge & Kegan Paul, 1987.

Dam, Henry, and Adrian Ross. *The Shop-Girl. An Entirely New and Original Musical Farce. Words by H. J. W. Dam. Music by I Caryll. Additional Numbers by A. Ross and L. Monckton*. London: Hopwood & Crew, 1895.

Davis, Tracy C. "Edwardian Management and the Structures of Industrial Capitalism." *The Edwardian Theatre: Essays on Performance and the Stage*. Ed. Michael R. Booth and Joel H. Kaplan. Cambridge: Cambridge UP, 1996. 111-29.

Dean, Basil. *Seven Ages: An Autobiography 1888-1927*. London: Hutchinson, 1970.

Degen, John A. "The Evolution of *The Shop Girl* and the Birth of 'Musical Comedy'." *Theatre History Studies* 7.7（1987）: 40-50.

de Grazia, Victoria. *Irresistible Empire: America's Advance through 20th-Century Europe*. Cambridge, Mass.: Belknap P of Harvard UP, 2005.

de Man, Paul. "'Conclusions': Walter Benjamin's 'The Task of the Translator'." *The Resistance to Theory*. Minneapolis: U of Minnesota P, 1986.73-105.

"Empty Centre." *The Economist* 22 Nov. 2014.

*The Esoteric Curiosa*. "The Making of a Marchioness: Rose Boote, Marchioness of Headfort." *The Esoteric Curiosa* 28 Nov. 2009. Web. 19 Oct. 2016.

Esty, Jed. *A Shrinking Island: Modernism and National Culture in England*. Princeton: Princeton UP, 2004.

Fashion and Textile Museum. "James Abbe: Photographer of the Jazz Age." *Brochure of 1920s Jazz Age: Fashion & Photographs*. London: Fashion and Textile Museum, 2016.

Federation of Theatre Unions. *Theatre Ownership in Britain: A Report Prepared for the Federation of Theatre Unions*. London: Federation of Theatre Unions, 1953.

Finamore, Daniel, and Ghislaine Wood. "Introduction." *Ocean Liners: Glamour, Speed and Style*. Ed. Daniel Finamore and Ghislaine Wood. London: V &A, 2017. 12-23.

Flaherty, Jamie. "Victorian Improvement and Destruction." *Covent Garden Memories*. 9 Oct. 2013. Web 21 Aug. 2017.

Flood, Catherine. "Advertising the Ocean Liner." *Ocean Liners: Glamour, Speed and Style*. Ed. Daniel Finamore and Ghislaine Wood. London: V &A, 2017. 26-41.

Fraser, G. S. *The Modern Writer and His World*. Tokyo: Kenkyusha, 1951.

Gale, Maggie B. *A Social History of British Performance Cultures 1900-1939: Citizenship, Surveillance and the Body*. London: Routledge, 2020.

---. *West End Women: Women and the London Stage 1918-1962*. London: Routledge, 1996.

---. "Introduction." *British Theatre between the Wars, 1918-1939*. Ed. Clive Barker and Maggie B. Gale. Cambridge: Cambridge UP, 2000. 1-3.

---. "The London Stage, 1918-1945." *The Cambridge History of British Theatre: Volume 3 Since 1895*. Ed. Baz Kershaw. Cambridge: Cambridge UP, 2004. 143-66.

Glasstone, Victor. *Victorian and Edwardian Theatres: An Architectural and Social Survey with 210 Illustrations 8 in Colour*. London: Thames and Hudson, 1975.

Greenbank, Percy, Adrian Ross, and James T. Tanner. *Our Miss Gibbs*. [*Proof Sheets Containing the Lyrics by Adrian Ross and Percy Greenbank from the Musical Play "Our Miss Gibbs."*] London: n.p., 1909.

Hastings, Selina. *The Secret Lives of Somerset Maugham*. London: John Murray, 2009.

Hatherley, Owen. "The Government of London." *NLR* 122 (2020): 81-114.

"A History of Warner & Sons." *Warner Textile Archive* 2016. Web. 22 Nov. 2017.

Hipwell, Deirdre. "Mr Selfridge and Family Find Running Stores Pays Dividend." *The Times* 11 Nov. 2016. 47.

Hollingshead, John. *Gaiety Chronicles*. London: Archibald Constable, 1898.

Huggett, Richard. *Binkie Beaumont: Eminence Grise of the West End Theatre 1933-1973*. London: Hodder and Stoughton, 1989.

Humble, Nicola. *The Feminine Middlebrow Novel 1920s to 1950s: Class, Domesticity, and Bohemianism*. Oxford: Oxford UP, 2001.

Hytner, Nicholas. *Balancing Acts: Behind the Scenes at London's National Theatre*. New York: Alfred A. Knopf, 2017.

Jameson, Fredric. *The Political Unconscious: Narrative as a Socially Symbolic Act*. Ithaca: Cornell UP, 1981.

Jefferys, James B. *Retail trading in Britain 1850-1950: A Study of Trends in Retailing with Special Reference to the Development of Co-operative, Multiple Shop and Department Store Methods of Trading*. Cambridge: Cambridge UP, 1954.

Jeremiah, David. *Architecture and Design for the Family in Britain, 1900-70*. Manchester: Manchester UP, 2000.

Jones, Gareth Stedman. "Working-Class Culture and Working-Class Politics in London, 1870-1900: Notes on the Remaking of a Working Class." *Journal of Social History* 7.4 （1974）: 460-508.

Krebs, Katja. *Cultural Dissemination and Translational Communities: German Drama in English Translation 1900-1914*. Manchester: St Jerome, 2007.

Lancaster, Bill. *The Department Store: A Social History*. London: Leicester UP, 1995.

MacKenzie, John M. *Propaganda and Empire: The Manipulation of British Public Opinion 1880-1960*. Manchester: Manchester UP, 1984.

Macqueen, Adam. *The King of Sunlight: How William Lever Cleaned up the World*. 2004. London: Corgi, 2005.

Macqueen-Pope, William. *Carriages at Eleven: The Story of the Edwardian Theatre*. London: Hutchinson, 1947.

---. *Gaiety: Theatre of Enchantment*. London: W. H. Allen, 1949.

Mander, Raymond, and Joe Mitchenson. *Musical Comedy: A Story in Pictures*. 1969. New York: Taplinger, 1970.

Marra, Kim. *Strange Duets: Impresarios and Actresses in the American Theatre, 1865-1914*. Iowa City: U of Iowa P, 2006.

Marshall, Ashley. "Radical Steele: Popular Politics and the Limits of Authority." *Journal of British Studies* 58 （2019）: 338-65.

Marshall, Norman. *The Other Theatre*. London: John Lehmann, 1947.

Maugham, W. Somerset. *The Circle. Plays One*. London: Methuen, 1997.195-270.

---. *The Constant Wife. Plays One*. London: Methuen, 1997. 273-365.

---*Lady Frederick. Plays Two*. London: Methuen, 1999. 261-343.

---. *Our Betters. Plays: One*. London: Methuen, 1997.367-469.

---. *The Summing Up*. 1938. London: Vintage, 2001.

---. *Theatre*. 1937. London: Vintage, 2001.

---. Foreword. *Gallery Unreserved: A Collection of Experiences, Opinions and Stories Connected with the Gallery and Galleryites*. By Fred Bason. London: John Heritage, 1931. xv-xvi.

Mazer, Cary M. "New Theatres for a New Drama." *The Cambridge Companion to Victorian and Edwardian Theatre*. Ed. Kerry Powell. Cambridge: Cambridge UP, 2004. 207-21.

McGurl, Mark. *The Program Era: Postwar Fiction and the Rise of Creative Writing*. Cambridge, Mass.: Harvard UP, 2009.

Meikle, Jeffrey L. "New Materials and Technologies." *Art Deco 1910-1939*. Ed. Charlotte Benton, Tim Benton and Ghislaine Wood. London: V& A, 2003. 348-59.

Metcalf, Pauline C. *Syrie Maugham: Staging Glamorous Interiors*. New York: Acanthus, 2010.

Meyers, Jeffrey. *Somerset Maugham: A Life*. New York: Vintage, 2005.

Moore, James Ross. "Girl Crazy: Musicals and Revue between the Wars." *British Theatre between the Wars, 1918-1939*. Ed. Clive Barker and Maggie B. Gale. Cambridge: Cambridge UP, 2000. 88-112.

Mullin, Katherine. *Working Girls: Fiction, Sexuality, and Modernity*. Oxford: Oxford UP, 2016.

Nairn, Tom. *The Break-Up of Britain: Crisis and Neo-Nationalism*. London: NLB, 1977.

Nava, Mica. *Visceral Cosmopolitanism: Gender, Culture and the Normalisation of Difference*. Oxford: Berg, 2007.

Olsen, Donald J. *The Growth of Victorian London*. London: B.T. Batsford, 1976.

"Out of Vogue: Although Healthier than Newspapers, Consumer Magazines Have Problems." *Economist* 27 Sep. 2007. Web. 14 Oct. 2015.

"Passé: The Fashion Industry Grapples with Bad Timing." *Economist* 10 Sep. 2016. 60.

Pel, Mratin, and Terence Pepper. *1920s Jazz Age: Fashion & Photographs*. London: Unicorn, 2016.

Pellizzi, Camillo. *English Drama: The Last Great Phase*. Trans. Rowan Williams. London: Macmillan, 1935.

Pick, John. *The West End: Mismanagement and Snobbery*. London: John Offord, 1983.

Portas, Mary. *Shop Girl: A Memoir*. London: Doubleday, 2015.

Platt, Len. *Musical Comedy on the West End Stage, 1890-1939*. London: Palgrave Macmillan, 2004.

Powers, Alan. *Modern: The Modern Movement in Britain*. London: Merrell, 2005.

Rappaport, Erika Diane. *Shopping for Pleasure: Women in the Making of London's West End*. Princeton: Princeton UP, 2000.

Read, Herbert. *Art and Industry: The Principles of Industrial Design*. London: Faber & Faber, 1934.

Robbins, Bruce. *Upward Mobility and the Common Good: Toward a Literary History of the Welfare State*. Princeton: Princeton UP, 2007.

Rogal, Samuel J. *A William Somerset Maugham Encyclopedia*. London: Greenwood, 1997.

Rosenthal, Daniel. *The National Theatre Story*. London: Oberon, 2013.

Ross, Adrian, Percy Greenbank, Ivan Caryll, and Lionel Monckton. *Our Miss Gibbs*. London: Chappell and Co., 1909.

Ross, Cathy, and John Clark. *London: The Illustrated History*. 2008. London: Penguin, 2011.

Saint, Andrew, et al. *London Suburbs*. London: Merrell Holberton, 1999.

Samuel, Raphael, ed. *Patriotism: The Making and Unmaking of British National Identity*, vol.1, *History and Politics*; vol.2, *Minorities and Outsiders*; vol.3, *National Fictions*. London: Routledge, 1989.

Scott, Peter, and James Walker. "Advertising, Promotion, and the Competitive Advantage of Interwar British Department Stores." *Economic History Review* 63.4（2010）: 1105-28.

---. "The British 'Failure' that Never Was?: The Anglo-American 'Productivity Gap' in Large-Scale Interwar Retailing—Evidence from the Department Store Sector." *Economic History Review* 65.1（2012）: 277-303.

Sekules, Veronica. "The Ship-Owner As an Art Patron: Sir Colin Anderson and the Orient Line 1930-1960." *Journal of the Decorative Arts Society* 10（1986）: 22-33.

Shaw, Bernard. *Pygmalion: A Romance in Five Acts*. 1913. London: Penguin, 2000.

Shepherd, Simon. *The Cambridge Introduction to Modern British Theatre*. Cambridge: Cambridge UP, 2009.

Sheppard, F. H. W, ed. "Shaftesbury Avenue." *Survey of London* 31& 32（1963）: 68-84. *British History Online*. Web. 29 May 2017.

Singh, Anita. "From Selfridges to John Lewis, We've a Treat in Store." *The Telegraph*

24 Sep. 2012. Web. 11 Feb. 2015.

Smith, Dodie. *Autumn Crocus, Service, Touch Wood—Three Plays by Dodie Smith.* London: William Heinemann, 1939.

---. *Call it a Day.* London: Samuel French, 1937.

Soll, Jacob. *The Reckoning: Financial Accountability and the Rise and Fall of Nations.* New York: Basic, 2014.

Sparke, Penny. *As Long As It's Pink: The Sexual Politics of Taste.* London: HarperCollins, 1995.

Stokes, Sewell. "W. Somerset Maugham." *Theatre Arts* 24.2（1945）. *W. Somerset Maugham: The Critical Heritage.* Ed. Anthony Curtis and John Whitehead. London: Keagan & Paul, 1987. 424-31.

Summerfield, Penny. "Patriotism and Empire: Music-Hall Entertainment, 1870-1914." *Imperialism and Popular Culture.* Ed. John M. MacKenzie. Manchester: Manchester UP, 1986. 16-48.

Swiggum, S., and M. Kohli. *The ShipsList* 1997-2018. 17 Oct, 2010. Web. 27 Feb. 2018.

Taylor, John Russell. *The Rise and Fall of the Well-Made Play.* London: Methuen. 1967.

"Theatre Review of *The Shop Girl.*" *Times* 26 Nov. 1894. 4.

Vale, Vivian. *The American Peril: Challenge to Britain on the North Atlantic 1901-04.* Manchester: Manchester UP, 1984.

Walkowitz, Judith R. *Nights Out: Life in Cosmopolitan London.* New Haven: Yale UP, 2012.

Weber, Eva. *Art Deco.* 1989. North Dighton, MA: JG Press, 2003.

Weingärtner, Jörn. *The Arts as a Weapon of War: Britain and the Shaping of National Morale in World War II.* London: I. B. Tauris, 2012.

Wells, H. G. *Kipps: The Story of a Simple Soul.* Ed. Peter Vansittart. 1905. London: J. M. Dent, 1993.

White, Jerry. *London in the 20th Century: A City and Its People.* 2001. London: Vintage, 2008.

Whitworth, Geoffrey. *The Making of a National Theatre.* London: Faber & Faber, 1951.

Williams, Raymond. "Social Environment and Theatrical Environment: The Case of English Naturalism." *Problems in Materialism and Culture: Selected Essays. 1980.* London: Verso, 1997. 125-47.

Works Cited

"William Whiteley, Department Store, Queensway." *The National Archives*. Web. 25 Nov. 2017.

Wolfe, Graham. *Theatre-Fiction in Britain from Henry James to Doris Lessing: Writing in the Wings*. Oxford: Routledge, 2020.

Wood, Ghislaine. "Inter-War Liners: The Politics of Style." *Ocean Liners: Glamour, Speed and Style*. Ed. Daniel Finamore and Ghislaine Wood. London: V &A, 2017. 118-47.

Woodhead, Lindy. *Shopping, Seduction, and Mr Selfridge*. 2007. London: Profile, 2012.


伊藤光晴「講演 平田清明──人と学問」『復権する市民社会論──新しいソシエタル・パラダイム』八木紀一郎ほか編、東京：日本評論社、1998. 277-88.

井野瀬久美恵『大英帝国はミュージック・ホールから』東京：朝日新聞社、1990.

梅本浩志『三越物語──劇的百貨店、その危機と再生』東京：TBS ブリタニカ、1988.

大田信良「英国ショップ・オーナーの『居場所』、あるいは、グローバル・シティズンシップという夢──消費の帝国アメリカの勃興？」『メディアと帝国── 19 世紀末アメリカ文化学』塚田幸光編著、東京：小鳥遊書房、2021. 337-59.

大田信良・大谷伴子「成長のアンチノミーとトランス・メディア空間──ポスト帝国のイングリッシュ・スタディーズ」『東京学芸大学紀要』69 (2018): 83-101.

大谷伴子『秘密のラティガン──戦後英国演劇のなかのトランス・メディア空間』横浜：春風社、2015.

──「リ・デザインされる美しさ──ロマンスと生殖とケア」『アール・デコと英国モダニズム── 20 世紀文化空間のリ・デザイン』菊池かおり・松永典子・齋藤一・大田信良編、東京：小鳥遊書房、2021. 187-216.

河島伸子「英国の文化政策と映像文化」『イギリス映画と文化政策──ブレア政権以降のポリティカル・エコノミー』河島伸子・大谷伴子・大田信良編、東京：慶応義塾大学出版会、2012. 3-25.

河島伸子・大谷伴子・大田信良「まえがき」『イギリス映画と文化政策──ブレア政権以降のポリティカル・エコノミー』河島伸子・大谷伴子・大田信良編、東京：慶応義塾大学出版会、2012. i-vii.

川本静子『イギリス教養小説の系譜——「紳士」から「芸術家」へ』東京：研究社、1973.

菊池かおり・松永典子・齋藤一・大田信良編『アール・デコと英国モダニズム——20世紀文化空間のリ・デザイン』東京：小鳥遊書房、2021.

木下順二「あとがき」『サマセット・モーム全集第二十一巻——「ひとめぐり」・「おえら方」戯曲集 I』サマセット・モーム著、木下順二訳、東京：新潮社、1956. 184-96.

木畑洋一『支配の代償——英帝国の崩壊と「帝国意識」』東京：東京大学出版会、1987.

笹山隆「解説」『世の習い』ウィリアム・コングリーブ著、笹山隆訳、東京：岩波書店、2005. 219-46.

中山徹「書評 『秘密のラティガン——戦後英国演劇のなかのトランス・メディア空間』大谷伴子著 横浜：春風社、2015.」『英文学研究』93（2016）：125-29.

二宮元『福祉国家と新自由主義——イギリス現代国家の構造とその再編』東京：旬報社、2014.

初田亨『百貨店の誕生——都市文化の近代』東京：筑摩書房、1999.

福原麟太郎『英文學の特質』東京：岩波書店、1954.

福間良明「『博覧会のメディア論』の系譜」『ソフト・パワーのメディア文化政策——国際発信力を求めて』佐藤卓己・渡辺靖・柴内康文編著、東京：新曜社、2012. 195-218.

水野和夫『人々はなぜグローバル経済の本質を見誤るのか』東京：日本経済新聞出版、2007.

武藤浩史・糸多郁子「英文学の変貌と放送の誕生——階級・メディア・2つの世界大戦」『愛と戦いのイギリス文化史 1900-1950年』東京：慶應義塾大学出版会、2007. 237-52.

横田洋「『中間演劇』への道筋——極端な俳優・井上正夫の軌跡」『商業演劇の光芒』神山彰編、東京：森話社、2014. 187-220.


◉ Lord Chamberlain's Plays Quoted in the Text

Dam, H. J. M. *The Shop Girl*. Add MS 53562B: LCP 1894.

Hall, Owen. *A Gaiety Girl*. Add MS 53535I: LCP, 1893.

Tanner, James T. *Our Miss Gibbs l*. Add. MS.65848A: LCP, 1909.

# 初出一覧

第 1 章 「『セルフリッジ百貨店』とウェスト・エンドの劇場文化」
*Kyoritsu Review* 45（2017）：27-54.

第 2 章 「ショップ・ガールの欲望と消費文化──大英帝国のナショ
ナルなポピュラー・カルチャーとしての *Our Miss Gibbs*？」
（大田信良との共著）「成長のアンチノミーとトランス・メディ
ア空間──ポスト帝国のイングリッシュ・スタディーズ」『東
京学芸大学紀要』69（2018）：83-101 特に 87-97 および 98-99.

第 3 章 「*The Shop Girl* と消費の帝国アメリカ──英国ミュージカル・
コメディの『誕生』再考」*Kyoritsu Review* 46（2018）：1-36.

第 4 章 「変容するロンドンの劇場空間と英国劇作家サマセット・モー
ムのさまざまな価値（その 1）」*Kyoritsu Review* 48（2020）：
21-43.

第 5 章 「変容するロンドンの劇場空間と英国劇作家サマセット・モー
ムのさまざまな価値（その 2）」*Kyoritsu Review* 49（2021）：
29-51.

第 6 章 「戦間期英国演劇と『郊外家庭劇』──ドゥディ・スミスと
はだれだったのか？」*Kyoritsu Review* 47 (2019):1-35.

# 索引

主な人名と事項を五十音順に示した。
作品名は作者である人名ごとにまとめてある。
欧文表記の項目は最後にまとめた。
記したノンブルには註・キャプションも含む。

## 【ア行】

アール・デコ　23, 162, 176, 211-12, 214, 216-18, 220, 223, 233

インテリア・デコレーション／インテリア・デコレーター　40, 55, 173-79, 181-82, 184, 208

インテリア・デザイン　177, 180

英国ミュージカル・コメディ／ミュージカル・コメディ　18, 29, 31-33, 54, 59-61, 63, 65-74, 81-83, 91, 93-100, 102-14, 121-22, 124, 126-28, 130, 168, 173-74, 176, 188-89, 221, 230

エドワーズ、ジョージ（Edwards, George）　59, 61, 98, 105-07, 110-12, 121, 128-29, 174, 221

大型客船　208-11, 213

## 【カ行】

会計士　141-42, 145-48, 152, 222

カルテル／「グループ（the Group）」　134-35, 137, 153, 181

客間劇　13, 128, 137, 169, 192, 220

ゲイエティ・ガール　30-34, 49, 54, 62, 68-69, 83, 94, 98, 105, 107-09, 112, 221

ゲイエティ劇場　28, 31, 33, 59, 61-63, 71-72, 74, 77-78, 81, 83, 86-87, 98, 105-07, 110-14, 128-29, 222

「劇場＝小説」　138-39, 141, 145, 150, 152, 154, 157, 181

「郊外家庭劇（suburban domestic drama）」　175, 184, 192-99, 204-06, 217-21, 230

## 【サ行】

サーヴィス倫理　126-27

消費の帝国アメリカ　14, 17-18, 98, 113, 124, 126, 133, 138, 146, 153, 162, 168, 172-73, 180-82, 192, 220, 230

スーパーマーケット　202-04, 208, 219

スター・システム　135-42, 144-46, 151, 153, 155, 181

スミス、ドゥディ（Smith, Dodie）　192, 196-200, 203-206, 230, 217-19, 221-22

　　　『今日はこれまでにしましょう』（*Call it a Day*）　196-98, 222

　　　『サーヴィス』（*Service*）　196, 199-200, 204, 206-08, 216, 218-20, 223

『セルフリッジ百貨店』（*Mr Selfridge*）　27-28, 30-31, 33-38, 40, 42, 44-45, 48-52, 54

## 【タ行】

大衆性／ポピュラリティ　20, 138, 153, 171, 192, 219

大衆文化　63, 69, 83, 94, 176

大衆ユートピア　21, 168

チェーン・ストア　54, 125, 133, 199, 202-04, 207, 221

テナント、H. M.（Tennent）　134-36, 198, 222

デパートメント・ストア／百貨店 17, 27-29, 31-34, 40, 44, 49-54, 56, 65-67, 69-70, 72, 74, 76, 94-95, 98, 100, 104, 106, 115, 123-25, 128, 131, 178, 180, 192, 199-205, 206, 209, 211-12, 218, 222, 225-27, 229-30

都市開発／都市再開発／ジェントリフィケーション 23, 74-78, 113, 193, 228-29

【ナ行】

ナショナル・シアター 7-10, 12-23, 81, 231

【ハ行】

ハーバート、A. P.（Herbert） 19

働く少女 66, 71, 82, 99-100, 103-04, 174, 187, 189, 204, 206, 220

働くレイディ 162-63, 165-66, 172-73, 175, 179-80, 184, 187, 220

ピーボディ・トラスト 78-79

フォーディズム生産体制 69, 139, 143, 145-46, 230, 234

プレイフェア、ナイジェル（Playfair, Nigel） 190

プロテスタンティズムの倫理 127

プロフェッショナル劇 192, 199, 204-06, 220

弁護士／弁護士事務所 99, 114-15, 124, 205

ポータス、メアリー（Portas, Mary） 225-29, 231-34

　　　『ショップ・ガール』（Shop Girl: A Memoir） 225-27

ボーモント、ビンキー（Beaumont, Binkie） 135-36, 198, 222

保守的モダニティ／保守的モダニズム 177-78, 180-83, 216, 218

ポストモダニズム 91, 171, 181

ホリングスヘッド、ジョン（Hollingshead, John） 106, 128-29

【マ行】

メガミュージカル 91, 93

モーム、サマセット（Maugham, Somerset） 17, 20, 30, 34-36, 38, 40-41, 43-45, 48, 51, 55, 137-40, 144-48, 150, 152-55, 157-60, 162-64, 166-72, 174-75, 178-84, 194, 205, 220-21, 231

　　　『おえら方』（Our Betters） 30, 34-35, 38, 44-45, 48, 51, 55, 162, 169

　　　『劇場』（Theatre） 138-40, 142, 144-57, 163, 181

　　　『コンスタント・ワイフ』（The Constant Wife） 158-64, 166, 171, 178, 180-81, 183-84

　　　『ひとめぐり』（The Circle） 17, 169, 184

　　　『フレデリック令夫人』（Lady Frederick） 150, 152-53, 158-59, 181

モーム、シリー（Maugham, Syrie） 55, 176-82, 184

モス・エンパイア 118, 134-35

【ラ行】

労働倫理 127

A Gaiety Girl 92, 105-113, 126, 129, 221

"American Peril" 80

Our Miss Gibbs 59, 61-63, 65-74, 77, 80-82, 84, 128, 230

The Shop GIrl 32, 61, 63, 92, 98, 100-07, 109-14, 117, 121-22, 124, 127, 129-31, 221, 230

【著者】
## 大谷 伴子
（おおたに・ともこ）

インディペンデント・スカラー／イギリス文学・文化

『秘密のラティガン——戦後英国演劇のなかのトランス・メディア空間』（春風社、2015 年）、

『マーガレット・オブ・ヨークの「世紀の結婚」——英国史劇とブルゴーニュ公国』（春風社、2014 年）、

『イギリス映画と文化政策——ブレア政権以降のポリティカル・エコノミー』

（共編著、慶應義塾大学出版会、2012 年）、

『ポスト・ヘリテージ映画——サッチャリズムの英国と帝国アメリカ』

（共編著、上智大学出版、2010 年）、

「リ・デザインされる美しさ——ロマンスと生殖とケア」

『アール・デコと英国モダニズム—— 20 世紀文化空間のリ・デザイン』（共著、小鳥遊書房、2021 年）、

"Juliet's Girlfriends: The Takarazuka Revue Company and the *Shôjo* Culture."

*Performing Shakespeare in Japan*（Cambridge UP, 2001 年）、ほか。

# ショップ・ガールと英国の劇場文化
### 消費の帝国アメリカ再考

2023 年 4 月 10 日　第 1 刷発行

**【著者】**
## 大谷 伴子
©Tomoko Ohtani, 2023, Printed in Japan

### 発行者：高梨 治

### 発行所：株式会社小鳥遊書房
〒 102-0071　東京都千代田区富士見 1-7-6-5F

電話 03 (6265) 4910（代表）/ FAX　03 (6265) 4902

https://www.tkns-shobou.co.jp

info@tkns-shobou.co.jp

装幀　鳴田小夜子（KOGUMA OFFICE）
印刷　モリモト印刷(株)
製本　(株)村上製本所

ISBN978-4-909812-97-1　C0098